U0747124

百年经典散文

CENTURY CLASSIC PROSE

谢冕◎主编

天南海北

著名作家黄蓓佳，著名文学评论家孟繁华、王干，
著名特级教师王岱联袂推荐——

聆听大家心语，沐浴经典成长。

山东人民出版社

全国百佳图书出版单位 国家一级出版社

图书在版编目（CIP）数据

天南海北 / 谢冕主编 .— 济南：山东人民出版社，2014. 5（2023.4重印）
（百年经典散文）

ISBN 978-7-209-05701-1

Ⅰ.①天… Ⅱ.①谢… Ⅲ.①散文集—中国—近现代
Ⅳ.①I26

中国版本图书馆 CIP 数据核字（2014）第 019962 号

责任编辑： 王媛媛

天南海北

谢冕　主编

山东出版传媒股份有限公司
山东人民出版社出版发行

社　址：济南市舜耕路517号　邮编：250003
网　址：http://www.sd–book.com.cn
市场部：（0531）82098027 82098028
新华书店经销
三河市华东印刷有限公司印装

规　格　16开（170mm × 240mm）
印　张　18
字　数　174千字
版　次　2014年5月第1版
印　次　2023年4月第3次
ISBN 978-7-209-05701-1
定　价　58.00元

如有质量问题， 请与印刷厂调换。（010）57572860

那些让人心旌摇荡的文字 ①

谢 冕

这里汇聚了近百年来世界和中国一批散文名家的作品，作者来自中国和中国以外的国度。有的非常知名，有的未必知名，但所有的入选文字都是非常优秀的。这可说是一次空前的集聚。这里所谓的"空前"，不仅指的是作品的主题涉及社会人生浩瀚而深邃的领域，也不仅指的是它们在文体创新方面以及在文字的优美和艺术的精湛方面所达到的高度，而且指的是它们概括了人类长期积累的宝贵经验，它所传达的洞察世事的智慧，特别重要的是它代表了人性的美以及人类的良知。

从十九世纪后期到二十世纪末这一百年间，人类经历了从工业革命到电子革命的沧桑巨变，科技的发达给人类创造了伟大的二十世纪文明。人类理所当然地享受着它应有的荣光，同时，他们也曾蒙受空前的苦难：天灾、战乱、饥饿，特别是两次世界大战给人类留下了巨大的伤痛。在战争的废墟上

---

① 这是为山东人民出版社《百年经典散文》所写的总序。这套丛书计八卷，分别为《闲情谐趣》《游踪漫影》《天南海北》《励志修身》《亲情无限》《挚友真情》《纯情私语》《哲理美文》。

反顾来路，那些优秀的、未曾沉酣的大脑开始了深刻的反思。于是有了关于未来的忧患和畏惧，有了对于和平的祈求和争取，以及对于人类更合理的生活秩序和理想的召唤。这种反思集中在对于人类本性的恢复和重建上。

世纪的反思以多种方式展开，其中尤以文学的和艺术的方式最为显眼有力，它因生动具象而使这种反思更具直观的效果。以文学的方式出现的诗歌、小说和戏剧的文体当然有着令人印象深刻的贡献。而我们此刻面对的是散文，这是有别于其他文体的一种文学类别。在我们通常的识见中，文学创作的优长之处在它的虚构性。我们都知道，文学的使命是想象的，人们通过那些非凡的想象力获得对物质世界和精神世界更真实也更有力的升华，从而获得更有超越性的审美震撼。

散文作为文学的一种无疑也具有上述特性。但我们觉察到，散文似乎隐约地在排斥文学的虚构，那些优秀的散文几乎总在有意无意地"遗忘"虚构。散文这一文体的动人心魄之处是：它对于人的内心世界的绝对的"忠实"，它断然拒绝情感和事实的"虚拟"。散文重视的是直达人的内心，它弃绝对心灵的虚假装饰。一般而言，一旦散文流于虚情，散文的生命也就荡然无存，而不论它的辞采有多么华美。散文看重的是真情实意。以往人们谈论最多的"形散而神不散"，其实仅仅是就它在谋篇构思等的外在因素而言，并不涉及散文创作的真质。当然，这里表述的只是个人的浅见，并不涉及严格的文体定义。这种表述也许更像是个人对散文价值的一次郑重体认。

广泛地阅读，认真地品鉴，严格地遴选，一百年来中外的散文名篇跃进了选家的眼帘，并在读者面前展示了它的异彩。可以看出，所有的作者面对他的纷繁多姿的世界，面对这个世界的万事万物万种情思，他们都未曾隐匿自己的忧乐爱憎，而且总是付诸真挚而坦率的表达。真文是第一，美文在其次，思想、情怀加上文采，它们到达的是文章的极致。

这些作者通过一百年的浩瀚时空，给了我们一百年人世悲欢离合的感兴，他们以优美的文字记下这一切内心历程，满足我们也丰富我们。有的文字是承载着哲理的思忖，有的文字充盈人间的悲悯情怀，有的文字敞开着宽广的胸怀，是上下数千年的心灵驰骋。人们披卷深思并发现，大自对于五千年后的子孙的深情寄语，论说灵魂之不朽，精神之长在，对生命奥秘之拷问，乃至对抽象的自由与财富之价值判断，他们面对这一切命题，均能以睿智而从容的心境处之。表达也许完美，表达也许并不完美，这都不重要，重要的是，所有的文字均源生于对于自然界的一草一木、人世间的一颦一笑，于日常的举手投足之间，总是充满了人间的智慧和情趣。

这些文字，有的深邃如哲学大师的启蒙，有的活泼如儿童天籁般的童真，有的深沉而淡定，有的幽默而理趣。我们手执一卷，犹如占有整个世界。整个世界都在聆听大师，整个世界都在与我们平等对话，我们像是在过着盛大的节日。这里的奉献，不仅是宽容的、无私的，而且是慷慨的，我们仿佛置身于精神的盛宴。举世滔滔，灯红酒绿，充满了时尚的诱惑与追逐，使人深感被疏远的、从而显得陌生的精神是多么可贵。

能够在一杯茶或一杯咖啡的余温里沐浴着这种温暖的、智性的阳光，这应该是人间的至乐了！朋友，书已置放在你的案前，那些依然健在的，或者已经远去的心灵，在等待与你对话，那些让人心旌摇荡的文字，在等待你的聆听。

二〇一三年一月一日，执笔于北京昌平寓所

目 录

社 戏 · [中国] 鲁迅   001

『京派』和『海派』· [中国] 鲁迅   010

苏州的回忆 · [中国] 周作人   012

重庆值得留恋 · [中国] 郭沫若   017

《苏州园林》序 · [中国] 叶圣陶   019

昆 曲 · [中国] 叶圣陶   023

五月的北平 · [中国] 张恨水   027

食味杂记 · [中国] 鲁彦   030

新疆风土杂忆 · [中国] 茅盾   034

北平的四季 · [中国] 郁达夫   049

我所知道的康桥（节选）· [中国] 徐志摩   055

扬州的夏日 · [中国] 朱自清   060

中国园林建筑之美 · [中国] 宗白华   063

菜市口 · [中国] 许钦文   069

后门大街 · [中国] 朱光潜   072

济南的冬天 · [中国] 老舍   077

姑苏菜艺 · [中国] 陆文夫   079

劝 菜 · [中国] 王了一   084

目录

关于北京城墙的存废 · [中国] 梁思成　　087

曲阜孔庙 · [中国] 梁思成　　094

山　城 · [中国] 施蛰存　　099

我所生长的地方 · [中国] 沈从文　　103

成都的春天 · [中国] 刘大杰　　107

冶城话旧（节选）· [中国] 卢冀野　　110

一个消逝了的山村 · [中国] 冯至　　117

话故都 · [中国] 吴伯箫　　121

山　水 · [中国] 李广田　　125

广和楼的捧角家 · [中国] 吴祖光　　129

北平的庙会 · [中国] 张中行　　134

五　味 · [中国] 汪曾祺　　139

昆明的吃食 · [中国] 汪曾祺　　144

年糕（节选）· [中国] 林斤澜　　151

老北京的四合院 · [中国] 邓云乡　　155

思台北·念台北 · [中国] 余光中　　165

小洋楼的未来价值 · [中国] 冯骥才　　171

拼贴北京 · [中国] 刘心武　　177

目　录

方言古语 · [中国] 王为政　　　　　　　　　　　　　　　　186

西皮流水 · [中国] 高洪波　　　　　　　　　　　　　　　　192

说北京话 · [中国] 肖复兴　　　　　　　　　　　　　　　　195

长沙：城与名人 · [中国] 韩作荣　　　　　　　　　　　　　199

一个南方人眼中的哈尔滨 · [中国] 张抗抗　　　　　　　　215

『北佬』看杭州 · [中国] 张抗抗　　　　　　　　　　　　224

晋　祠 · [中国] 梁衡　　　　　　　　　　　　　　　　　234

挪威的欢乐时光（节选）· [挪威] 温塞特　　　　　　　　238

塞纳河岸的早晨 · [法国] 法朗士　　　　　　　　　　　　246

沙　漠 · [法国] 安德烈·纪德　　　　　　　　　　　　　240

大川之水 · [日本] 芥川龙之介　　　　　　　　　　　　　251

古都礼赞 · [日本] 东山魁夷　　　　　　　　　　　　　　256

克拉克河谷怀旧 · [美国] 欧内斯特·海明威　　　　　　　265

日本素描 · [美国] 威廉·博伊尔斯　　　　　　　　　　　268

巴西是一个混血民族 · [巴西] 若热·亚马多　　　　　　　273

田园诗情 · [捷克] 卡雷尔·恰佩克　　　　　　　　　　　276

社戏

□ [中国] 鲁迅

我在倒数上去的二十年中，只看过两回中国戏，前十年是绝不看，因为没有看戏的意思和机会，那两回全在后十年，然而都没有看出什么来就走了。

第一回是民国元年我初到北京的时候，当时一个朋友对我说，北京戏最好，你不去见见世面么？我想，看戏是有味的，而况在北京呢。于是都兴致勃勃地跑到什么园，戏文已经开场了，在外面也早听到咚咚的响。我们挨进门，几个红的绿的在我的眼前一闪烁，便又看见戏台下满是许多头，再定神四面看，却见中间也还有几个空座，挤过去要坐时，又有人对我发议论，我因为耳朵已经喤地响着了，用了心，才听到他是说"有人，不行！"

我们退到后面，一个辫子很光的却来领我们到了侧面，指出一个地位来。这所谓地位者，原来是一条长凳，然而他那坐板比我的上腿要狭到四分之三，他的脚比我的下腿要长过三分之二。我先是没有爬上去的勇气，接着便联想到私刑拷打的刑具，不由得毛骨悚然地走出了。

走了许多路，忽听得我的朋友的声音道，"究竟怎的？"我回过脸去，原来他也被我带出来了。他很诧异地说，"怎么总是走，不答应？"我说，"朋友，对不起，我耳朵只在咚咚喤喤地响，并没有听到你的话。"后来我每一想到，便很以为奇怪，似乎这戏太不好——否则便是我近来在戏台下不适于生存了。

第二回忘记了哪一年，总之是募集湖北水灾捐而谭叫天还没有死。捐法是两元钱买一张戏票，可以到第一舞台去看戏，扮演的多是名角，其一就是小叫天。我买了一张票，本是对于劝募人聊以塞责的，然而似乎又有好事家乘机对我说了些叫天不可不看的大法要了。我于是忘了前几年的咚咚喤喤之灾，竟到第一舞台去了，但大约一半也因为重价购来的宝票，总得使用了才舒服。我打听得叫天出台是迟的，而第一舞台却是新式构造，用不着争座位，便放了心，延宕到九点钟才去，谁料照例，人都满了，连立足也难，我只得挤在远处的人丛中看一个老旦在台上唱。那老旦嘴边插着两个点火的纸捻子，旁边有一个鬼卒，我费尽思量，才疑心他或者是目连的母亲，因为后来又出来了一个和尚。然而我又不知道那名角是谁，就去问挤小在我的左边的一位胖绅士。他很看不起似的斜瞥了我一眼，说道，"龚云甫！"我深愧浅陋而且粗疏，脸上一热，同时脑里也制出了决不再问的定章，于是看小旦唱，看花旦唱，看老生唱，看不知什么角色唱，看一大班人乱打，看两三个人互打，从九点多到十点，从十点到十一点，从十一点到十一点半，从十一点半到十二点——然而叫天竟还没有来。

我向来没有这样忍耐地等待过什么事物，而况这身边的胖绅士的吁吁地喘气，这台上的咚咚喤喤地敲打，红红绿绿地晃荡，加之已十二点，忽而使我省悟到在这里不适于生存了。我同时便机械地扭转身子，用力往外只一挤，觉得背后便已满满的，大约那弹性的胖绅士早在我的空处胖开了他的右半身了。我后无回路，自然挤而又挤，终于出了大门。街上除了专等看客的车辆之外，几乎没有什么行人了，大门口却还有十几个人昂着头看戏目，别有一堆人站着并不看什么，我想：他们大概是看散戏之后出来的女人们的，而叫天却还没有来……

然而夜气很清爽，真所谓"沁人心脾"，我在北京遇着这样的好空气，仿佛这是第一遭了。

这一夜，就是我对于中国戏告了别的一夜，此后再没有想到她，即使偶尔经过戏园，我们也漠不相关，精神上早已一在天之南一在地之北了。

但是前几天，我忽在无意之中看到一本日本文的书，可惜忘记了书名和著者，总之是关于中国戏的。其中有一篇，大意仿佛说，中国戏是大敲，大叫，大跳，使看客头昏脑眩，很不适于剧场，但若在野外散漫的所在，远远地看起来，也自有她的风致。我当时觉着这正是说了在我意中而未曾想到的话，因为我确记得在野外看过很好的戏，到北京以后的连进两回戏园去，也许还是受了那时的影响哩。可惜我不知道怎么一来，竟将书名忘却了。

至于我看好戏的时候，却实在已经是"远哉遥遥"的了，其时恐怕我还不过十一二岁。我们鲁镇的习惯，本来是凡有出嫁的女儿，倘自己还未当家，夏间便大抵回到母家去消夏。那时我的祖母虽然还康健，但母亲也已分担了些家务，所以夏期便不能多日的归省了，只得在扫墓完毕之后，抽空去住几天，这时我便每年跟了我的母亲住在外祖母的家里。那地方叫平桥村，是一个离海边不远，极偏僻的、临河的小村庄；住户不满三十家，都种田，打鱼，只有一家很小的杂货店。但在我是乐土：因为我在这里不但得到优待，又可以免念"秩秩斯干幽幽南山"了。

和我一同玩的是许多小朋友，因为有了远客，他们也都从父母那里得了减少工作的许可，伴我来游戏。在小村里，一家的客，几乎也就是公共的。我们年纪都相仿，但论起行辈来，却至少是叔子，有几个还是太公，因为他们合村都同姓，是本家。然而我们是朋友，即使偶尔吵闹起来，打了太公，一村的老老少少，也决没有一个会想出"犯上"这两个字来，而他们也百分之九十九不识字。

我们每天的事情大概是掘蚯蚓，掘来穿在铜丝做的小钩上，伏在河沿上去钓虾。虾是水世界里的呆子，决不惮用了自己的两个钳捧着钩尖送到嘴里去的，所以不半天便可以钓到一大碗。这虾照例是归我吃的。其次便是一同去放牛，但或者因为高等动物了的缘故罢，黄牛水牛都欺生，敢于欺侮我，因此我也总不敢走近身，只好远远地跟着，站着。这时候，小朋友们便不再原谅我会读"秩秩斯干"，却全都嘲笑起来了。

至于我在那里所第一盼望的，却在到赵庄去看戏。赵庄是离平桥村五里的较大的村庄；平桥村太小，自己演不起戏，每年总付给赵庄多少钱，算作合作的。当时我并不想到他们为什么年年要演戏。现在想，那或者是春赛，是社戏了。

就在我十一二岁时候的这一年，这日期也看看等到了。不料这一年真可惜，在早上就叫不到船。平桥村只有一只早出晚归的航船是大船，绝没有留用的道理。其余的都是小船，不合用；央人到邻村去问，也没有，早都给别人定下了。外祖母很气恼，怪家里的人不早定，絮叨起来。母亲便宽慰伊，说我们鲁镇的戏比小村里的好得多，一年看几回，今天就算了。只有我急得要哭，母亲却竭力地嘱咐我，说万不能装模作样，怕又招外祖母生气，又不准和别人一同去，说是怕外祖母要担心。

总之，是完了。到下午，我的朋友都去了，戏已经开场了，我似乎听到锣鼓的声音，而且知道他们在戏台下买豆浆喝。

这一天我不钓虾，东西也少吃。母亲很为难，没有法子想。到晚饭时候，外祖母也终于觉察了，并且说我应当不高兴，他们太怠慢，是待客的礼数里从来没有的。吃饭之后，看过戏的少年们也都聚拢来了，高高兴兴地来讲戏。只有我不开口；他们都叹息而且表同情。忽然间，一个最聪明的双喜大悟似的提议了，他说，"大船？八叔的航船不是回来了么？"十几个别的少年也大悟，立刻撺掇起来，说可以坐了这航船和我一同去。我高兴了。然而外祖母又怕都是孩子，不可靠；母亲又说是若叫大人一同去，他们白天全有工作，要他熬夜，是不合情理的。在这迟疑之中，双喜可又看出底细来了，便又大声地说道，"我写包票！船又大；迅哥儿向来不乱跑；我们又都是识水性的！"

诚然！这十多个少年，委实没有一个不会凫水的，而且两三个还是弄潮的好手。外祖母和母亲也相信，便不再驳回，都微笑了。我们立刻一哄地出了门。

我的很重的心忽而轻松了，身体也似乎舒展到说不出的大。一出门，便望见月下的平桥内泊着一只白篷的航船，大家跳下船，双喜拔前篙，阿发拔后篙，年幼的都陪我坐在舱中，较大的聚在船尾。母亲送出来吩咐"要小心"的时候，我们已经点开船，在桥石上一磕，退后几尺，即又上前出了桥。于是架起两支橹，一支两人，一里一换，有说笑的，有嚷的，夹着潺潺的船头激水的声音，在左右都是碧绿的豆麦田地的河流中，飞一般径向赵庄前进了。

两岸的豆麦和河底的水草所发散出来的清香，夹杂在水气中扑面地吹来；月色便朦胧在这水气里。淡黑的起伏的连山，仿佛是踊跃的铁的兽脊似的，都远远地向船尾跑去了，但我却还以为船慢。他们换了四回手，渐望见依稀的赵庄，而且似乎听到歌吹了，还有几点火，料想便是戏台，但或者也许是渔火。

那声音大概是横笛，婉转，悠扬，使我的心也沉静，然而又自失起来，觉得要和他弥散在含着豆麦蕴藻之香的夜气里。

那火接近了，果然是渔火；我才记得先前望见的也不是赵庄。那是正对船头的一丛松柏林，我去年也曾经去游玩过，还看见破的石马倒在地下，一个石羊蹲在草里呢。过了那林，船便弯进了叉港，于是赵庄便真在眼前了。

最惹眼的是屹立在庄外临河的空地上的一座戏台，模糊在远处的月夜中，和空间几乎分不出界限，我疑心画上见过的仙境，就在这里出现了。

这时船走得更快，不多时，在台上显出人物来，红红绿绿的动，近台的河里一望乌黑的是看戏的人家的船篷。

"近台没有什么空了，我们远远地看罢。"阿发说。

这时船慢了，不久就到，果然近不得台旁，大家只能下了篙，比那正对戏台的神棚还要远。其实我们这白篷的航船，本也不愿意和乌篷的船在一处，而况没有空地呢……

在停船的匆忙中，看见台上有一个黑的长胡子的背上插着四张旗，捏着长枪，和一群赤膊的人正打仗。双喜说，那就是有名的铁头老生，能连翻八十四个筋斗，他日里亲自数过的。

我们便都挤在船头上看打仗，但那铁头老生却又并不翻筋斗，只有几个赤膊的人翻，翻了一阵，都进去了，接着走出一个小旦来，咿咿呀呀地唱。双喜说，"晚上看客少，铁头老生也懈了，谁肯显本领给白地看呢？"我相信这话对，因为其时台下已经不很有人，乡下人为了明天的工作，熬不得夜，早都睡觉去了，疏疏朗朗地站着的不过是几十个本村和邻村的闲汉。乌篷船里的那些土财主的家眷固然在，然而他们也不在乎看戏，多半是专到戏台下来吃糕饼水果和瓜子的。所以简直可以算白地。

然而我的意思却也并不在乎看翻筋斗。我最愿意看的是一个人蒙了白布，两手在头上捧着一支棒似的蛇头的蛇精，其次是套了黄布衣跳老虎。

但是等了许多时都不见，小旦虽然进去了，立刻又出来了一个很老的小生。我有些疲倦了，托桂生买豆浆去。他去了一刻，回来说，"没有。卖豆浆的聋子也回去了。日里倒有，我还喝了两碗呢。现在去舀一瓢水来给你喝罢。"

我不喝水，支撑着仍然看，也说不出见了些什么，只觉得戏子的脸都渐渐地有些稀奇了，那五官渐不明显，似乎融成一片的再没有什么高低。

年纪小的几个多打呵欠了，大的也各管自己谈话。忽而一个红衫的小丑被绑在台柱子上，给一个花白胡子的用马鞭打起来了，大家才又振作精神地笑着看。在这一夜里，我以为这实在要算是最好的一折。

然而老旦终于出台了。老旦本来是我所最怕的东西，尤其是怕他坐下了唱。这时候，看见大家也都很扫兴，才知道他们的意见是和我一致的。

那老旦当初还只是踱来踱去地唱，后来竟在中间的一把交椅上坐下了。我很担心；双喜他们却就破口喃喃地骂。我忍耐地等着，许多工夫，只见那老旦将手一抬，我以为就要站起来了，不料他却又慢慢地放下在原地方，仍旧唱。全船里几个人不住地吁气，其余的也打起哈欠来。双喜终于熬不住了，说道，怕他会唱到天明还不完，还是我们走的好罢。大家立刻都赞成，和开船时候一样踊跃，三四人径奔船尾，拔了篙，点退几丈，回转船头，驾起橹，骂着老旦，又向那松柏林前进了。

月还没有落，仿佛看戏也并不很久似的，而一离赵庄，月光又显得格外的皎洁。回望戏台在灯火光中，却又如初来乍到时候一般，又漂渺得像一座仙山楼阁，满被红霞罩着了。吹到耳边来的又是横笛，很悠扬；我疑心老旦已经进去了，但也不好意思说再回去看。

不多久，松柏林早在船后了，船行也并不慢，但周围的黑暗只是浓，可知已经到了深夜。他们一面议论着戏子，或骂，或笑，一面加紧地摇船。这一次船头的激水声更其响亮了，那航船，就像一条大白鱼背着一群孩子在浪花里蹿，连夜渔的几个老渔父，也停了艇子看着喝采起来。

离平桥村还有一里模样，船行却慢了，摇船的都说很疲乏，因为太用力，而且许久没有东西吃。这回想出来的是桂生，说是罗汉豆正旺相，柴火又现成，我们可以偷一点来煮吃。大家都赞成，立刻近岸停了船；岸上的田里，乌油油的都是结实的罗汉豆。

"阿阿，阿发，这边是你家的，这边是老六一家的，我们偷哪一边的呢？"双喜先跳下去了，在岸上说。

我们也都跳上岸。阿发一面跳，一面说道，"且慢，让我来看一看罢，"他于是往来地摸了一回，直起身来说道，"偷我们的罢，我们的大得多呢。"一声答应，大家便散开在阿发家的豆田里，各摘了一大捧，抛入船舱中。双喜以为再多偷，倘给阿发的娘知道是要哭骂的，于是各人便到六一公公的田里又各偷了一大捧。

我们中间几个年长的仍然慢慢地摇着船，几个到后舱去生火，年幼的和我都剥豆。不久豆熟了，便任凭航船浮在水面上，都围起来用手撮着吃。吃完豆，又开船，一面洗器具，豆荚豆壳全抛在河水里，什么痕迹也没有了。双喜所虑的是用了八公公船上的盐和柴，这老头子很细心，一定要知道，会骂的。然而大家议论之后，归结是不怕。他如果骂，我们便要他归还去年在岸边拾去的一枝枯柏树，而且当面叫他"八癞子"。

　　"都回来了！哪里会错。我原说过写包票的！"双喜在船头上忽而大声地说。

　　我向船头一望，前面已经是平桥。桥脚上站着一个人，却是我的母亲，双喜便是对伊说着话。我走出前舱去，船也就进了平桥了，停了船，我们纷纷都上岸。母亲颇有些生气，说是过了三更了，怎么回来得这样迟，但也就高兴了，笑着邀大家去吃炒米。

　　大家都说已经吃了点心，又渴睡，不如及早睡得好，各自回去了。

　　第二天，我晌午才起来，并没有听到什么关系八公公盐柴事件的纠葛，下午仍然去钓虾。

　　"双喜，你们这班小鬼，昨天偷了我的豆了罢？又不肯好好地摘，踏坏了不少。"我抬头看时，是六一公公棹着小船，卖了豆回来了，船肚里还有剩下的一堆豆。

　　"是的。我们请客。我们当初还不要你的呢。你看，你把我的虾吓跑了！"双喜说。

　　六一公公看见我，便停了楫，笑道，"请客？——这是应该的。"于是对我说，"迅哥儿，昨天的戏可好么？"

　　我点一点头，说道，"好。"

　　"豆可中吃呢？"

　　我又点一点头，说道，"很好。"

　　不料六一公公竟非常感激起来，将大拇指一翘，得意地说道，"这真是大市镇里出来的读过书的人才识货！我的豆种是粒粒挑选过的，乡下人不识好歹，还说我的豆比不上别人的呢。我今天也要送些给我们的姑奶奶尝尝去……"他于是打着楫子过去了。

　　待到母亲叫我回去吃晚饭的时候，桌上便有一大碗煮熟了的罗汉豆，就是六一公公送给母亲和我吃的。听说他还对母亲极口夸奖我，说"小小年纪便有见识，将来一定要中状元。姑奶奶，你的福气是可以写包票的了。"但我吃了豆，却并没有昨夜的豆那么好。

真的，一直到现在，我实在再没有吃到那夜似的好豆——也不再看到那夜似的好戏了。

一九二二年十月

佳作赏析：

鲁迅（1881—1936），浙江绍兴人，现代思想家、文学家。著有短篇小说集《呐喊》《彷徨》，散文集《野草》等。有《鲁迅全集》印行。

这是鲁迅散文中的一个名篇，历来解读很多。从内容上来看，作者实际上给读者展现了两个完全不同的看戏场景：一个是北京城里热闹非凡的戏园，一个是江浙水乡民间的社戏。从行文来看，作者对于戏曲以及戏园中的戏并不喜欢，甚至有些厌恶，但不可否认的是，这确实是当时京城百姓的一个重要娱乐项目和场所；作者对社戏的记述更多的是在回忆自己的美好童年，但也反映了江浙水乡的风土人情。一个京城的戏，一个浙东民间的戏，无不具有鲜明的地域特色，从中可以窥见城市与乡村、北方与南方的差异。文章语言优美，尤其是夜间划船看戏、偷豆吃的描写，充满童趣和诗情画意，值得细细品读。

『京派』和『海派』

□〔中国〕鲁迅

　　自从北平某先生在某报上有扬"京派"而抑"海派"之言,颇引起了一番议论。最先是上海某先生在某杂志上的不平,且引别一某先生的陈言,以为作者的籍贯,与作品并无关系,要给北平某先生一个打击。

　　其实,这是不足以服北平某先生之心的。所谓"京派"与"海派",本不指作者的本籍而言,所指的乃是一群人所聚的地域,故"京派"非皆北平人,"海派"亦非皆上海人。梅兰芳博士,戏中之真正京派也,而其本贯,则为吴下。但是,籍贯之郡鄙,固不能定本人之功罪,居处的文陋,却也影响于作家的神情,孟子曰:"居移气,养移体",此之谓也。北京是明清的帝都,上海乃各国之租界,帝都多官,租界多商,所以文人之在京者近官,在海者近商,近官者在使官得名,近商者在使商获利,而自己也赖以糊口。要而言之,不过"京派"是官的帮闲,"海派"则是商的帮忙而已。但从官得食者其情状隐,对外尚能傲然,从商得食者其情状显,到处难于掩饰,于是忘其所以者,遂据以有清浊之分。而官之鄙商,固亦中国旧习,就更使"海派"在"京派"

的眼中跌落了。

而北京学界，前此固亦有其光荣，这就是五四运动的策动。现在虽然还有历史上的光辉，但当时的战士，却"功成，名遂，身退"者有之，"身稳"者有之，"身升"者更有之，好好的一场恶斗，几乎令人有"若要官，杀人放火受招安"之感。"昔人已乘黄鹤去，此地空余黄鹤楼"，前年大难临头，北平的学者们所想援以掩护自己的是古文化，而唯一大事，则是古物的南迁，这不是自己彻底的说明了北平所有的是什么了吗？

但北平究竟还有古物，且有古书，且有古都的人民。在北平的学者文人们，又大抵有着讲师或教授的本业，论理，研究或创作的环境，实在是比"海派"来得优越的，我希望着能够看见学术上，或文艺上的大著作。

一月三十日

佳作赏析：

这是一篇讨论"京派"和"海派"的文章，类似于今天网络上常见的地域之争。其实不论北京上海，都是中国的一部分；不论北京人还是上海人，都是中国人，并无优劣之分。然而总有些人经常挑起类似的争端，用一些所谓的地域优势、人文历史背景、社会职业地位因素与别人争强好胜，其实毫无必要。鲁迅的这篇文章讨论的也是这个问题，对于当时北京和上海的文人墨客互相争执和讨论的谁高谁低、谁优谁劣问题，一句"'京派'是官的帮闲，'海派'则是商的帮忙而已"可谓一针见血。抛开争论不谈，北京和上海的历史背景、文化底蕴、地域特征在文章中也有精确的概括和描述，可以窥见两地的异同。

苏州的回忆

□〔中国〕周作人

　　说是回忆，仿佛是与苏州有很深的关系，至少也总住过十年以上的样子，可是事实上却并不然。民国七八年间坐火车走过苏州，共有四次，都不曾下车，所看见的只是车站内的情形而已。去年四月因事往南京，始得顺便至苏州一游，也只有两天的停留，没有走到多少地方，所以见闻很是有限。当时江苏日报社有郭梦鸥先生以外的几位陪着我们走，在那两天的报上随时都有很好的报道，后来郭先生又有一篇文章，登在第三期的《风雨谈》上，此外实在觉得更没有什么可以记录的了。但是，从北京远迢迢地往苏州走一趟，现在也不是容易事，其时又承本地各位先生恳切招待，别转头来走开之后，再不打一声招呼，似乎也有点对不起。现在事已隔年，印象与感想都渐就着落，虽然比较地简单化了，却也可以稍得要领，记一点出来，聊以表示对于苏州的恭敬之意，至于旅人的话，谬误难免，这是要请大家见恕的了。

　　我旅行过的地方很少，有些只根据书上的图像，总之我看见各地方的市街与房屋，常引起一个联想，觉得东方的世界是整个的。譬如中国，日本，朝鲜，琉球，各地方的家屋，单就照片上看也罢，便会确凿地感到这里是整个的东亚。我们再看乌鲁木齐，宁古塔，昆明各地方，又同样地感觉这里的中国也是整个的。可是在这整个之中别有其微妙的变化与推移，看起来亦是很有趣味的事。以前我从北京回绍兴去，浦口下车渡过长江，就的确觉得已经到了南边，及车抵苏州站，看见月台上车厢里的人物声色，便又仿佛已入故乡境内，虽然实在还有五六百里的距离。现在通称江浙，有如古时所谓吴越或吴会，本来就是一家，杜荀鹤有几首诗写得很好，其一《送人游吴》云：

　　君到姑苏见，人家尽枕河。古宫闲地少，水港小桥多。夜市卖菱藕，春船载绮罗。遥知未眠月，乡思在渔歌。

又一首《送友游吴越》云：

　　去越从吴过，吴疆与越连。有园多种橘，无水不生莲。夜市桥边火，春风寺外船。此中偏重客，君去必经年。

诗固然做得好，所写事情也正确实，能写出两地相同的情景。我到苏州的第一感觉也是这一点，其实即是证实我原有的漠然的印象罢了。我们下车后，就被招待游灵岩去，先到木渎在石家饭店吃过中饭。从车站到灵岩，第二天又出城到虎丘，这都是路上风景好，比目的地还有意思，正与游兰亭的人是同一经验。我特别感觉有趣味的，乃是在木渎下了汽车，走过两条街往石家饭店去时，看见那里的小河，小船，石桥，两岸枕河的人家，觉得和绍兴一样，这是江南的寻常景色，在我江东的人看了也同样的亲近，恍如身在故乡了。又在小街上见到一爿（音盘）糕店，这在家乡极是平常，但北方绝无这些糕类，好些年前曾在《卖糖》这一篇小文中附带说及，很表现出一种乡愁来，现在却忽然遇见，怎能不感到喜悦呢。只可惜匆匆走过，未及细看这柜台上蒸笼里所放着的是什么糕点，自然更不能够买了来尝了。不过就只是这样看一眼就走过了，也已很是愉快，后来不久在城里几处地方，虽然不是这店里所做，好的糕饼也吃到好些，可以算是满意了。

第二天往马医科巷，据说这地名本来是蚂蚁窠巷，后来转讹，并不真是有过马医牛一住在那里，去拜访俞曲园先生（即俞樾）的春在堂。南方式的厅堂结构原与北方不同，我在曲园前面的堂屋里徘徊良久之后，再往南去看俞先生著书的两间小屋，那时所见这些过廊，侧门，天井种种，都恍惚是曾经见过似的，又流连了一会儿。我对同行的友人说，平伯（即俞樾）有这样好的老屋在此，何必滞留北方，我回去应当劝他南归才对。说的虽是半玩半笑的话，我的意思却是完全诚实的，只是没有为平伯打算罢了，那所大房子就是不加修理，只说点灯，装电灯固然了不得，石油没有，植物油又太贵，都无办法，故即欲为点一盏读书灯计，亦自只好仍旧蛰居于北京之古槐书屋矣。我又去拜谒章太炎先生墓，这是在锦帆路章宅的后园里，情形如郭先生文中所记，兹不重述。章宅现由省政府宣传处明处长借住，我们进去稍坐，是一座洋式的楼房，后边讲学的地方云为外国人所占用，尚未能收回，因此我们也不能进去一看，殊属遗憾。俞章两先生是清末民初的国学大师，却都别有一种特色，俞先生以经师而留心轻文学，为新文学运动之先河，章先生以儒家而兼治佛学，倡导革命，又承先启后，对于中国之学术与政治的改革至有影响，但是在晚年却又不约而同地定住苏州，这可以说是非偶然的偶然，我觉得这里很有意义，也很有意思。俞章两先生是浙西人，对于吴地很有情分，也可以算是一小部分的理由，但其重要的原因还当别有所在。由我看去，南京、上海、杭州，均各有其价值与历史，唯若欲求多有文化的空气与环境者，大约无过苏州了吧。两先生的意思或者看重这一点，也未可定。现在南京有中央大学，杭州也有浙江大学了，我以为在苏州应当有一个江苏大学，顺应其环境与空气，特别向人文科学方面发展，完成两先生之弘业大愿，为东南文化确立其根基，此亦正是丧乱中之一切要事也。

在苏州的两个早晨过得很好，都有好东西吃，虽然这说的似乎有点俗，但是事实如此，而且谈起苏州，假如不讲到这一点，我想终不免是一个罅漏。若问好东西是什么，其实我是乡下粗人，只知道是糕饼点心，到口便吞，并不曾细问种种的名号。我只记得乱吃得很不少，当初《江苏日报》或是郭先生的大文里仿佛有着记录。我常这样想，一国的历史与文化传得久远了，在生活上总会留下一点痕迹，或是华丽，或是清淡，却无不是精炼的，这并不想要夸耀什么，却是自然应有的表现。我初来北京的时候，因为没有什么好点心，曾经发过牢骚，并非真是这样贪吃，实在也只为觉得他太寒伧，枉做了五百年首都，连一点细点心都做不出，未免丢人罢了。我们第一早晨在吴苑，次日在新亚，所吃的点心都很好，是我在北京所不曾见过的，后来又托朋友在采芝斋买些干点心，预备带回去给小孩辈吃，物事不必珍贵，但也很是精炼的，这尽够使我满意而且佩服，即此亦可见苏州生活文化之一斑了。这里我特别感觉有趣味的，乃是吴苑茶社所见的情形，茶食精洁，布置简易，没有洋派气味，固已很好，而吃茶的人那么多，有的像是祖母老太太，带领家人妇子，围着方桌，悠悠地享用，看了很有意思，性急的人要说，在战时这种态度行么？我想，此刻现在，这里的人这么做是并没有什么错的。大抵中国人多受孟子思想的影响，他的态度不会得一时急变，若是因战时而面粉白糖渐渐不见了，被迫得没有点心吃，处于被动的事那是可能的。总之在苏州，至少是那时候，见了物资充裕，生活安适，由我们看惯了北方困穷的情形的人看去，实在是值得称赞与羡慕。

我在苏州感觉得不很适意的也有一件事，这便是住处。据说苏州旅馆绝不容易找，我们承公家的斡旋得能在乐乡饭店住下，已经大可感谢了，可是老实说，实在不太高明。设备如何都没有关系，就只苦于太热闹，那时我听见打牌声，幸而并不在贴夹壁，更幸而没有拉胡琴唱曲的，否则次日往虎丘去时马车也将坐不稳了。就是像沧浪亭的旧房子也好，打扫几间，让不爱热闹的人可以借住，一面也省得去占忙的时间，妨碍人家的娱乐，倒正是一举两得的事吧。

在苏州只住了两天，离开苏州已将一年了，但是有些事情还清楚地记得，现在写出来几项以为纪念，希望将来还有机缘再去，或者长住些时光，对于吴语文学的发源地更加以观察与认识也。

民国甲申三月八日

佳作赏析：

周作人（1885—1967），浙江绍兴人。现代作家。著有散文集《自己的园地》《雨天的书》《苦茶随笔》等。

"上有天堂，下有苏杭"，苏州的风景和民风到底如何？周作人的这篇回忆文章为我们作了解答：随处可见的小河、小船、石桥，典型的江南水乡；人杰地灵，浓郁的文化氛围，吴语文学的发源地；精致的糕点与小吃；简洁的茶社与茶具；悠闲富足的小市民生活。这一切的一切，显得那么自然平常，又是那么令人向往。文章语言平实，没有华丽的辞藻和夸张的描写，看似不经意的闲谈却将苏州这个"人间天堂"刻画烘托出来，堪称一篇佳作。

重庆值得留恋

□〔中国〕郭沫若

在重庆足足呆了六年半，差不多天天都在诅咒重庆，人人都在诅咒重庆，到了今天好些人要离开重庆了，重庆似乎又值得留恋起来。

我们诅咒重庆的崎岖，高低不平，一天不知道要爬几次坡，下几次坎，真是该死。然而沉心一想，中国的都市里面还有像重庆这样，更能表示出人力的伟大的吗？完全靠人力把一簇山陵铲成了一座相当近代化的都市。这首先就值得我们把来作为精神上的鼓励。逼得你不能不走路，逼得你不能不流点小汗，这于你的身体锻炼上，怕至少有了些超乎自觉的效能吧？

我们诅咒重庆的雾，一年之中有半年见不到太阳，对于紫外线的享受真是一件无可偿补的缺陷。是的，这雾真是可恶！不过，恐怕还是精神上的雾罩得我们更厉害些，因而增加了我们对于"雾重庆"的憎恨吧。假使没有那种雾上的雾，重庆的雾实在有值得人赞美的地方。战时尽了消极防空的责任且不用说，你请在雾中看看四面的江山胜景吧。那实在是有形容不出的美妙。不是江南不是塞北，而是真真正正的重庆。

我们诅咒重庆的炎热，重庆没有春天，雾季一过便是火热地狱。热，热，热，似乎超过了热带地方的热。头被热得发昏了，脑浆似乎都在沸腾。真的吗？真有那样厉害吗？为什么不曾听说有人热死？不过细想起来，这重庆的大陆性的炎热，实在是热得干脆，一点都不讲价钱，说热就是热。这倒是反市主义的重庆精神，应该以百分之百的热诚来加以赞扬的。

广柑那么多，蔬菜那么丰富，东西南北四郊都有温泉，水陆空的交通四通八达，假使人人都有点相当的自由，不受限制的自由，这么好的一座重庆，真可以称为地上天堂了。

当然，重庆也有它特别令人讨厌的地方，它有那些比老鼠更多的特种老鼠。那些家伙在今后一段相当时期内，恐怕还要更加跳梁吧。假如沧白堂和较场口的石子没有再落到自己身上的份时，想到尚在重庆的战友们，谁能不对于重庆更加留恋？

一九四六年四月二十五日

佳作赏析：

郭沫若（1892—1978），四川乐山人，作家、学者。有诗集《女神》，历史剧《屈原》，学术论著《中国古代社会研究》《甲骨文研究》等。

这是一篇介绍西南最大城市重庆的文章。重庆依山而建，道路崎岖不平；因为地处四川盆地底部，空气流通不畅，终年雾气蒙蒙，夏季气温炎热，自古以来就有"山城""雾都""火炉"的别称。文字虽然不多，但却把重庆的主要地理特征和气候特点精准地概括出来，给人留下深刻的印象。值得注意的是，对于重庆这些看似"缺陷"的特点，作者都用另类的思考方式和眼光看待，结果反而成了"优点"。不仅如此，重庆盛产广柑和蔬菜，四郊都有温泉，水陆空的交通也十分发达，在作者看来简直就是"人间天堂"。而文末的"比老鼠更多的特种老鼠"则另有所指，暗讽了一些作威作福、鱼肉百姓的反动势力，诙谐有趣，使文章的立意更深一层。

《苏州园林》序

□ ［中国］叶圣陶

　　一九五六年，同济大学出版陈从周教授编撰的《苏州园林》，园林的照片多到一百九十五张，全都是艺术的精品：这可以说是建筑界和摄影界的一个创举。我函购了这本图册，工作余闲翻开来看看，老觉得新鲜有味，看一回是一回愉快的享受。过了十八年，我开始与陈从周教授相识，才知道他还擅长绘画。他赠我好多幅松竹兰菊，全是佳作，笔墨之间透出神韵。我曾经填一阕《洞仙歌》谢他，上半专就他的《苏州园林》着笔，现在抄在这儿："园林佳辑，已多年珍玩。拙政诸图寄深眷。想童时常与窗侣嬉游，踪迹遍山径楼廊汀岸。"这是说《苏州园林》使我回想到我的童年。

　　苏州园林据说有一百多处，我到过的不过十多处。其他地方的园林我也到过一些。倘若要我说说总的印象，我觉得苏州园林是我国各地园林的标本，各地园林或多或少都受到苏州园林的影响。因此，谁如果要鉴赏我国的园林，苏州园林就不该错过。

　　设计者和匠师们因地制宜，自出心裁，修建成功的园林当然个个不同。

可是苏州各个园林在不同之中有个共同点，似乎设计者和匠师们一致追求的是：务必使游览者无论站在哪个点上，眼前总是一幅完美的图画。为了达到这个目的，他们讲究亭台轩榭的布局，讲究假山池沼的配合，讲究花草树木的映衬，讲究近景远景的层次。总之，一切都要为构成完美的图画而存在，决不容许有欠美伤美的败笔。他们唯愿游览者得到"如在图画中"的实感，而他们的成绩实现了他们的愿望，游览者来到园里，没有一个不心里想着口头说着"如在图画中"的。

我国的建筑，从古代的宫殿到近代的一般住房，绝大部分是对称的，左边怎么样，右边也是怎么样。苏州园林可绝不讲究对称，好像故意避免似的。东边有了一个亭子或者一条回廊，西边绝不会来一个同样的亭子或者一道同样的回廊。这是为什么？我想，用图画来比方，对称的建筑是图案画，不是美术画，而园林是美术画，美术画要求自然之趣，是不讲究对称的。

苏州园林里都有假山和池沼。假山的堆叠可以说是一项艺术而不仅是技术。或者是重峦叠嶂，或者是几座小山配合着竹子花木，全在乎设计者和匠师们生平多阅历，胸中有丘壑，才能使游览者远望的时候仿佛观赏宋元工笔云山或者倪云林的小品，攀登的时候忘却苏州城市，只觉得在山间。至于池沼，大多引用活水。有些园林池沼宽畅，就把池沼作为全园的中心，其他景物配合着布置。水面假如成河道模样，往往安排桥梁。假如安排两座以上的桥梁，那就一座一个样，绝不雷同。池沼或河道的边沿很少砌齐整的石岸，总是高低屈曲任其自然。还在那儿布置几块玲珑的石头，或者种些花草：这也是为了取得从各个角度看都成一幅画的效果。池沼里养着金鱼或各色鲤鱼，夏秋季节荷花或睡莲开放。游览者看"鱼戏莲叶间"，又是入画的一景。

苏州园林栽种和修剪树木也着眼在画意。高树与低树俯仰生姿。落叶树与常绿树相间，花时不同的多种花树相间，这就一年四季不感到寂寞。没有修剪得像宝塔那样的松柏，没有阅兵式似的道旁树：因为依据中国画的审美观点看，这是不足取的。有几个园里有古老的藤萝，盘曲嶙峋的枝干就是一幅好画。开花的时候满眼的珠光宝气，使游览者只感到无限的繁华和欢悦，可是没法细说。

　　游览苏州园林必然会注意到花墙和廊子。有墙壁隔着，有廊子界着，层次多了，景致就见得深了。可是墙壁上有砖砌的各式镂空图案，廊子大多是两边无所依傍的，实际是隔而不隔，界而未界，因而更增加了景致的深度。有几个园林还在适当的位置装上一面大镜子，层次就更多了，几乎可以说把整个园林翻了一番。

　　游览者必然也不会忽略另外一点，就是苏州园林在每一个角落都注意图画美。阶砌旁边栽几丛书带草。墙上蔓延着爬山虎或者蔷薇木香。如果开窗正对着白色墙壁，太单调了，给补上几竿竹子或几棵芭蕉。诸如此类，无非要游览者即使就极小范围的局部看，也能得到美的享受。苏州园林里的门和窗，图案设计和雕镂琢磨功夫都是工艺美术的上品。大致说来，那些门和窗尽量工细而决不庸俗，即使简朴而别具匠心，四扇，八扇，十二扇，综合起来看，谁都要赞叹这是高度的图案美。摄影家挺喜欢这些门和窗，他们斟酌着光和影，摄成称心满意的照片。

　　苏州园林与北京的园林不同，极少使用彩绘。梁和柱子以及门窗阑干大多漆广漆，那是不刺眼的颜色。墙壁白色。有些室内墙壁下半截铺水磨方砖，淡灰色和白色对衬。屋瓦和檐漏一律淡灰色。这些颜色与草木的绿色配合，引起人们安静闲适的感觉。而到各种花开的时节，却更显得各种花明艳照眼。

　　可以说的当然不止以上写的这些，病后心思体力还差，因而不再多写。我还没有看见风光画报出版社的这册《苏州园林》，既承嘱我作序，我就简略地说说我所想到感到的。我想这一册的出版是陈从周教授《苏州园林》的继续，里边必然也有好些照片可以与我的话互相印证的。

一九七九年二月六日作

佳作赏析：

叶圣陶（1894—1988），江苏苏州人，作家、教育家。代表作品有长篇小说《倪焕之》，童话集《稻草人》，散文集《剑鞘》《未厌居习作》等。

周作人的《苏州的回忆》已经将苏州的特有韵味概括出来，但侧重于苏州的街巷和小河等普通街景，而叶圣陶的这篇文章则详细介绍了苏州之所以名扬天下的另一个重要原因：苏州园林。与充满自然韵味的水乡风景相比，苏州园林则以精致闻名，十分注重"图画美"，处处显示着设计者和匠师们的精心布置和辛勤劳作。自然水乡与图画一般的园林有机结合，使苏州成为名副其实的"人间天堂"，令人向往。

昆　曲

□ 〔中国〕叶圣陶

　　昆曲本是吴方言区域里的产物，现今还有人在那里传习。苏州地方，曲
社有好几个。退休的官僚，现任的善堂董事，从课业练习簿的堆里溜出来的
学校教员，专等冬季里开栈收租的中年田主少年田主，还有诸如此类的一些
人，都是那几个曲社里的社员。北平并不属于吴方言区域，可是听说也有曲
社，又有私家聘请了教师学习的，在太太们中间，能唱几句昆曲算是一种时
髦。除了这些"爱美的"唱曲家偶尔登台串演以外，职业的演唱家只有一个
班子，这是唯一的班子了，就是上海"大千世界"的"仙霓社"。逢到星期日，
没有什么事来逼迫，我也偶尔跑去看他们演唱，消磨一个下午。

　　演唱昆曲是厅堂里的事。地上铺一方红地毯，就算是剧中的境界；唱的
时候，笛子是主要的乐器，声音当然不会怎么响，但是在一个厅堂里，也就
各处听得见。搬上旧式的戏台去，即使在一个并不宽广的戏院子里，就不
及平剧那样容易叫全体观众听清。如果搬上新式的舞台去，那简直没法听，
大概坐在第五六排的人就只看见演员拂袖按鬓了。我不曾做过考据功夫，不

知道什么时候开始有演唱昆曲的戏院子。从一些零星的记载看来，似乎明朗时候只有绅富家里养着私家的戏班子。桃花里有陈定生一班文人向阮大铖借戏班子，要到鸡鸣埭上去吃酒，看他的《燕子笺》，也可以见得当时的戏不过是几十个人看看罢了。我十几岁的时候，苏州城外有演唱平剧的戏院子两三家，演唱昆曲的戏院子是不常有的，偶尔开设起来，开锣不久，往往因为生意清淡就停闭了。

昆曲彻头彻尾是士大夫阶级的娱乐品，宴饮的当儿，叫养着的戏班子出来演几出，自然是满写意的。而那些戏本子虽然也有幽期密约，盗劫篡夺，但是总要归结到教忠教孝，劝贞劝节，神佛有灵，人力微薄。这就除了供给娱乐以外，对于士大夫阶级也尽了相当的使命。就文词而言，据内行家说，多用词藻故实是不算稀奇的，要像元曲那样亦文亦话才是本色。但是，即使像了元曲，又何尝能够句句像口语一样听进耳朵就明白？再说，昆曲的调子有非常迂缓的，一个字延长到十几拍，那就无论如何讲究辨音，讲究发声跟收声，听的人总之难以听清楚那是什么字了。所以，听昆曲先得记熟曲文；自然，能够通晓曲文里的故实跟词藻那就尤其有味。这又岂是士大夫阶级以外的人所能办到的？当初编撰戏本子的人原来不曾为大众设想，他们只就自己的天地里选一些材料，编成悲欢离合的故事，藉此娱乐自己，教训同辈，或者发发牢骚。谁如果说昆曲太不顾到大众，谁就是认错了题目。

昆曲的串演，歌舞并重。舞的部分就是身体的各种动作跟姿势，唱到哪个字，眼睛应该看哪里，手应该怎样，脚应该怎样，都由老师傅传授下来，世代遵守着。动作跟姿势大概重在对称，向左方做了这么一个舞态，接下来就向右方也做这么一个舞态，意思是使台下的看客得到同等的观赏。譬如《牡丹亭》里的《游园》一出，杜丽娘小姐跟春香丫头就是一对舞伴，从闺中晓妆起，直到游罢回家止，没有一刻不是带唱带舞的，而且没有一刻不是两人互相对称的。这一点似乎比较平剧跟汉调来得高明。前年看见过一本《国剧身段谱》，详记平剧里各种角色的各种姿势，实在繁复非凡；可是我们去看平剧，就觉得演员很少有动作，如《李陵碑》里的杨老令公，直站在台上尽唱，两手插在袍甲里，偶尔伸出来挥动一下罢了。昆曲虽然注重动作跟姿势，也要演员能够体会才好，如果不知道所以然，只是死守着祖传来表演，那就跟木偶戏差不多。

昆曲跟平剧在本质上没有多大差别，然而后者比较适合于市民，而士大夫阶级已无法挽救他们的没落，昆曲恐将不免于淘汰。这跟麻将代替了围棋，划拳代替了酒令，是同样的情形。虽然有曲社里的人在那里传习，然而可怜得很，有些人连曲文都解不通，字音都念不准，自以为风雅，实际上却是薛蟠那样的哼哼，活受罪。等到一个时会到来，他们再没有哼哼的余闲，昆曲岂不将就此"绝响"？这也没有什么可惜，昆曲原不过是士大夫阶级的娱乐品罢了。

有人说，还有大学文科里的"曲学"一门在。大学文科分门这样细，有了诗，还有词；有了词，还有曲；有了曲，还有散曲跟剧曲；有了剧曲，还有元曲研究跟传奇研究，我只有钦佩赞叹，别无话说。如果真是研究，把曲这样东西看作文学史里的一宗材料，还它个本来面目，那自然是正当的事。但是人的癖性往往会因为亲近了某种东西，生出特别的爱好心情来，以为天下之道尽在于此。这样，就离开研究二字不止十里八里了。我又听说某一所大学里的"曲学"一门功课，教授先生在教室里简直就教唱昆曲，教台旁边坐着笛师，笛声嘘嘘地吹起来，教授先生跟学生就一同嗳嗳嗳……地唱起来，告诉我的那位先生说这太不成话了，言下颇有点愤慨。我说，那位教授先生大概还没有知道，"仙霓社"的台柱子，有名的巾生顾传玠，因为唱昆曲没前途，从前年起丢掉本行，进某大学当学生去了。

这一回又是望道先生出的题目。真是漫谈，对于昆曲一点儿也没有说出中肯的话。

佳作赏析：

这是一篇介绍昆曲的文章。通过叶圣陶的这篇文章，读者可以了解我国戏曲的相关知识和灿烂的传统文化。昆曲作为中国戏曲中最古老的剧种之一，被尊为"群戏之祖"，她起源于江苏苏州昆山，本来是一个地方剧种，后流传至各地，对各个地方剧种的发展都有一定影响。昆曲以"雅致"著称，正如作者所言，是"士大夫阶级的娱乐品"，歌舞并重，节奏舒缓，不如平剧（现称为评剧）通俗易懂，在普通百姓中普及有一定的困难。但作为中国戏剧的"活化石"，有其特定的历史价值和意义，是值得后人保留和传承的。

五月的北平

□［中国］张恨水

　　在一个中等人家，正院子里可能就有一两株槐树，或者是一两株枣树。尤其是城北，枣树逐家都有，这是"早子"的谐音，取一个吉利。在五月里，下过一回雨，槐叶已在院子里著上一片绿阴。白色的洋槐花在绿枝上堆着雪球，太阳照着，非常好看。枣子花是看不见的，淡绿色，和小叶的颜色同样，而且它又极小，只比芝麻大些，所以随便看不见。可是它那种兰蕙之香，在风停日午的时候，在月明如昼的时候，把满院子都浸润在幽静淡雅的境界里。假使这人家有些盆景（必然有），石榴花开着火星样的红点，夹竹桃开着粉红的桃花瓣，在上下皆绿的环境中，这几点红色，娇艳绝伦。北平人又爱随地种草本的花籽，这时大小花秧全都在院子里拔地而出，一寸到几寸长的不等，全表现了欣欣向荣的样子。北平的屋子，对院子的一方面，照例下层是土墙，高二三尺，中层是大玻璃窗，玻璃大得像百货店的货窗相等，上层才是花格活窗。桌子靠墙，总是在大玻璃窗下。主人翁若是读书伏案写字，一望玻璃窗外的绿色，映入眉宇，那实在是含有诗情画意的。而且这样的点缀，并不花费主人什么钱的。

北平这个地方，实在适宜于绿树的点缀，而绿树能亭亭如盖的，又莫过于槐树。在东西长安街，故宫的黄瓦红墙，配上那一碧千株的槐林，简直就是一幅彩画。在古老的胡同里，四五株高槐，映带着平整的土路，低矮的粉墙。行人很少，在白天就觉得其意幽深，更无论月下了。在宽平的马路上，如南、北池子，如南、北长街，两边槐树整齐划一，连续不断，有三四里之长，远远望去，简直是一条绿街。在古庙门口，红色的墙，半圆的门，几株大槐树在庙外拥立，把低矮的庙整个罩在绿荫下，那情调是肃穆典雅的。在伟大的公署门口，槐树分立在广场两边，好像排列着伟大的仪仗，又加重了几分雄壮之气。太多了，我不能把她一一介绍出来，有人说五月的北平是碧槐的城市，那却是一点没有夸张。

当承平之时，北平人所谓"好年头儿"，在这个日子，也正是故都人士最悠闲舒适的日子。在绿荫满街的当儿，卖芍药花的平头车子整车的花蕾推了过去。卖冷食的担子，在幽静的胡同里叮当作响，敲着冰盏儿，这很表示这里一切的安定与闲静。把渤海来的海味，如黄花鱼、对虾，放在冰块上卖，已是别有风趣。又如乳油杨梅、蜜饯樱桃、藤萝饼、玫瑰糕，吃起来还带些诗意。公园里绿叶如盖，三海中水碧如油，随处都是令人享受的地方。但是这一些，我不能、也不愿往下写。现在，这里是邻近炮火边沿，南方人来说这里是第一线了。北方人吃的面粉，三百多万元一袋；南方人吃的米，卖八万多元一斤。穷人固然是朝不保夕；中产之家虽改吃糙粉度日，也不知道这糙粮允许吃多久。街上的槐树虽然还是碧净如前，但已失去了一切悠闲的点缀。人家院子里，虽是不花钱的庭树，还依然送了绿荫来，这绿荫在人家不是幽丽，乃是凄凄惨惨的象征。谁实为之？孰令致之？我们也就无从问人。《阿房宫赋》前段写得那样富丽，后面接着是一叹："秦人不自哀！"现在的北平人，倒不是不自哀，其如他们哀亦无益何！

好一座富于东方美的大城市呀，他整个儿在战栗！好一座千年文化的结晶呀，他不断地在枯萎！呼吁于上天，上天无言；呼吁于人类，人类摇头。其奈之何！

张恨水（1895—1967），安徽潜山人，作家。有长篇小说集《春明外史》《啼笑因缘》《八十一梦》《五子登科》《魍魉世界》等。

这是一篇颇具地域特色的文章，五月的北平在作者笔下充满绿色和生机，充满诗情画意。不仅普通人家花繁叶茂，绿树成荫，各个街道上也是槐树满城，再配上古老的黄瓦红墙，简直就是极好的古彩画。而北平人的生活也是那么的悠闲舒适，令人称美。然而，这一切的一切都是和平时期的景象，而一旦战争来临，则古城的诗情画意不再，百姓生活困苦。文章对战争的厌恶、谴责之情溢于言表，对处于战争阴影下的美丽古城的命运表现出了深深的忧虑。

食味杂记

□〔中国〕鲁彦

　　如其他的宁波人一般，我们家里每当十一二月间也要做一石米左右的点心，磨几斗糯米的汤果。所谓点心，就是有些地方的年糕，不过在我们那里还包括着形式略异的薄饼厚饼，元宝等等。汤果则和汤团（有些地方叫做元宵团）完全是一类的东西，所差的是汤果只如钮子那样大小而且没有馅子。点心和汤果做成后，我们几乎天天要煮着当饭吃。我们一家人都非常喜欢这两种东西，正如其他的宁波人一般。

　　母亲姐姐妹妹和我都喜欢吃咸的东西。我们总是用菜煮点心和汤果。但父亲的口味恰和我们的相反，他喜欢吃甜的东西。我们每年盼望父亲回家过年，只是要煮点心和汤果吃时，父亲若在家里便有点为难了。父亲吃咸的东西正如我们吃甜的东西一般，一样地咽不下去。我们两方面都难以迁就。母亲是最要省钱的，到了这时也只有甜的和咸的各煮一锅。照普遍的宁波人的俗例，正月初一必须吃一天甜汤果，因此欢天喜地的元旦在我们是一个磨难的日子，我们常常私自谈起，都有点怪祖宗不该创下这种规例。腻滑滑的甜汤果，我们勉强而又勉强地还吃不下一碗，父亲却能吃三四碗。我们对于父亲的嗜好都觉得奇怪、神秘。"甜的东西是没有一点味的。"我每每对父亲说。

二十几年来，我不仅不喜欢吃甜的东西，而且看见甜的（糖却是例外）还害怕，而至于厌憎。去年珊妹给我的信中有一句"蜜饯一般甜的……"竟忽然引起了我的趣味，觉得甜的滋味中还有令人魂飞的诗意，不能不去探索一下。因此遇到甜的东西，每每捐除了成见，带着几分好奇心情去尝试。直到现在，我的舌头仿佛和以前不同了。它并不觉得甜的没有味，在甜的和咸的东西在面前时，它都要吃一点。"甜的东西是没有一点味的"这句话我现在不说了。

从前在家里，梅还没有成熟的时候，母亲是不许我去买来吃的，因为太酸了。但明买不能，偷买却还做得到。我非常爱吃酸的东西，我觉得梅熟了反而没有味，梅的美味即在未成熟的时候。故乡的杨梅甜中带酸，在果类中算最美味的，我每每吃得牙齿不能吃饭。大概就是因为吃酸的果品吃惯了，近几年来在吃饭的时候，总是想把任何菜浸在醋中吃。有一年在南京，几乎每餐要一二碗醋。不仅浸菜吃，竟喝着下饭了。朋友们都有点惊骇，他们觉得这是一种古怪的嗜好，仿佛背后有神的力一般。但这在我是再平常不过的事情了。醋是一种美味的东西，绝不是使人害怕的东西，在我觉得。

许多人以为浙江人都不会吃辣椒，这却不对。据我所知，三江一带的地方，出辣椒的很多，会吃辣椒的人也很多。至于宁波，确是不大容易得到辣椒，宁波人除了少数在外地久住的人外，差不多都不会吃辣椒。辣椒在我们那边的乡间只是一种玩赏品。人家多把它种在小小的花盆里，和鸡冠花、满堂红之类排列在一处，欣赏辣椒由青色变成红色。那里的种类很少，大一点的非常不易得到，普通多是一种圆形的像钮子般大小的所谓钮子辣茄（宁波人喊辣椒为辣茄），但这一种也还并不多见。我年幼时不晓得辣椒是可以吃的东西，只晓得它很辣，除了玩赏之外还可以欺侮新娘子或新女婿。谁家的花轿进了门，常常便有许多孩子拿了羊尾巴或辣椒伸手到轿内去，往新娘子的嘴上抹。新女婿第一次到岳家时，年青的男女常常串通了厨子，暗地里在他的饭内拌一点辣椒，看他辣得皱上眉毛，张着口，胥胥地响着，大家就哄然笑了起来。我自在北方吃惯了辣椒，去年回到家里要买一点吃吃便感到非常的苦恼。好容易从城里买了一篮（据说城里有辣椒出卖还是最近几年的事），味道却如青菜一般一点也不辣。邻居听说我能吃辣椒，都当作一种新闻传说。平常一提到我，总要连带的提到辣椒。他们似乎把我当做一个外地人看待。他们看见我吃辣椒，便要发笑。我从他们眼光中发觉到他们的脑中存着"他是夷狄之邦的人"的意思。

南方人到北方来最怕的是北方人口中的大蒜臭。然而这臭在北方人却是一种极可爱的香气。

在南方人闻了要吐，在北方人闻了大概比仁丹还能提神。我以前在北京好几处看见有人在吃茶时从衣袋里摸出一包生大蒜头，也同别人一样的奇怪，一样的害怕。但后来吃了几次，觉得这味道实在比辣椒好得多，吃了大蒜以后还有一种后味和香气久久地留在口中。今年端午节吃粽子，甚至用它拌着它了。"大蒜是臭的"这句话，从此离开了我的嘴巴。

宁波人腌菜和湖南人不同。湖南人多是把菜晒干了切碎，装入坛里，用草和篾片塞住了坛口，把坛倒竖在一只盛少许清水的小缸里。这样，空气不易进去，坛中的菜放一年两年也不易腐败，只要你常常调换小缸里的清水。宁波人腌菜多是把菜洗净，塞入坛内，撒上盐，倒入水，让它浸着。这样做法，在一礼拜至两月中咸菜的味道确是极其鲜嫩，但日子久了，它就要慢慢地腐败，腐败得臭不堪闻，而至于坛中拥浮着无数的虫。然而宁波人到了这时不但不肯弃掉，反而比才腌的更喜欢吃了。有许多乡下人家的陈咸菜一直吃到新咸菜可吃时还有。这原因除了省钱之外，还有一个原因是为的越臭越好吃。还有一种为宁波人所最喜欢吃的是所谓"臭苋菜股"。这是用苋菜的干腌菜似的做成的。它比咸菜容易腐败，其臭气也比咸菜来得厉害。他们常常把这种已臭的汤倒一点到未臭的咸菜里去，使这未臭的咸菜也赶快地臭起来。有时煮什么菜，他们也加上一两碗臭汤。有的人闻到了邻居的臭汤气，心里就非常地神往；若是在谁家讨得了一碗，便千谢万谢，如得到了宝贝一般。

我在北方住久了，不常吃鱼，去年回到家里一闻到鱼的腥气就要呕吐，唯几年没有吃臭咸菜和臭苋菜股，见了却还一如从前那么的喜欢。在我觉得这种臭气中分明有比芝兰还香的气息，有比肥肉鲜鱼还美的味道。然而和外省人谈话中偶尔提及，他们就要掩鼻而走了，仿佛这臭食物不是人类所该吃的一般。

佳作赏析：

鲁彦（1902—1944），浙江镇海人，现代作家。著有长篇小说《愤怒的乡村》，散文集《随踪琐记》等。

中国地大物博，如果论起各地的风俗民风，以吃的差异最大了。这篇《食味杂记》记述了作者自己与家人迥异的饮食喜好：作者本人喜欢吃酸和咸，吃醋竟然可以论碗，而他的父亲却爱吃甜。与此同时，文章还将宁波特有的饮食习惯和民俗生动展现出来：过年要吃甜的点心和汤果；基本不吃辣，辣椒只是用来欺侮新娘子或新女婿；腌菜越臭越喜欢，与北方人吃"臭豆腐"有异曲同工之妙。文章语言平实，生活气息浓郁，读来颇有趣味。

新疆风土杂忆

□〔中国〕茅盾

晚清左宗棠进军新疆，沿途筑路栽树，其所植之柳，今尚有存者。那时湘人杨某（忘其名）曾有诗曰：

大将西征尚未还，湖湘子弟满天山。

新栽杨柳三千里，引得春风度玉关。

有人说，创现在新疆地主引水灌田的所谓"坎儿井"，不是左宗棠而是林则徐。但"坎儿井"之创设，也是左宗棠开始的。"坎儿井"者，横贯砂碛之一串井，每井自下凿通，成为地下之渠，水从地下行，乃得自水源处达于所欲灌溉之田。此因砂碛不宜开渠，骄阳之下，水易干涸，故创为引水自地下行之法。水源往往离田甚远，多则百里，少亦数十里。"坎儿井"隔三四丈一个，从飞机上俯瞰，但见黑点如连珠，宛如一道虚线横贯于砂碛，工程之大，不难想见；所以又听说，新省地主计财产时，往往不举田亩之数而举"坎儿井"之数，盖地广人稀，拥田多不为奇，唯拥有数百乃至数千之"坎儿井"者，则开井之费已甚可观，故足表示其富有之程度也。此犹新省之大牧畜主，所有牛羊亦不以数计，而以"山"计；何谓以"山"计？据言大"把爷"羊群之大，难于数计，每晚放牧归来，仅驱羊群入山谷，自山顶望之，见谷已满，即便了事。所以大"把爷"计其财产时，亦不曰有牛羊若干千百头，而曰有牛羊几山。

本为鲜卑民歌，从鲜卑语译成汉文的《敕勒歌》，其词曰："敕勒川，阴山下。天如穹庐，笼盖四野。天苍苍，野茫茫，风吹草低见牛羊。"前人评此歌末句为"神来之笔"，然在习惯此种生活之游牧民族，此实为平凡之现实，不过非有此生活实感者，也道不出这一句的只字来。此种"风吹草低见牛羊"之景象，在今日南北疆之大草原中，尚往往可见。一望无际的大草原，丰茂的牧草，高及人肩，几千牛羊隐在那里啃草，远望如何能见？天风骤来，丰草偃仰，然后知道还有那么多牛羊在那里！

新疆是一块高原，但在洪荒时代，她是中央亚细亚的大内海的一部分。这一沧海，在地质学上的哪一纪始变为高原？正如亚洲之边缘何时断离而为南洋群岛，同样尚未有定论。今新省境内，盐碛尚所在有之。昔年自哈密乘车赴吐鲁番，途中遥见远处白光一片，似为一个很大的湖泊，很是惊异，砂碛中难道竟有这样的大湖泊？及至稍近，乃辨明此白皑皑者，实非流动之水而为固体之盐。阳光逼照，返光甚强，使人目眩。因新疆古为内海，故留此盐碛。然新省之盐，据谓缺少碘质，迪化（乌鲁木齐旧称——编者注）的讲究卫生的人家都用苏联来的精盐。又盐碛之盐，与云南之岩盐不同；岩盐成块如石，而盐碛之盐则为粒状，粗细不等，曾见最粗者如棋子而形方，故食用时尚须略加磨捣。

吐鲁番地势甚低。新疆一般地形皆高出海面一二千公尺，独吐鲁番低于海面数百公尺，故自全疆地形而言，吐鲁番宛如一洞。俗谓《西游记》所写之火焰山，即今之吐鲁番，则其热可想而知，此地难分四季，只可谓尚有寒暑而已。大抵阳历正二三月，尚不甚热，白天屋内须衣薄棉，晚上还要冷些；五月以后则燥热难堪，居民于正午时都进地窖休息，仅清晨薄暮始有市集。以故吐鲁番居民家家有地窖，街上跨街搭荫棚，间亦有种瓜果葡萄盘缘棚上者，市街风景，自有一格。最热之时，亦在阳历七八月，俗谓此时壁上可以烙饼，鸡蛋可以晒熟；而公安局长蹲大水缸中办公，则我在迪化时曾闻吐鲁番来人言之，当必不虚。

然吐鲁番虽热，仍是个好地方，地宜植棉，棉质之佳，不亚于埃及棉。又多产蔬菜水果。内地艳称之哈密瓜，其实不尽产于哈密，鄯善与吐鲁番皆产之，而吐鲁番所产尤佳。石榴甚大，粒粒如红宝石。葡萄在新疆，产地不少，然以吐鲁番所产，驰名全疆。无核之一种，虽小而甜，晒为干，胜于美国所产。新疆有民谣曰："吐鲁番的葡萄，哈密瓜；库车的杨姑，一朵花。"（《新疆图志》亦载此谣）然则哈密之瓜，固有其历史地位。惟自马仲英两度焚掠而后，哈密回城已成废墟，汉城亦萧条冷落，未复旧观，或哈密之瓜亦不如昔年乎？这可难以究诘了。民谣中之"库车"，在南疆，即古龟兹国，紫羔以库车产者为最佳；"杨姑"，维族语少女也。相传谓库车妇人多美丽，故民谣中如是云尔。库车居民多维吾尔族（即元史所称畏兀儿族）。不仅库车，南疆各地皆然。

迪化自春至秋，常有南来燥热之风，云是吐鲁番吹来，故俗名"吐鲁番风"。吐鲁番风既至，人皆感不适，轻则神思倦怠，重则头目晕眩，且发烧；体虚者甚至风未到前三四日即有预感。或谓此风来源实不在吐鲁番，而在南疆塔里木盆地之大戈壁，不过经由吐鲁番，逾天山缺口之达坂城而至迪化耳。达坂城者，为自吐鲁番到迪化所过的天山一缺口，然已甚高；过达坂城则迪化已在脚下，此为自南路进迪化之一要隘。

忆《隋书》谓炀帝得龟兹乐，列为燕乐之一，此后中国燕乐，龟兹乐实居重要部分。古龟兹国，即今新疆库车县。龟兹乐何如，今日新疆维族之音乐歌舞是否与龟兹乐相似，颇难猝下断语。盖自伊斯兰教代佛教而后，天竺文物，澌灭殆尽；今日新省维吾尔民族之歌舞，与中亚各民族之歌舞想相近似。迪化每有晚会，往往有维族之歌舞节目；男女二人，载歌载舞，歌为维语，音调颇柔美，时有顶点，则喜悦之情，洋洋欲溢，舞容亦婉约而雍穆；盖在维族的民族形式歌舞中，此为最上乘者。据言，此旧为男女相悦之歌，今倚旧谱而填新词，则已变男女相悦而为政治之内容矣。以我观之，旧瓶新酒，尚无牵强之痕迹。我曾问维族人翻译哈美德："新词是谁的手笔？"他答道："也不知是谁，大概是许多人集体的作品。"

维语为复音语文，其字母借用阿拉伯文的字母。书写时，横行而自右至左，外行人视之，似甚不便，然彼人走笔如飞，形式且极美丽。文法不甚复杂，曾习他种外国语者，用功半年，即可通晓。在新疆，虽有十四民族，然维吾尔语，实为可以通行全疆之语言，此因维族人数约占全疆总人口之半，其他各少数民族大都晓维语；哈萨克族人口在全疆仅次于维族，其语文与维语大同小异，其字母，亦为阿拉伯文字母。迪化每开大会，演说时例须用三种语言，即汉、维及蒙古语，平常的集会，为节省时间，仅用汉、维两种语言，则因蒙族人在迪化者倘不解汉语，大概都能懂维语。

迪化在阳历十月初即有雪。但十月天气最佳，可说是"寒暖适中"。十二月后始入正常的寒冬，积雪不融，大地冻结，至明年四月初始解冻（有时为三月中旬）。冬季少风，南方冬季西北风怒吼之景象，以我所得短暂之经验而言，在迪化是没有的。然而冬季坐车出门，虽在无风之日，每觉寒风刺面入骨，其凛冽十倍于南方的西北风，此因户外空气太冷之故。室内因有大壁炉，且门窗严闭，窗又为双层，故融暖如春，然而门窗倘有罅缝，则近此罅缝之处，冷风如箭，触之战栗；此亦非风，而因户外空气太冷，冷故重，觅罅隙而钻入，其劲遂似风。室内铺厚毯，亦以防寒气从地板之细缝上侵。关西大汉张仲实素不怕冷，在家时洋服内仅穿毛线衫裤，无羊毛内衣，某日忽觉腿部酸痛，举步无力，此为腿部受寒之征象，然不明寒气从何来；越一日始发见寒气乃从书桌下来，盖书桌下之地毯一角上翘，露出地板之罅缝，寒气遂由此浸润。北方人常言地气冷，故下身所穿必须较上身为多，必解冻以后，乃可稍疏防范。三月中，有时白天气温颇高，往往见迪化人上身仅穿一单衫而下身仍御厚棉裤。

最冷的日子通常在阴历年关前后；白天为零下二十度，夜间则至四十余度。此为平均的气温。在此严寒的季节，人在户外半小时以上，皮帽、大衣领皮、眉毛、胡须等凡为呼吸之气所能接近之处，皆凝积有薄薄白霜，胡须上往往还挂着小小的冰珠。人多处，远望雾气蒸腾；此亦非雾，而为口气凝成，真所谓"嘘气成云"了。驴马奔驰后满身流汗，出气如蒸笼，然而腹下毛端，则挂有冰球，累累如葡萄，此因汗水沿体而下，至腹下毛端，未及滴落，遂冻结为珠，珠复增大，遂成为冰葡萄。

地冻以后，积雪不融，一次一次雪下来，碾实冻坚，平时颇多坎坷的路面，此时就变成了平坦光滑，比任何柏油路都漂亮。所以北方赶路，以冬季为最好。在这时候，"爬犁"也就出现了。"爬犁"是土名，我们的文绉绉的名称，就是"雪橇"。迪化的"把爷"们，冬季有喜用"爬犁"者。这是无轮的车，有滑板两支代替了轮，车甚小，无篷，能容二人，仍驾以马。好马，新钉一副高的掌铁（冬季走冻结的路，马掌铁必较高，于是马也穿了高跟鞋），拖起结实的"爬犁"，在光滑的冻雪地上滑走，又快又稳，真比汽车有意思。但"爬犁"不宜在城中热闹处走，最好在郊外，在公路上。维族哈族的"把爷"们驾"爬犁"，似乎还是娱乐的意味多，等于上海人在夏天坐车兜风。我有一首歪诗记之：

> 纷飞玉屑到帘栊，大地银铺一望中；
> 初试爬犁呼女伴：阿爹新买玉花骢。

北方冬季少霜。如有之，则其浓厚的程度迥非南方人所能想象。迪化冬季亦常有这样的严霜。晨起，忽见马路旁的电线都变成了白绒的彩绳，简直跟耶诞节人们用以装饰屋子或圣诞树的比手指还粗些的白绒彩绳一样。尤其是所有的树枝，也都结起银白的彩来了。远望就同盛开了的银花。如果树多，而又全是落叶树，那么，银白一片，宛如繁花，秋艳的风姿，和盛开的樱花一般——而樱花尚无其洁白。此种严霜，俗名"挂枝"，不知何所取义，或者因其仅能在树枝上见之，而屋面地上反不能见，故得此名。其实霜降普遍，并非独厚于"枝"，不过因为地上屋面皆已积雪，本来是白皑皑的，故遂不觉耳。但因其"挂枝"，遂产生了神话：据说天山最高之博格达峰为神仙所居，有冰肌雪肤之仙女，为怜冬季大地萧条，百花皆隐，故时以晶莹之霜花挂到枝头。此说虽诞，然颇有风趣，因亦记以歪诗一首：

晓来试马出南关，万树银花照两间。
昨夜挂枝劳玉手，藐姑仙子下天山。

照气候说，新疆兼有寒带、温带以及亚热带的气候。天山北麓是寒带，南麓哈密、鄯善一路（吐鲁番因是一个洞，作为例外）是温带，而南疆则许多地方，终年只须穿夹，是亚热带的气候了。但橘、柚、香蕉等，新疆皆不产，或者是未尝试植，或者也因"亚热带"地区，空气太干燥之故，因为这些终年只须穿夹的地方，亦往往终年无雨，饮水、灌田的水，都赖天山的万年雪融化下来供给人们。除了上述数种水果外，在新疆可以吃到各种水果，而尤以瓜、苹果、葡萄、梨、桃为佳。瓜指甜瓜，种类之多，可以写成一篇文章；"哈密瓜"即甜瓜之一种，迪化人称为甜瓜，不称为哈密瓜。这是大如枕头的香瓜，惟甜脆及水分之多，非南方任何佳种香瓜所可及。此瓜产于夏初，窖藏可保存至明年春末；新疆人每谓夏秋食此瓜则内热，惟冬日食之则"清火"，苹果出产颇多，而伊犁之二台所产最佳，体大肉脆，色味极似舶来的金山苹果，而香过之。二台苹果熟时，因运输工具不够，落地而腐烂于果林中者，据云每每厚二三寸，在伊犁，大洋一元可购百枚；惟运至迪化，则最廉时亦须二三毛一个。

梨以库车及库尔勒所产最佳，虽不甚大，而甜、脆、水分多，天津梨最好者，亦不及之。梨在产地每年腐烂于树下者亦不可胜计，及运至迪化，则每元仅可得十枚左右。南疆植桑之区，桑椹大而味美，有黑色白色两种；唯此物易烂，不能运至他处。据言当地维族人民之游手好闲者，每当桑椹熟时，即不工作，盖食桑椹亦可果腹；桑椹在产地，人可随意取食，恣意饱啖，无过问者。

初到哈密，见有"定湘王"庙，规模很大，问了人，才知这就是城隍庙。但新疆的城隍何以称为"定湘王"，则未得其解。后来又知道凡汉人较多的各城市中都有"定湘王"庙，皆为左宗棠平定新疆以后，"湖湘子弟"所建；而"定湘王"者，本为湖南之城隍，左公部下既定新疆，遂把家乡的城隍也搬了来了。今日新疆汉族包含内地各省之人，湘籍者初不甚多，然"定湘王"之为新疆汉族之城隍如故。

迪化汉族，内地各省人皆有，会馆如林，亦各省都有；视会馆规模之大小，可以约略推知从前各该省籍人士在新省势力之如何。然而城隍庙则仅一个，即"定湘王庙"是也。每年中元节，各省人士迫荐其远在原籍之祖先，"定湘"庙中，罗天大醮，连台对开，可亘一周间。尤为奇特者，此时之"定湘王"府又开办"邮局"，收受寄给各省籍鬼魂之包裹与信札；有特制之"邮票"乃"定湘王府"发售，庙中道士即充"邮务员"，包裹信札寄递取费等差，亦模拟阳间之邮局；迷信者以为必如此然后其所焚化之包裹与信札可以稳度万里关山，毫无留难。又或焚化冥镪，则又须"定湘王府"汇兑。故在每年中元节，"定湘王府"中仅此一笔"邮汇"收入，亦颇可观。

昔在南北朝时，佛法大行于西域；唐初亦然，读三藏法师《大唐西域记》已可概见。当时大乘诸宗皆经由西域诸国之"桥梁"而入东土，其由海道南来者，似惟达摩之南宗耳。但今日之新疆，则除蒙族之喇嘛外，更无佛徒。汉人凡用和尚之事，悉以道士代之。丧事中唯有道士，而佛事所有各节目，仪式多仍其旧，惟执行者为道士而已。蒙族活佛夏礼瓦圆寂于迪化，丧仪中除有喇嘛诵经，又有道士；省政府主席李溶之丧，道士而外，亦有喇嘛数人。

伊斯兰教何时始在新疆发展而代替了从前的佛教，我没有作过考据，然而猜想起来，当在元明之交。道士又在何时代行和尚职权，那就更不可考了，猜想起来，也许是在清朝季世汉人又在新疆站定了脚跟的时候。但当时何以不干脆带了和尚去，而用道士，则殊不可解，或者是因为道士在宗教上带点

"中间性"罢？于此，我又连带想起中国历史上宗教争论的一段公案。南北朝时，佛法始来东土，即与中国固有之道教发生摩擦，其间复因北朝那些君主信佛信道，时时变换，以至成为一件大事。但自顾欢、慧琳、僧绍、孟景翼等人一场无聊的争论以后，终于达到"三教"原是"一家"的结论；然而这种论调，也表示了道教在当时不能与佛教争天下，故牵强附会，合佛道为一，又拉上孔子作陪，以便和平共处；故当时释家名师都反对之。不谓千年以后，伊斯兰教在西域既逐走佛徒，和尚们遗下的那笔买卖，居然由道士如数顶承了去，思之亦堪发噱。

然道士在新疆，数目不多，迪化城内恐不满百，他处更无足论。普通人家丧事，两三个道士便已了事。此辈道士，平日几与俗家人无异。

新疆汉族商人，以天津帮为巨擘。数百万资本（抗战前货币之购买力水准）者，比比皆是。除迪化有总店，天津有分庄而外，南北疆之大城市又有分号。新疆之土产经由彼等之手而运销于内地，复经由彼等之手，内地工业品乃流入于新疆。据言此辈天津帮商人，多杨柳青人，最初至新省者，实为左宗棠西征时随军之负贩，当时称为"赶大营"。左西征之时，旷日持久，大军所过，每站必掘井，掘井得水必建屋，树立小小之市集，又察各该处之土壤，能种什么即种什么。故当时"赶大营"者，一挑之货，几次转易，利即数倍，其能直至迪化者，盖已颇有积累。其魄力巨大者，即由行商而变为坐庄。据言此为今日新疆汉族巨商之始祖。其后"回疆"既定，"赶大营"已成过去，仍有"冒险家"画依样之葫芦，不辞关山万重，远道而往，但既至镇西或迪化，往往资斧已罄，不能再贩土产归来，则佣工度日，积一二年则在本地为摊贩，幸而获利，足可再"冒险"矣，则贩新省之土产，仍以行商方式回到天津，于是换得现钱再贩货赴新省；如此每年可走一次，积十年亦可成富翁，在迪化为坐庄矣。但此为数十年前之情况，如此机会，早成过去。

抗战前，新省对外商运孔道，为经镇西而至绥边，有绥新公路，包头以东则由铁路可抵天津；此亦为新疆多天津商人之一因。抗战后，绥新公路为新省当局封锁，表面理由是巩固边防。目前新省对外商运，已经有组织地集中于官商合办之某某土产公司之手，情况又已不同。

博格达山为天山之最高峰。清时初定天山南北路后，即依前朝故事，祭博格达山。据《新疆图志》，山上最古之碑为唐代武则天所立。其后每年祀典，率由地方官行之，祭文亦有定式，《新疆图志》载之。

博格达山半腰有湖（俗称海子），周围十余里，峭壁环绕，水甚清，甚冷；此处在雪线之下，故夏季尚可登临，自山麓行五十余里即到。自此再上，则万年雪封锁山道，其上复有冰川，非有特别探险装备，不能往矣。山巅又有一湖，较山腰者为大。当飞机横越天山时，半空俯瞰，此二湖历历可睹，明亮如镜。《新疆图志》谓山上积雪中有雪莲，复有雪蛆，巨如蚕，体为红色，云可合媚药。二十九年夏，有友登博格达，在山腰之湖畔过一宿，据云并不见有雪莲雪蛆，亦无其他奇卉异草，珍禽瑞兽，惟蚊虫大而且多，啮人如锥刺耳。湖边夜间甚冷，虽当盛夏，衣重裘尚齿战，乃烧起几个火堆，卧火旁，始稍得寐。又山腰近湖处有一庙，道士数人居之，不下山者已数年，山下居民每年夏季运粮资之，及秋，冰雪封山，遂不通闻问，俟来年夏季再上山探之。在全疆，恐惟此数道士为真能清苦。诗以记之：

> 博格达山高接天，云封雪锁自年年。
> 冰川寂寞群仙去，瘦骨黄冠灶断烟。（其一）

> 雪莲雪蛆今何在？剩有饕蚊逐队飞。
> 三伏月圆湖畔夜，高烧篝火御寒威。（其二）

雪莲有无，未能证实，然天山峭壁生石莲，则余曾亲见。离迪化约百余公里，有白杨沟者，亦避暑胜地，余曾往一游。所谓"白杨沟"，实两山间之夹谷耳，范围甚大，汽车翻越数山始到其地。此为哈族人游牧地，事前通知该管之"千户长"，请彼导游，兼代备宿夜处。"千户长"略能汉语，备马十余匹，请客人作竟日之游，出"白杨沟"范围，直抵焉耆境之天山北麓。途次经过一谷，两岸峭壁千仞，中一夹道长数里，山泉潺潺，萦回马足；壁上了无草木，惟生石莲。此为横生于石壁之灌木，叶大如掌，形似桐叶，白花五六瓣甚巨。粗具莲花之形态，嗅之有浓郁之味，似香不香，然亦不恶。询之"千户长"可作药用否？渠言未知可作何用，惟哈族人间或以此为催生之剂，煎浓汤服。石莲产于深谷，盖不独白杨沟有之。

夏季入山避暑，宿蒙古包，饮新鲜马乳，是新疆摩登乐事。但亦游牧民族风尚之残余。维、哈两族之"把爷"每年夏季必率全家男女老小，坐自家之大车，带蒙古包、狗，至其羊群所在之山谷，过一个夏季的野外生活。秋凉归来。狗马皆肥健，毛色光泽如镜面，孩子们晒成古铜色，肌肉结实。

马乳云可治肺病胃病；饮了一个夏季的马乳，据云身必健硕，体重增加。但此恐惟在山中避暑饮之，方有效验；盖非马乳之独擅神效，亦因野外生活之其他有益条件助成之也。维、哈族人善调制马乳，法以乳盛革囊中，摇荡多时，略置片刻，又摇之，如是数回，马乳发酵乃起沫，可食。味略酸而香冽，多饮觉微醺；不嗜酒者饮马乳辄醉。初饮马乳者，常觉不惯，然经过一时期，遂有深嗜，一日可进十数大碗，而饭量亦随之增加。然马乳新鲜者，城中不易得。马肉制之腊肠，俗名马肠子，维、哈、蒙等族所制者甚佳。据云，道地之马肠子，乃用马驹之肉，灌入肠管后挂于蒙古包圆顶开口通风之处，在风干之过程中，复赖蒙古包中每日自然之烟熏——盖包中生火有烟，必从顶上之孔外出也。马肠子佳者，蒸熟后色殷红，香腴不下于金华火腿。避暑山中者，倘能骑马爬山，饮马乳，食馕（一种大饼），佐以自制之奶皮（即牛乳蒸热后所结之奶皮）、草莓果酱、马肠子、葡萄，睡蒙古包，则空气、阳光、运动、富于养分之饮食，一切都有，对于身体的益处是不难想象的！

维族哈族人有嗜麻烟者，犹汉族人之嗜鸦片。麻烟比鸦片更毒；故在新省亦悬为厉禁。麻烟自印度来，原状不知如何，但供人吸用者则已为粉状，可装于荷包中，随时吸食。因其简易，为害更烈。

食麻烟后，入半醉状态，即见种种幻象；平日想念而不可多得之事物，此时即纷陈前后，应接不暇。嗜钱财者即见元宝连翩飞来，平常所未曾见而但闻其名之各种珍宝，此时亦缤纷陆离，俯拾即是；好色之徒则见粉白黛绿，围绕前后，乃至素所想念之良家子亦姗姗自来，偎身俯就。人生大欲，片刻都偿，无知之辈，自当视为至乐。旁人见食麻烟者如醉如痴，手舞足蹈，以为癫疯，而不知彼方神游于极乐幻境也。既而动作停歇，则幻境已消，神经麻痹而失知觉。移时始醒，了无所异，与未吸食同。

然而多次吸食之后，即可成瘾；瘾发时之难受，甚于中鸦片毒者。同时，肺部因受毒而成喘哮之病，全身关节炎肿，毒入脊髓，伛偻不能挺立，不良于行；到这阶段，无论再食与否，总之是去死不远了。

维哈族人之嗜赌博者，以羊骨为博具，掷地视骨之正反，以定输赢。据说他们结伴贩货从甲地至乙地，在途中往往于马背上且行且赌，现金不足，则以货物作抵押，旅途未终，而已尽丧所有，则转为博进者之佣工，甚至以佣工若干年作为赌注而作最后之一掷者。

维吾尔（元史称畏兀儿）族人口占全疆总人口之半数，南疆居民，什九为维族。奉伊斯兰教。旧时阿訇（教中长老）集政教大权于一身，教长同时即为一部落或一区域之行政首长。今则阿訇惟掌教，不复能过问地方行政矣。维族人兼营商业，游牧，及农业；手工业（如裁缝、木匠，泥水，织毯等）亦多彼族中人。南疆所产之绸，色彩鲜艳，图案悦目，亦多为维族工人所织造。

在文艺美术方面，维族人具有天才，土风歌舞，颇具特色，此不赘言。尝观一出由民间故事改编之短剧，幽默而意味深长，实为佳作。此种民间故事，大都嘲笑富而不仁之辈。短剧内容，写一富人路遇一穷人，穷人向彼行乞，富人不应，且骂之。既而同憩于路侧，穷人徐问富人何来，将赴何处，且进以谀词。富人大喜，乃夸其家宅之美，夸其子，夸其骆驼，终乃夸其所爱之狗。穷人随机应变，亦盛赞其房屋之美轮美奂，其子之多才多艺，其骆驼之健硕，其狗之解人意。富人大喜。穷人乃乘间复请周济。富人怫然掉头不顾。二人于是无言。富人解行囊，取馕食之，不能尽，则以所余投喂路旁一野犬，穷人至是复乞分一小块馕，富人仍不肯，谓宁投喂狗食，不与汝懒虫，荷囊而起，将行。穷人忽思得一计，遂追语之曰：你不是有一条很好的狗么？我适从你家乡来，见你的狗已死。富人大惊，问故。穷人曰：因为你的狗吃了你那匹骆驼的肝，所以死了！富人更惊，复问骆驼何故致死。穷人曰：因为你的儿子死了，你的妻杀骆驼以祭你子。富人惊极而号哭，复问子何因死。穷人曰：因为你的家中失火，你的儿子被烧死了。至是，富人大哭，捶胸发，如中风狂，尽弃其行囊，并自褫其衣，呼号痛哭而去。穷人大喜，乃尽取富人之行囊、衣物，坐于道旁，从行囊中取馕食之，未尽一枚，而富人已大呼而来，指穷人为偷儿，夺还各物，且将夺其手中之余馕。穷人急逃，富人追之，幕遂下。维族风俗，杀骆驼致祭，乃最郑重之典礼，又谓狗食骆驼肝必死。

维族乐器，有长颈琵琶（四弦），鼓，箫，琴（铜丝之弦甚多，而以小竹片鼓之，广东人亦常用之，称为洋琴）等数事。所谓长颈琵琶者，实似一曼陀令，而颈特长，在三尺以下；意谓当别有名，但曾询翻译人哈美德，则云是琵琶。或者吾人今日习见之琵琶已经汉化乎。

维族人席地而坐。炕之地位占全室过半有强，或竟整个房间是一大炕，炕上铺毡，毡上更有大坐垫。有矮几，或圆或长方。维族人上炕坐时，足上仍御牛皮软底靴，实则此为袜子；下炕则加牛皮鞋，无后跟，与吾人之拖鞋相仿，出门亦御此鞋。长袍左衽，无钮扣，腰束以带。头上缠布，或戴无帽结之瓜皮小帽，帽必绣花，而甚小，仅覆头顶之一部。至于戴打乌帽，穿长筒靴，则已为欧化之结果。哈族人装束相同。两族女子平日亦穿靴。

日常饮食，为牛乳、羊肉、馕、奶皮、酥油、水果、红茶，而红茶中例必加糖。菜肴中甚少菜蔬。待客，隆重者宰一羔羊，白煮，大盘捧上，刀割而食。主人倘割取羊尾肥脂以手塞客人口中，虽系大块，客人须例张口承之，不得以手接取徐徐啮食，更不得拒而不受。盖此为主人敬客之礼，不接受或不按例一口吞下者即为失礼。客人受后，例须同样回敬主人。

所谓"抓饭"者，乃以羊油蒸饭，又加羊肉丁与胡萝卜（黄色）丁子；因其非羊油炒饭，而为蒸饭，故虽似炒饭而味实不同。俄国风之"萨莫伐"

在新疆颇为流行，有钱之维族人家都置一具。盖嗜饮红茶，维哈及其他各民族皆然也。

新疆十四民族，除汉族外，维族兼营农业、商业、牧畜、手工业，已如上述。蒙族及哈族则以游牧为主。哈族在北疆居近汉人众多之大城市者，亦种地，惟视为副业；种地不施肥，用休耕制，下种后即自驱羊入山，不复一顾，待秋收时再来收割，有多少算多少。据闻南疆维族人之养蚕者，亦如我们之养野蚕然，蚕置桑树上，即不复措意，蚕及时成茧，亦在树上。此因南疆气候温和又无雨，故得如此便宜省事也。蒙族多逐水草而游牧，故小学亦设蒙古包中，跟着他们一年迁徙数次。

余如柯尔克孜、泰阑其、塔吉克、塔塔尔等族，本皆为中亚细亚民族，今在苏联中亚境内亦有诸族；然此诸族在新省者尚多在游牧阶段。锡伯、索伦二族，乃乾隆年间由满洲移往，今多居伊犁一带，人数不多，亦为农牧兼营者，仍保存其自族之语言，然能汉语及维语者甚多。人谓此族人习语言，特有天才。

据说南疆之罗布淖尔（今罗布泊——编者注）尚有最原始之小部落在焉。此为水上居民，住罗布淖尔中，与其他人民几无往来，不知牧畜，惟恃捕取罗布淖尔之鱼介为食；人数无确计，度不过数百人而已。罗布淖尔在南疆大戈壁之一端，塔里木河注入之；此一带为其他民族所不到，故此小小部落尚能自生自息，保留其原始状态。

游牧民族多喜养狗，盖警卫羊群，管束羊群，皆有赖于狗。而庞大骆驼队中亦必有狗若干头任巡哨纠察之责。新省之游牧民族既多来自他处，来时携狗自随，是故新省之狗，种类亦甚多。大概而言，有蒙古种、西藏种、各式中亚种，及此诸种之混血种，凡此皆为帮人办事的狗。再加以汉人豢畜供玩弄之叭儿种，形形色色，不可究诘；我尝戏语，狗与甜瓜在新省种类之多，巩甲于全国。

迪化人家，几乎家家有狗。此种狗，半为供玩弄而豢养。自南梁（即南郊）至城门之一段路上，群狗竟分段而"治"。倘有他段之狗走过其"地盘"，必群起而吠逐之，直至其垂尾逃出"界线"而后已。因此，狗的行动范围，颇受限制，除非跟了主人同走。然此种无理取闹的狗们，都为叭儿种或其混血种；至于禀有"帮人办事"的天性的猎狗族类，则无此习气。

野羊又名黄羊，毛直而长，佳者可以羼入狐坎中混充狐之腹皮。黄羊跳走甚速，在无边之戈壁滩上，虽小跑车亦不能追及之。黄羊肉又甚鲜美。猎黄羊须用合围之法，侦得其群居之处，四面包围击之；若二三人出猎，往往不能有所得。盖黄羊甚为机警，目力甚好，人在二三里外，黄羊即见之。

迪化是省会，饮食娱乐之事，自然是五花八门的了。汉族人开的酒馆，大抵是混合了山东、陕西、天津各帮烹调的手法，可以"北方菜"目之，然厨子则多甘肃籍。城里有一家自称"川菜馆"的，据试过的人说，毫无川菜风味；或亦可说，仅在菜单上看得见川菜风味。至于官场大宴会，倘用中菜，还是"北方味"的馆子来承办，可异者竟有烧烤乳猪，而且做得很好。但挂炉鸭子则从未见过，简直绝对不用鸭子，有时用鹅。冷盆极多。倘是一席头等的菜，所用冷盆多至二三十个，圆桌面上排成一圈。这许多冷盆，例必杂拌而食之，故有一大盘居中，为拌菜之用。冷盆中又必有"龙须菜"一味，此为海菜。亦有海参，则为苏联货。有鱼翅。此外各种海味则因抗战后来源断绝，已不多见。乌鲁木齐河中产一种鱼，似属鲇鱼一类，尚为鲜美，此为迪化唯一可得之鲜鱼。

"汉菜"而外，有清真教门馆与俄国式西菜。

娱乐之事，除各种晚会外，唯有电影与旧戏。电影院皆为各族文化促进会所办之俱乐部所附设，苏联片为多。国产片仅抗战前的老片了偶有到者。

旧戏园有五六家，在城内。主要是秦腔，亦有不很纯粹之皮黄。故李主席寿辰，曾在省府三堂演旧戏；据说这是迪化最好的班子，最有名的角儿，所演为皮黄。但我这外行人看来，也已觉得不是那么一回事。汉族小市民喜听秦腔。城内几家专唱秦腔的戏园，长年门庭如市。据说此等旧戏园每三四十分钟为一场，票价极低，仅省票（新省从前所通用之银票，今已废）五十两（当时合国币一分二厘五），无座位，站着看，屋小，每场容一百余人即挤得不亦乐乎；隆冬屋内生火，观戏者每每汗流浃背，幸而每场只得三四十分钟，不然，恐怕谁亦受不住的。电影票价普通是五毛三毛两种，座位已颇摩登。然因所映为苏联有声片，又无翻译，一般观众自难发生兴味，基本观众为学生与公务员。

电影院戏园皆男女分座。此因新省一般民众尚重视男女有别之封建的礼仪也。但另一方面，迪化汉族小市民之妇女，实已相当"解放"；妇女上小茶馆，交男友，视为故常，《新疆日报》所登离婚启事，日有数起，法院判离婚案亦宽，可谓离婚相当自由。此等离婚事件之双方，大都为在戏园中分坐之小市民男女。这也是一个有趣的对照。归化族（即白俄来归者）之妇女尤为"解放"，浪漫行动，时有所闻，但维哈等族之妇女就不能那么自由了，因为伊斯兰教义是不许可的。然又闻人言南疆库车、库尔勒等地风气又复不同，维族女子已嫁者，固当恪守妇道，而未嫁或已寡者，则不以苟合为不德云。

佳作赏析：

茅盾（1896—1981），浙江桐乡人，作家。代表作品有长篇小说《蚀》《子夜》，短篇小说集《创造》，学术论著《夜读偶记》等。

新疆地处我国西部，地理环境和风土人情与内地省份差异很大，在一般读者眼里有几分神秘色彩。而作者的这篇文章对于新疆作了比较全面和详尽的介绍，颇值得一读。文章以左宗棠这位当年曾深入新疆腹地的历史人物为切入点，介绍了"坎儿井"这种因地制宜、造福新疆人民的创造性发明，将内地与新疆紧密联结起来。接着，作者开始具体介绍新疆的地理与风土人情：盛产牛羊、盐碛，炎热吐鲁番的棉花瓜果，维族的歌舞与语言，气候特征，宗教信仰，外省商贾，山中雪莲，特色饮食，民族构成，以及迪化（乌鲁木齐）的城市生活等。自然环境、特产、风土人情面面俱到，令人眼花缭乱。文章语言平实，古体诗词的引用为文章添色不少。

北平的四季

□〔中国〕郁达夫

　　对于一个已经化为异物的故人，追怀起来，总要先想到他或她的好处；随后再慢慢地想想，则觉得当时所感到的一切坏处，也会变作很可寻味的一些纪念，在回忆里开花。关于一个曾经住过的旧地，觉得此生再也不会第二次去长住了，身处入了远离的一角，向这方向的云天遥望一下，回想起来的，自然也同样地只是它的好处。

　　中国的大都会，我前半生住过的地方，原也不在少数；可是当一个人静下来回想起从前，上海的闹热，南京的辽阔，广州的乌烟瘴气，汉口武昌的杂乱无章，甚至于青岛的清幽，福州的秀丽，以及杭州的沉着，总归都还比不上北京——我住在那里的时候，当然还是北京——的典丽堂皇，幽闲清妙。

　　先说人的分子罢，在当时的北京——民国十一二年前后——上自军财阀政客名优起，中经学者名人，文士美女教育家，下而至于负贩拉车铺小摊的人，都可以谈谈，都有一艺之长，而无憎人之貌；就是由荐头店荐来的老妈子，除上炕者是当然以外，也总是衣冠楚楚，看起来不觉得会令人讨嫌。

其次说到北京物质的供给哩，又是山珍海味，洋广杂货，以及萝卜白菜等本地产品，无一不备，无一不好的地方。所以在北京住上两三年的人，每一遇到要走的时候，总只感到北京的空气太沉闷，灰沙太暗澹，生活太无变化；一鞭出走，出前门便觉胸舒，过芦沟方知天晓，仿佛一出都门，就上了新生活开始的坦道似的；但是一年半载，在北京以外的各地——除了在自己幼年的故乡以外——去一住，谁也会得重想起北京，再希望回去，隐隐地对北京害起剧烈的怀乡病来。这一种经验，原是住过北京的人，个个都有，而在我自己，却感觉得格外地浓，格外地切。最大的原因或许是为了我那长子之骨，现在也还埋在郊外广谊园的坟山，而几位极要好的知己，又是在那里同时毙命的受难者的一群。

北平的人事品物，原是无一不可爱的，就是大家觉得最要不得的北平的天候，和地理联合上一起，在我也觉得是中国各大都会中所寻不出几处来的好地。为叙述的便利起见，想分成四季来约略地说说。

北平自入旧历的十月之后，就是灰沙满地，寒风刺骨的季节了，所以北平的冬天，是一般人所最怕过的日子。但是要想认识一个地方的特异之处，我以为顶好是当这特异处表现得最圆满的时候去领略；故而夏天去热带，寒天去北极，是我一向所持的哲理。北平的冬天，冷虽则比南方要冷得多，但是北方生活的伟大幽闲，也只有在冬季，使人感受得最彻底。

先说房屋的防寒装置罢，北方的住房，并不同南方的摩登都市一样，用的是钢骨水泥，冷热气管：一般的北方人家，总只是矮矮的一所四合院，四面是很厚的泥墙！上面花厅内都有一张暖炕，一所回廊；廊子上是一带明窗，窗眼里糊着薄纸，薄纸内又装上风门，另外就没有什么了。在这样简陋的房屋之内，你只教把炉子一生，电灯一点，棉门帘一挂上，在屋里住着，却一辈子总是暖炖炖像是春三四月里的样子。尤其会得使你感觉到屋内的温软堪恋的，是屋外窗外面呜呜在叫啸的西北风。天色老是灰沉沉的，路上面也老是灰的围障，而从风尘灰土中下车，一踏进屋里，就觉得一团春气，包围在你的左右四周，使你马上就忘记了屋外的一切寒冬的苦楚。若是喜欢吃吃酒，烧烧羊肉锅的人，那冬天的北方生活，就更加不能够割舍；酒已经是御寒的妙药了，再加上以大蒜与羊肉酱油合煮的香味，简直可以使一室之内，涨满了白蒙蒙的水蒸温气。玻璃窗内，前半夜，会流下一条条的清汗，后半夜就变成了花色奇异的冰纹。

到了下雪的时候哩，景象当然又要一变。早晨从厚棉被里张开眼来，一室的清光，会使你的眼睛眩晕。在阳光照耀之下，雪也一粒一粒地放起光来了，蛰伏得很久的小鸟，在这时候会飞出来觅食振翎，谈天说地，吱吱地叫个不休。数日来的灰暗天空，愁云一扫，忽然变得澄清见底，翳障全无；于是年轻的北方住民，就可以营屋外的生活了，溜冰，做雪人，赶冰车雪车，就在这一种日子里最有劲儿。

我曾于这一种大雪时晴的傍晚，和几位朋友，跨上跛驴，出西直门上骆驼庄去过一夜。北平郊外的一片大雪地，无数枯树林，以及西山隐隐现现的不少白峰头，和时时吹来的几阵雪样的西北风，所给与人的印象，实在是深刻，伟大，神秘到了不可以言语来形容。直到了十余年后的现在，我一想起当时的情景，还会得打一个寒颤而吐一口清气，如同在钓鱼台溪旁立着的一瞬间一样。

北国的冬宵，更是一个特别适合于看书，写信，追思过去，与作闲谈说废话的绝妙时间。记得当时我们弟兄三人，都住在北京，每到了冬天的晚上，总不远千里地走拢来聚在一道，会谈少年时候在故乡所遇见的事事物物。小孩们上床去了，佣人们也都去睡觉了，我们弟兄三个，还会得再加一次煤再加一次煤地长谈下去。有几宵因为屋外面风紧天寒之故，到了后半夜的一二点钟的时候，便不约而同地会说出索性坐到天亮的话来。像这一种叫宝贵的记忆，像这一种最深沉的情调，本来也就是一生中不能够多享受几次的昙花佳境，可是若不是在北平的冬天的夜里，那趣味也一定不会得像如此的悠长。

总而言之，北平的冬季，是想尝识尝识北方异味者之唯一的机会；这一季里的好处，这一季里的琐事杂忆，若要详细地写起来，总也有一部《帝京景物略》那么大的书好做；我只记下了一点点自身的经历，就觉得过长了，下面只能再来略写一点春和夏以及秋季的感怀梦境，聊作我的对这日就沦亡的故国的哀歌。

春与秋，本来是在什么地方都属可爱的时节，但在北平，却与别地方也有点儿两样。北国的春，来得较迟，所以时间也比较得短。西北风停后，积雪渐渐地消了，赶牲口的车夫身上，看不见那件光板老羊皮的大袄的时候，你就得预备着游春的服饰与金钱；因为春来也无信，春去也无踪，眼睛一眨，在北平市内，春光就会同飞马似的溜过。屋内的炉子，刚拆去不久，说不定你就马上得去叫盖凉棚的才行。

而北方春天的最值得记忆的痕迹，是城厢内外的那一层新绿，同洪水似的新绿。北京城，本来就是一个只见树木不见屋顶的绿色的都会，一踏出九城的门户，四面的黄土坡上，更是杂树丛生的森林地了；在日光里颤抖着的嫩绿的波浪，油光光，亮晶晶，若是神经系统不十分健全的人，骤然间身入到这一个淡绿色的海洋涛浪里去一看，包管你要张不开眼，立不住脚，而昏蹶过去。

北平市内外的新绿，琼岛春阴，西山挹翠诸景里的新绿，真是一幅何等奇伟的外光派的妙画！但是这画的框子，或者简直说这画的画布，现在却已经完全掌握在一只满长着黑毛的巨魔的手里了！北望中原，究竟要到哪一日才能够重见得到天日呢？

从地势纬度上讲来，北方的夏天，当然要比南方的夏天来得凉爽。在北平城里过夏，实在是并没有上北戴河或西山去避暑的必要。一天到晚，最热的时候，只有中午到午后三四点钟的几个钟头，晚上太阳一下山，总没有一处不是凉阴阴要穿单衫才能过去的；半夜以后，更是非盖薄棉被不可了。而北平的天然冰的便宜耐久，又是夏天住过北平的人所忘不了的一件恩惠。

我在北平，曾经过过三个夏天；像什刹海，菱角沟，二闸等暑天游耍的地方，当然是都到过的；但是在三伏的当中，不问是白天或是晚上，你只教有一张藤榻，搬到院子里的葡萄架下或藤花荫处去躺着，吃吃冰茶雪藕，听听盲人的鼓词与树上的蝉鸣，也可以一点儿也感不到炎热与熏蒸。而夏天最热的时候，在北平顶多总不过九十四五度，这一种大热的天气，全夏顶多顶多又不过十日的样子。

在北平，春夏秋的三季，是连成一片；一年之中，仿佛只有一段寒冷的时期，和一段比较的温暖的时期相对立。由春到夏，是短短的一瞬间，自夏到秋，也只觉得是过了一次午睡，就有点儿凉冷起来了。因此，北方的秋季也特别的觉得长，而秋天的回味，也更觉得比别处来得浓厚。前两年，因去北戴河回来，我曾在北平过过一个秋，在那时候，已经写过一篇《故都的秋》，对这北平的秋季颂赞过一道了，所以在这里不想再来重复；可是北平近郊的秋色，实在也正像一册百读不厌的奇书，使你愈翻愈会感到兴趣。

秋高气爽，风日晴和的早晨，你且骑着一匹驴子，上西山八大处或玉泉山碧云寺去走走看；山上的红柿，远处的烟树人家，郊野里的芦苇黍稷，以及在驴背上驮着生果进城来卖的农户佃家，包管你看一个月也不会看厌。春秋两季，本来是到处都好的，但是北方的秋空，看起来似乎更高一点，北方的空气，吸起来似乎更干燥健全一点。而那一种草木摇落，金风肃杀之感，在北方似乎也更觉得要严肃，凄凉，沉静得多。你若不信，你且去西山脚下，农民的家里或古寺的殿前，自阴历八月至十月下旬，去住它三个月看看。古人的"悲哉秋之为气！"以及"胡笳互动，牧马悲鸣"的那一种哀感，在南方是不大感觉得到的，但在北平，尤其是在郊外，你真会得感至极而涕零，思千里兮命驾。所以我说，北平的秋，才是真正的秋；南方的秋天，只不过是英国话里所说的 Indian Summer 或叫作小春天气而已。

统观北平的四季，每季每节，都有它的特别的好处；冬天是室内饮食庵息的时期，秋天是郊外走马调鹰的日子，春天好看新绿，夏天饱受清凉。至于各节各季，正当移换中的一段时间哩，又是别一种情趣，是一种两不相连，而又两都相合的中间风味，如雍和宫的打鬼，净业庵的放灯，丰台的看芍药，万牲园的寻梅花之类。

五六百年来文化所聚萃的北平，一年四季无一月不好的北平，我在遥忆，我也在深祝，祝她的平安进展，永久地为我们黄帝子孙所保有的旧都城！

佳作赏析：

郁达夫（1896—1945），浙江富阳人，作家。有短篇小说集《茑萝集》，中篇小说《她是一个弱女子》，散文集《闲书》《屐痕处处》《达夫日记》等。有《郁达夫文集》行世。

北平作为历史悠久的古都，以其独特的位置、重要地位、历史文化和风土人情在全国人民心中有着特殊的位置和吸引力。郁达夫作为一个南方人，也被北平这种特有的魅力所吸引，在生活过一段时间并离开以后，竟然犯了"怀乡病"，开始追忆北平的生活。在作者笔下，北平人民的生活是伟大幽闲的，冬季虽然寒冷，但四合院中的防寒设施十分到位，在屋里有如春天三四月份的感觉。而一旦下雪，则又是一番景象。而和亲人朋友围坐在火炉旁彻夜长谈，则又是充满温情的一种享受。北平春天的新绿、夏季纳凉方法的多样、秋天的清爽，也令人留恋。作者对于文化聚萃、四季皆好的北平热爱之情溢于言表，也使得读者对北平（北京）多了一份向往。

我所知道的康桥（节选）

□〔中国〕徐志摩

一

　　我这一生的周折，大都寻得出感情的线索。不论别的，单说求学。我到英国是为要从卢梭（罗素——编者注）。卢梭来中国时，我已经在美国。他那不确的死耗传到的时候，我真的出眼泪不够，还做悼诗来了。他没有死，我自然高兴。我摆脱了哥伦比亚大博士衔的引诱，买船漂过大西洋，想跟这位二十世纪的福禄泰尔（伏尔泰——编者注）认真念一点书去。谁知一到英国才知道事情变样了：一为他在战时主张和平，二为他离婚，卢梭被康桥给除名了，他原来是 Trinity Col-lege 的 fellow，这一来他的 fellowship 也给取消了。他回英国后就在伦敦住下，夫妻两人卖文章过日子。因此我也不曾遂我从学的始愿。我在伦敦政治经济学院里混了半年，正感着闷想换路走的时候，我认识了狄更生先生。狄更生——Goldsworthy Lowes Dickinson——是一个有名的作者，他的《一个中国人通信》（Letters from John Chinaman）与《一个现代聚餐谈话》（A Modern Symposium）两本小册子早得了我的景仰。我第一次会着他是在伦敦国际联盟协会席上，那天林宗孟先生演说，他做主席；第二次是宗孟寓里吃茶，有他。以后我常到他家里去。他看出我的烦闷，劝我到康桥去，他自己是王家学院（King's Col-lege）的 fellow。我就写信去问两个学院，回信都说学额早满了，随后还是狄更生先生替我去在他的学院里说好了，给我一个特别生的资格，随意选课听讲。从此黑方巾、黑披袍的风光也被我占着了。初起我在离康桥六英里的乡下叫沙士顿地方租了几间小屋住下，同居的有我从前的夫人张幼仪女士与郭虞裳君。每天一早我坐街车（有时自行车）上学到晚回家。这样的生活过了一个春，但我在康桥还只是个陌生人谁都不认识，康桥的生活，可以说完全不曾尝着，我知道的只是一个图书馆，几个课室，和三两个吃便宜饭的茶食铺子。狄更生常在伦敦或是大陆上，所以也不常见他。那年的秋季我一个人回到康桥，整整有一学年，那时我才有机会接近真正的康桥生活，同时，我也慢慢的发现了康桥。我不曾知道过更大的愉快。

二

"单独"是一个耐人寻味的现象。我有时想它是任何发现的第一个条件。你要发现你的朋友的"真"，你得有与他单独的机会。你要发现你自己的真，你得给你自己一个单独的机会。你要发现一个地方（地方一样有灵性），你也得有单独玩的机会。我们这一辈子，认真说，能认识几个人？能认识几个地方？我们都是太匆忙，太没有单独的机会。说实话，我连我的本乡都没有什么了解。康桥我要算是有相当交情的，再次许只有新认识的翡冷翠了（佛罗伦萨——编者注）。啊，那些清晨，那些黄昏，我一个人发疑似的在康桥！绝对的单独。

但一个人要写他最心爱的对象，不论是人是地，是多么使他为难的一个工作？你怕，你怕描坏了它，你怕说过分了恼了它，你怕说太谨慎了辜负了它。我现在想写康侨，也正是这样的心理，我不曾写，我就知道这回是写不好的——况且又是临时逼出来的事情。但我却不能不写，上期预告已经出去了。我想勉强分两节写：一是我所知道的康桥的天然景色；一是我所知道的康桥的学生生活。我今晚只能极简的写些，等以后有兴会时再补。

三

康桥的灵性全在一条河上；康河，我敢说，是全世界最秀丽的一条水。河的名字是葛兰大（Granta），也有叫康河（River Gam）的，许有上下流的区别，我不甚清楚。河身多的是曲折，上游是有名的拜伦潭——"Byron's Pool"——当年拜伦常在那里玩的；有一个老村子叫格兰骞斯德，有一个果子园，你可以躺在累累的桃李树荫下吃茶，花果会掉入你的茶杯，小雀子会到你桌上来啄食，那真是别有一番天地。这是上游；下游是从骞斯德顿下去，河面展开，那是春夏间竞舟的场所。上下河分界处有一个坝筑，水流急得很，在星光下听水声，听近村晚钟声，听河畔倦牛刍草声，是我康桥经验中最神秘的一种：大自然的优美、宁静，调谐在这星光与波光的默契中不期然的淹入了你的性灵。

但康河的精华是在它的中权，著名的"Backs"，这两岸是几个最蜚声的学院的建筑。从上面下来是 Pembroke，St.Katharine's，King's，Clare，Trinity，St.John's。最令人留连的一节是克莱亚与王家学院的毗连处，克莱亚的秀丽紧邻着王家教堂（King's Chapel）的宏伟。别的地方尽有更美更庄严的建筑，例如巴黎赛因河的罗浮宫一带，威尼斯的利阿尔多大桥的两岸，翡冷翠维基乌大桥的周遭；但康桥的"Backs"自有它的特长，这不容易用一两个状词来概括，它那脱尽尘埃气的一种清澈秀逸的意境可说是超出了画图而化生了音乐的神味。再没有比这一群建筑更调谐、更匀称的了！论画，可比的许只有柯罗（Corot）的田野；论音乐，可比的许只有肖邦（Chopin）的夜曲。就这，也不能给你依稀的印象，它给你的美感简直是神灵性的一种。

……

四

这河身的两岸都是四季常青最葱翠的草坪。从校友居的楼上望去，对岸草场上，不论早晚，永远有十数匹黄牛与白马，胫蹄没在恣蔓的草丛中，从容地在咬嚼，星星的黄花在风中动荡，应和着它们尾鬃的扫拂。桥的两端有斜倚的垂柳与榆荫护住。水是澈底的清澄，深不足四尺，匀匀地长着长条的水草。这岸边的草坪又是我的爱宠，在清朝，在傍晚，我常去这天然的织锦上坐地，有时读书，有时看水，有时仰卧着看天空的行云，有时反仆着搂抱大地的温软。

　　……

　　伺候着河上的风光，这春来一天有一天的消息。关心石上的苔痕，关心败草里的花鲜，关心这水流的缓急，关心水草的滋长，关心天上的云霞，关心新来的鸟语。怯伶伶的小雪球是探春信的小使。铃兰与香草是欢喜的初声。窈窕的莲馨，玲珑的石水仙，爱热闹的克罗克斯，耐辛苦的蒲公英与雏菊——这时候春光已是烂漫在人间，更不须殷勤闻讯。

　　瑰丽的春放，这是你野游的时期。可爱的路政，这里不比中国，哪一处不是坦荡荡的大道？徒步是一个愉快，但骑自转车是一个更大的愉快，在康桥骑车是普遍的技术；妇人、稚子、老翁，一致享受这双轮舞的快乐（在康桥听说自转车是不怕人偷的，就为人人都自己有车，没人要偷）。任你选一个方向，任你上一条通道，顺着这带草味的和风，放轮远去，保管你这半天的逍遥是你性灵的补剂。这道上有的是清荫与美草，随地都可以供你休憩。你如爱花，这里多的是锦绣似的草原。你如爱鸟，这里多的是巧啭的鸣禽。你如爱儿童，这乡间到处是可亲的稚子。你如爱人情，这里多的是不嫌远客的乡人，你到处可以"挂单"借宿，有酪浆与嫩薯供你饱餐，有夺目的果鲜恣你尝新。你如爱酒，这乡间每"望"都为你储有上好的新酿，黑啤如太浓，苹果酒姜酒都是供你解渴润肺的……带一卷书，走十里路，选一块清静地，看天，听鸟，读书，倦了时，和身在草绵绵处寻梦去——你能想象更适情更适性的消遣吗？

　　陆放翁有一联诗句："传呼快马迎新月，却上轻舆趁晚凉。"这是做地方官的风流。我在康桥时虽没马骑，没轿子坐，却也有我的风流：我常常在夕阳西晒时骑了车迎着天边扁大的日头直追。日头是追不到的，我没有夸父的荒诞，但晚景的温存却被我这样偷尝了不少。有三两幅图画似的经验至今还是栩栩地留着。只说看夕阳，我们平常只知道登山或是临海，但实际只须辽阔的天际，平地上的晚霞有时也是一样的神奇。有一次我赶到一个地方，手把着一家村庄的篱笆，隔着一大田的麦浪，看西天的变幻。有一次是正冲着一条宽广的大道，过来一大群羊，放草归来的，偌大的太阳在它们后背放射着万缕的金辉，天上却是乌青青的，只剩这不可逼视的威光中的一条大路，一群生物！我心头顿时感着神异性的压迫，我真的跪下了，对着这冉冉渐翳的金光。再有一次是更不可忘的奇景，那是临着一大片望不到头的草原，满开着殷红的罂粟，在青草里亭亭像是万盏的金灯，阳光从褐色云斜着过来，幻成一种异样的紫色，透明似的不可逼视，刹那间在我迷眩了的视觉中，这草田变成了……不说也罢，说来你们也是不信的！

一别二年多了，康桥，谁知我这思乡的隐忧？也不想别的，我只要那晚钟撼动的黄昏，没遮拦的田野，独自斜倚在软草里，看第一个大星在天边出现！

一九二六年一月十四日至二十三日作

佳作赏析：

徐志摩（1896—1931），浙江海宁人，诗人。有诗集《志摩的诗》《猛虎集》，散文集《落叶》《巴黎的鳞爪》，短篇小说集《轮盘》等。

徐志摩的名作《再别康桥》天下闻名，但康桥到底是一个什么地方呢？这篇文章给出了答案：静静的康河水缓缓流过，两岸的大片绿草如茵，世界顶级的学府分布两岸，来自世界各地的莘莘学子，悠远的钟声，热情好客的本地居民……这诗情画意般的田园风光中散发着浓郁的学术氛围和浪漫情怀，是求学旅游的理想去处，也难怪徐志摩在离开一段时间后不由得怀念在康桥度过的那些美好时光。文章语言流畅，感情真挚，字里行间流淌着作者对康桥的思念和依恋之情。

扬州的夏日

□〔中国〕朱自清

扬州从隋炀帝以来，是诗人文士所称道的地方；称道的多了，称道得久了，一般人便也随声附和起来。直到现在，你若向人提起扬州这个名字，他会点头或摇头说："好地方！好地方！"特别是没去过扬州而念过些唐诗的人，在他心里，扬州真像蜃楼海市一般美丽；他若念过《扬州画舫录》一类书，那更了不得了。但在一个久住扬州像我的人，他却没有那么多美丽的幻想，他的憎恶也许掩住了他的爱好；他也许离开了三四年并不去想它。若是想呢——你说他想甚么？女人；不错，这似乎也有名，但怕不是现在的女人罢？——他也只会想着扬州的夏日，虽然与女人仍然不无关系的。

北方和南方一个大不同，在我看，就是北方无水而南方有。诚然，北方今年大雨，永定河大清河甚至决了堤防，但这并不能算是有水；北平的三海和颐和园虽然有点儿水，但太平衍了，一览而尽，船又那么笨头笨脑的。有水的仍然是南方。扬州的夏日，好处大半便在水上——有人称为"瘦西湖"，这个名字真是太"瘦"了，假西湖之名以行，"雅得这样俗"，老实说，我是不喜欢的。下船的地方便是护城河，曼衍开去，曲曲折折，直到平山堂，——这是你们熟悉的名字——有七八里河道，还有许多权权桠桠的支流。这条河其实也没有顶大的好处，只是曲折而有些幽静，和别处不同。

沿河最著名的风景是小金山，法海寺，五亭桥；最远的便是平山堂了。金山你们是知道的，小金山却在水中央。在那里望水最好，看月自然也不错——可是我还不曾有过那样福气。"下河"的人十之九是到这儿的，人不免太多些。法海寺有一个塔，和北海的一样，据说是乾隆皇帝下江南，盐商们连夜督促匠人造成的。法海寺著名的自然是这个塔；但还有一桩，你们猜不着，是红烧猪头。夏天吃红烧猪头，在理论上也许不甚相宜；可是在实际上，挥汗吃着，倒也不坏的。五亭桥如名所示，是五个亭子的桥。桥是拱形，中一亭最高，两边四亭，参差相称；最宜远看，或看影子，也好。桥洞颇多，乘小船穿来穿去，另有风味。平山堂在蜀冈上。登堂可见江南诸山淡淡的轮廓；"山色有无中"一句话，我看是恰到好处，并不算错。这里游人较少，闲坐在堂上，可以永日。沿路光景，也以闲寂胜。从天宁门或北门下船，蜿蜒的城墙，在水里倒映着苍黝的影子，小船悠然地撑过去，岸上的喧扰像没有似的。

船有三种：大船专供宴游之用，可以挟妓或打牌。小时候常跟了父亲去，在船里听着谋得利洋行的唱片。现在这样乘船的大概少了罢？其次是"小划子"，真像一瓣西瓜，由一个男人或女人用竹篙撑着。乘的人多了，便可雇两只，前后用小凳子跨着：这也可算得"方舟"了。后来又有一种"洋划"比大船小，比"小划子"大，上支布篷，可以遮日遮雨。"洋划"渐渐地多，大船渐渐地少，然而"小划子"总是有人要的。这不独因为价钱最贱，也因为它的伶俐。一个人坐在船中，让一个人站在船尾上用竹篙一下一下地撑着，简直是一首唐诗，或一幅山水画。而有些好事的少年，愿意自己撑船，也非"小划子"不行。"小划子"虽然便宜，却也有些分别。譬如说，你们也可想到的，女人撑船总要贵些；姑娘撑的自然更要贵啰。这些撑船的女子，便是有人说过的"瘦西湖上的船娘"。船娘们的故事大概不少，但我不很知道。据说以乱头粗服，风趣天然为胜；中年而有风趣，也仍然算好。可是起初原是逢场作戏，或尚不伤廉惠；以后居然有了价格，便觉意味索然了。

北门外一带，叫做下街，"茶馆"最多，往往一面临河。船行过时，茶客与乘客可以随便招呼说话，船上人若高兴时，也可以向茶馆中要一壶茶，或一两种"小笼点心"，在河中喝着，吃着，谈着。回来时再将茶壶和所谓小笼，连价款一并交给茶馆中人。撑船的都与茶馆相熟，他们不怕你白吃。扬州的小笼点心实在不错：我离开扬州，也走过七八处大大小小的地方，还没有吃过那样好的点心；这其实是值得惦记的。茶馆的地方大致总好，名字也颇有好的，如香影廊，绿杨村，红叶山庄，都是到现在还记得的。绿杨村的幌子，挂在绿杨树上，随风飘展，使人想起"绿杨城郭是扬州"的名句。里面还有小池，丛竹，茅亭，景物最幽。这一带的茶馆布置都历落有致，迥非上海北平方方正正的茶楼可比。

"下河"总是下午。傍晚回来，在暮霭朦胧中上了岸，将大褂折好搭在腕上，一手微微摇着扇子；这样进了北门或天宁门走回家中。这时候可以念"又得浮生半日闲"那一句诗了。

佳作赏析：

朱自清（1898—1948），浙江绍兴人，散文家、学者。有散文集《背影》《欧游杂记》，长诗《毁灭》。学术论著《经典常谈》《诗言志辨》等。

"烟花三月下扬州"，扬州作为江南水乡的著名城市，风景别有一番韵味，而朱自清的这篇《扬州的夏日》则把扬州的韵味淋漓尽致地表达出来——炎炎夏日，搭上一只"小划子"，由一位船娘撑船，在河中悠游闲逛，两岸风景尽收眼底，在北门外的茶馆里叫上一壶茶，几样小笼点心，白天下河，傍晚回来，"又得浮生半日闲"的神仙生活，怎不羡煞旁人？江南的美，江南的媚，江南的闲，尽在其中。

中国园林建筑之美

□ [中国] 宗白华

飞动之美

《考工记》中已经讲到古代工匠喜欢把生气勃勃的动物形象用到艺术上去。这比起希腊来，就很不同。希腊建筑上的雕刻，多半用植物叶子构成花纹图案。中国古代雕刻却用龙、虎、鸟、蛇这一类生动的动物形象，至于植物花纹，要到唐代以后才逐渐兴盛起来。

在汉代，不但舞蹈、杂技等艺术十分发达，就是绘画、雕刻，也无一不呈现一种飞舞的状态。图案画常常用云彩、雷纹和翻腾的龙构成，雕刻也常常是雄壮的动物，还要加上两个能飞的翅膀。充分反映了汉民族在当时的前进的活力。

这种飞动之美，也成为中国古代建筑艺术的一个重要特点。《文选》中有一些描写当时建筑的文章，描写当时城市宫殿建筑的华丽，看来似乎只是夸张，只是幻想。其实不然。我们现在从地下坟墓中发掘出来实物材料，那些颜色华美的古代建筑的点缀品，说明《文选》中的那些描写，是有现实根据的，离开现实并不是那么远的。

现在我们看《文选》中一篇王文考作的《鲁灵光殿赋》。这篇赋告诉我们，这座宫殿内部的装饰，不但有碧绿的莲蓬和水草等装饰，尤其有许多飞动的动物形象：有飞腾的龙，有愤怒的奔兽，有红颜色的鸟雀，有张着翅膀的凤凰，有转来转去的蛇，有伸着颈子的白鹿，有伏在那里的小兔子，有抓着椽在互相追逐的猿猴，还有一个黑颜色的熊，背着一个东西，蹲在那里，吐着舌头。不但有动物，还有人：一群胡人，带着愁苦的样子，眼神憔悴，面对面跪在屋架的某一个危险的地方。上面则有神仙、玉女，"忽瞟眇以响象，若鬼神之仿佛。"在作了这样的描写之后，作者总结道："图画天地，品类群生，杂物奇怪，山神海灵，写载其状，托之丹青，千变万化，事各胶形，随色像类，曲得其情。"这简直可以说是谢赫六法的先声了。

不但建筑内部的装饰，就是整个建筑形象，也着重表现一种动态。中国建筑特有的"飞檐"，就是起这种作用。根据《诗经》的记载，周宣王的建筑已经像一只野鸡伸翅在飞，可见中国的建筑很早就趋向于飞动之美了。

空间的美感

建筑和园林的艺术处理，是处理空间的艺术。老子就曾说："凿户牖以为室，当其无，有室之用。"室之用是由于室中之空间。而"无"在老子又即是"道"，即是生命的节奏。

中国的园林是很发达的。北京故宫三大殿的旁边，就有三海。郊外还有圆明园、颐和园等等，这是皇帝的园林。民间的老式房子，也总有天井、院子，这也可以算作一种小小的园林。例如，郑板桥这样描写一个院落：

十笏茅斋，一方天井，修竹数竿，石笋数尺，其地无多，其费亦无多也。而风中雨中有声，日中月中有影，诗中酒中有情，闲中闷中有伴，非唯我爱竹石，即竹石亦爱我也。彼千金万金造园亭，或游宦四方。终其身不能归享。而吾辈欲游名山大川，又一时不得即往，何如一室小景，有情有味，历久弥新乎！对此画，构此境，何难敛之则退藏于密，亦复放之可弥六合也。

（《郑板桥集·竹石》）

我们可以看到，这个小天井，给了郑板桥这位画家多少丰富的感受！空间随着心中意境可敛可放，是流动变化的，是虚灵的。

宋代的郭熙论山水画，说"山水有可行者，有可望者，有可游者，有可居者"（《林泉高致》）。可行、可望、可游、可居，这也是园林艺术的基本思想。园林中也有建筑，要能够居人，使人获得休息。但它不只是为了居人，它还必须可游，可行，可望。"望"最重要。一切美术都是"望"，都是欣赏。不但"游"可以发生"望"的作用（颐和园的长廊不但领导我们"游"，而且领导我们"望"），就是"住"，也同样要"望"。窗子并不单为了透空气，也是为了能够望出去，望到一个新的境界，使我们获得美的感受。

窗子在园林建筑艺术中起着很重要的作用。有了窗子，内外就发生交流。窗外的竹子或青山，经过窗子的框框望去，就是一幅画。颐和园乐寿堂差不多四边都是窗子，周围粉墙列着许多小窗，面向湖景，每个窗子都等于一幅小画（李渔所谓"尺幅窗，无心画"）。而且同一个窗子，从不同的角度看出去，景色都不相同。这样，画的境界就无限地增多了。

明代人有一小诗，可以帮助我们了解窗子的美感作用。

一琴几上闲，
数竹窗外碧。
帘户寂无人，
春风自吹入。

这个小房间和外部是隔离的，但经过窗子又和外边联系起来了。没有人出现，突出了这个小房间的空间美。这首诗好比是一张静物画，可以当作塞尚画的几个苹果的静物画来欣赏。

不但走廊、窗子，而且一切楼、台、亭、阁，都是为了"望"，都是为了得到和丰富对于空间的美的感受。

颐和园有个匾额，叫"山色湖光共一楼"。这是说，这个楼把一个大空间的景致都吸收进来了。左思《三都赋》："八极可围于寸眸，万物可齐于一朝。"苏轼诗："赖有高楼能聚远，一时收拾与闲人。"就是这个意思。颐和园还有个亭子叫"画中游"。"画中游"，并不是说这亭子本身就是画，而是说，这亭子外面的大空间好像一幅大画，你进了这亭子，也就进入到这幅大画之中。所以明人计成在《园冶》中说："轩楹高爽，窗户邻虚，纳千顷之汪洋，收四时之烂漫。"

这里表现着美感的民族特点。古希腊人对于庙宇四围的自然风景似乎还没有发现。他们多半把建筑本身孤立起来欣赏。古代中国人就不同。他们总要通过建筑物，通过门窗，接触外面的大自然界。"窗含西岭千秋雪，门泊东吴万里船。"（杜甫）诗人从一个小房间通到千秋之雪、万里之船，也就是从一门一窗体会到无限的空间、时间。这样的诗句多得很。像"凿翠开户牖"（杜甫），"山川俯绣户，日月近雕梁。"（杜甫）"檐飞宛溪水，窗落敬亭云。"（李白）"山翠万重当槛出，水光千里抱城来。"（许浑）都是小中见大，从小空间进到大空间，丰富了美的感受。外国的教堂无论多么雄伟，也总是有局限的。但我们看天坛的那个祭天的台，这个台面对着的不是屋顶，而是一片虚空的天穹，也就是以整个宇宙作为自己的庙宇。这是和西方很不相同的。

为了丰富对于空间的美感，在园林建筑中就要采用种种手法来布置空间，组织空间，创造空间，例如借景、分景、隔景等等。其中，借景又有远借、邻借、仰借、俯借、镜借等。总之，为了丰富对景。

玉泉山的塔，好像是颐和园的一部分，这是"借景"。苏州留园的冠云楼可以远借虎丘山景，拙政园在靠墙处堆一假山，上建"两宜亭"，把隔墙的景色尽收眼底，突破围墙的局限，这也是"借景"。颐和园的长廊，把一片风景隔成两个，一边是近于自然的广大湖山，一边是近于人工的楼台亭阁，游人可以两边眺望，丰富了美的印象，这是"分景"。《红楼梦》小说里大观园运用园门、假山、墙垣等等，造成园中的曲折多变，境界层层深入，像音乐中不同的音符一样，使游人产生不同的情调，这也是"分景"。颐和园中的谐趣园，自成院落，另辟一个空间，另是一种趣味。这种大园林中的小园林，叫做"隔景"。对着窗子挂一面大镜，把窗外大空间的景致照入镜中，成为一幅发光的"油画"。"隔窗云雾生衣上，卷幔山泉入镜中。"（王维诗句）"帆影都从窗隙过，溪光合向镜中看。"（叶令仪诗句）这就是所谓"镜借"了。"镜借"是凭镜借景，使景映镜中，化实为虚（苏州怡园的面壁亭处境逼仄，乃悬一大镜，把对面假山和螺髻亭收入镜内，扩大了境界）。园中凿池映景，亦此意。

　　无论是借景、对景，还是隔景、分景，都是通过布置空间、组织空间、创造空间、扩大空间的种种手法，丰富美的感受，创造了艺术意境。中国园林艺术在这方面有特殊的表现，它是理解中国民族的美感特点的一个重要的领域。概括说来，当如沈复所说的："大中见小，小中见大，虚中有实，实中有虚，或藏或露，或浅或深，不仅在周回曲折四字也。"

　　这也是中国一般艺术的特征。

佳作赏析：

　　宗白华（1897—1986），哲学家、美学家、诗人。江苏常熟人。著有《宗白华全集》《美学散步》《艺境》等。

　　叶圣陶的《苏州园林序》重点介绍了南方园林的代表——苏州园林，而宗白华的这篇文章则对中国南北方的园林艺术作了全面概括和分析，能够使读者对中国园林艺术的特点有一个基本的了解。与西方的园林建筑不同，中国的园林建筑十分讲究动感，即"飞动之美"，种种动物甚至人物形象，都用来作为建筑的内部装饰和外部形态。而在建筑与园林的处理上则讲究更多，园林要"可行、可望、可游、可居"，而窗子在连通建筑内部与外部园林景物之间的作用十分重要。而借景、分景、隔景等种种艺术手法的运用，更将中国园林建筑的美创造和发挥到了极致，令人赞叹不已。

菜市口

□［中国］许钦文

　　在故都，对于我的知识关系最大的虽然是沙滩的大楼；因为四妹的缘故，石附马大街红楼的印象也不浅；可是关于生活，最不能忘怀的是宣武门外的菜市口。

　　因我十八岁初到"北京"时就到南半截胡同的绍兴县馆去住，言语隔膜，怕得骡车夫故意捣乱，行到菜市口，一见着"北半截胡同"的牌子，就着急得要命，又恨又怕，不知道南半截胡同原是在北半截胡同里面的，闹了许久才清楚，所以还没有到达寓所，就先把这地方于慌忙中看了个明白。

　　有名的《呐喊》是在绍兴县馆里产生的，想来作者，当时也常在菜市口这地方经过。我的《故乡》《赵先生的烦恼》《鼻涕阿二》和《毛线袜》的一大部分，还有《回家》的后半，也都在这地方写成，如今一回忆着，总还觉得有些感情。《故乡》的原稿大半都在《晨报》副刊上发表，当时的晨报馆也就设在菜市口一边的丞相胡同里。

　　虽然故都，在路面不曾铺好的时候，有人说天晴时像个香炉，下雨以后是个墨盒；所谓香炉，就是一有风就要刮起灰尘来。可是从菜市口出发，东往骡马市大街，由珠市口而到前门；北进宣武门去西单牌楼等处，早都没有了这种情形。而且一到夜间，风总停息；我曾屡次同伏老于月下从公用库一直地踱回寓所，边走边说，只觉有趣；到了菜市口，说声"明天见！"他进丞相胡同去看校样，我到绍兴县馆里去写稿子。

即使到了半夜过，南半截胡同里卖果儿冰糖和油硬面饽饽的叫声仍然不时可以听到；花两三个大子儿，不但可以点点心，也是很助兴趣的。

从菜市口去文化街的琉璃厂固然很近，离先农坛和天桥也不远；元庆的杰作《大红袍》就是傍晚游了天桥，当夜在绍兴县馆里一气呵成功的。

故都的浴堂里面总是烧得很暖热的；菜市口附近的浴堂，价钱便宜，也还干净；在那里先剃个头，洗澡以后躺一下，于懵懂中很容易"捉住意境"；我的初期的小说，大概是这样想好了格局的。

广安市场想是由"菜市"而来的；出售的菜蔬固然很多，部分也分得仔细，不但卖猪脚爪猪舌头各有专摊，连鸡爪鸭掌也是分别卖的。于晨光熹微中，一般"好家婆"，蓬着头发，挽着篮子，接二连三地出入其间，富有"生的情趣"。

在菜市口，最热闹的是中秋节的前几晚，成串的葡萄，血红的柿子，更其醒目的是高大的"兔二爷"，耸着两耳，翘着嘴巴，真是神气活现；一经看到，我总有"笑不得"之感。卖水果和兔二爷的摊子是这样的多，从丞相胡同的口子一直摆到北半截胡同，简直不留一点空地。

每到年边，杀羊也颇可观，好像整夜都在做屠的工作，一到早晨，店堂里一长排一长排的挂得密密层层，地上结起点点的红冰。

菜市口的店铺，自然同故都一般的商家一样，只要你进去，无论是只买一两个铜子的茶叶，总也好好地招待，临走还说声"回见！"他们不但应付主顾来得客气，就是对于学徒，似乎也比南方的商人和气得多。

因为到和济去印书面，接洽校样，我也曾常从菜市口西行，往来于广安门头。元庆且很喜欢在那里游玩；虽然比较的冷静些，却也富于故都的情趣，很是朴素。

"广安门"，这固然做了元庆的画题；他的杰作之一的《一瞥》，所用流畅轻快的笔调，也是取材于此的。

曾经有过两回，我为困窘所袭，深深地陷入悲观；不知所措，无可奈何地漂泊北上。可是一到前门下车，不觉兴奋起来，就以为人生的路本来很广，以前固执，只是可笑。这是因为故都的道路广而直，建筑雄壮，空气又清，很远的景物一望可见，形成着伟大的气魄；站在丁字路的菜市口，也可以这样感觉到。

佳作赏析：

许钦文（1897—1984），浙江山阴人，现代作家。著有长篇小说《西湖云月》，散文集《无妻之累》等。

这是一篇怀念北京生活的作品。菜市口，作为北京城里一个不起眼的普通地方，并没有多少出奇之处，然而作者在这里却感受到了故都浓郁的生活气息：在这里写稿，在这里生存。菜市口离琉璃厂、先农坛、天桥、前门都不太远，可以说是四通八达，街边店铺林立，生活用品齐全，而且有着浓浓的京味，颇值得人留恋和想念。对于一个外地来京谋生的人而言，这是一个给人栖身、生活和人生希望的地方。

后门大街

□〔中国〕朱光潜

人生第一乐趣是朋友的契合。假如你有一个情趣相投的朋友居在邻近，风晨雨夕，彼此用不着走许多路就可以见面，一见面就可以毫无拘束地闲谈，而且一谈就可以谈出心事来，你不嫌他有一点怪脾气，他也不嫌你迟钝迂腐，像约翰生和包斯威尔在一块儿似的，那你就没有理由埋怨你的星宿。这种幸福永远使我可望而不可攀。第一，我生性不会谈话，和一个朋友在一块儿坐不到半点钟，就有些心虚胆怯，刻刻意识到我的呆板干枯叫对方感到乏味。谁高兴向一个只会说"是的""那也未见得"之类无谓语的人溜嗓子呢？其次，真正亲切的朋友都要结在幼年，人过三十，都不免不由自主地染上一些世故气，很难结交真正情趣相投的朋友。"相识满天下，知心能几人？"虽是两句平凡语，却是慨乎言之。因此，我唯一的解闷的方法就只有逛后门大街。

居过北平的人都知道北平的街道像棋盘线似的依照对称原则排列。有东四牌楼就有西四牌楼，有天安门大街就有地安门大街。北平的精华可以说全在天安门大街。它的宽大，整洁，辉煌，立刻就会使你觉到它象征一个古国古城的伟大雍容的气象。地安门（后门）大街恰好给它做一个强烈的反衬。它偏僻，阴暗，湫隘，局促，没有一点可以叫一个初来的游人留恋。我住在地安门里的慈慧殿，要出去闲逛，就只有这条街最就便。我无论是阴晴冷热，无日不出门闲逛，一出门就很机械地走到后门大街。它对于我好比一个朋友，虽是平凡无奇，因为天天见面，很熟习，也就变成很亲切了。

从慈慧殿到北海后门比到后门大街也只远几百步路。出后门，一直向北走就是后门大街，向西转稍走几百步路就是北海。后门大街我无日不走，北海则从老友徐中舒随中央研究院南迁以后（他原先住在北海），我每周至多只去一次。这并非北海对于我没有意味，我相信北海比我所见过的一切园子都好，但是北海对于我终于是一种奢侈，好比乡下姑娘的唯一一件的漂亮衣，不轻易从箱底翻出来穿一穿的。有时我本预备去北海，但是一走到后门，就变了心眼，一直朝北去走大街，不向西转那一个弯。到北海要买门票，花二十枚铜子是小事，免不着那一层手续，究竟是一种麻烦；走后门大街可以长驱直入，没有站岗的向你伸手索票，打断你的幻想。这是第一个分别。在北海逛的是时髦人物，个个是衣裳楚楚，油头滑面的。你头发没有梳，胡子没有光，鞋子也没有换一双干净的，"囚首垢面而谈诗书"，已经是大不韪，何况逛公园？后门大街上走的尽是贩夫走卒，没有人嫌你怪相，你可以彻底地"随便"。这是第二个分别。逛北海，走到"仿膳"或是"漪澜堂"的门前，你不免想抬头看看那些喝茶的中间有你的熟人没有，但是你又怕打招呼，怕那里有你的熟人，故意地低着头匆匆地走过去，像做了什么坏事似的。在后门大街上你准碰不见一个熟人，虽然常见到彼此未通过姓名的熟面孔，也各行其便，用不着打无味的招呼。你可以尽量地饱尝着"匿名者"（Jucognsio）的心中一点自由而诡秘的意味。这是第三个分别。因为这些缘故，我老是牺牲北海的朱梁画栋和香荷绿柳而独行踽踽于后门大街。

到后门大街我很少空手回来。它虽然是破烂，虽然没有半里路长，却有十几家古玩铺，一家旧书店。这一点点缀可以见出后门大街也曾经过一个繁华时代，阅历过一些沧桑岁月，后门旧为旗人区域，旗人破落了，后门也就随之破落。但是那些破落户的破铜破铁还不断地送到后门的古玩铺和荒货摊。这些东西本来没有多少值得收藏的，但是偶尔遇到一两件，实在比隆福寺和厂甸的便宜。我花过四块钱买了一部明初拓本《史晨碑》，六块钱买了二十几锭乾隆御墨，两块钱买了两把七星双刀，有时候花几毛钱买一个瓷瓶，一张旧纸，或是一个香炉。这些小东西本无足贵，但是到手时那一阵高兴实在是很值得追求。我从前在乡下时学过钓鱼，常蹲半天看不见浮标晃影子，偶然钓起来一个寸长的小鱼，虽明知其不满一咽，心里却非常愉快，我究竟是钓得了，没有落空。我在后门大街逛古董铺和荒货摊，心情正如钓鱼。鱼是小事，钓着和期待着有趣，钓得到什么，自然更是有趣。许多古玩铺和旧书店的老板都和我由熟识而成好朋友。过他们的门前，我的脚不由自主地踏进去。进去了，看了半天，件件东西都还是昨天所见过的。我自己觉得翻了半天还是空手走，有些对不起主人；主人也觉得没有什么新东西可以卖给我，心里有些歉然。但是这一点不尴尬，并不能妨碍我和主人的好感，到明天，我的脚还是照旧地不由自主地踏进他的门，他也依旧打起那副笑面孔接待我。

后门大街龌龊，是毋庸讳言的。就目前说，它虽不是贫民窟，一切却是十足的平民化。平民的最基本的需要是吃，后门大街上许多活动都是根据这个基本需要而在那里川流不息地进行。假如你是一个外来人，在后门大街走过一趟之后，坐下来搜求你的心影，除着破铜破铁破衣破鞋之外，就只有青葱大蒜，油条烧饼，和卤肉肥肠，一些油腻腻灰灰土土的七三八四和苍蝇骆驼混在一堆在你的昏眩的眼帘前晃影子。如果你回想你所见到的行人，他不是站在锅炉边嚼烧饼的洋车夫，就是坐在扁担上看守大蒜咸鱼的小贩。那里所有的颜色和气味都是很强烈的。这些混乱而又秽浊的景象有如陈年牛酪和臭豆腐乳，在初次接触时自然不免惹起你的嫌恶；但是如果你尝惯了它的滋味，它对于你却有一种不可抵御的引诱。

别说后门大街平凡，它有的是生命和变化！只要你有好奇心，肯乱窜，在这不满半里路长的街上和附近，你准可以不断地发现新世界。我逛过一年以上，才发现路西一个夹道里有一家茶馆。花三大枚的水钱，你可以在那儿坐一晚，听一部《济公传》或是《长坂坡》。至于火神庙里那位老拳师变成我的师傅，还是最近的事。你如果有幽默的癖性，你随时可以在那里寻到有趣的消遣。有一天晚上我坐在一家旧书铺里，从外面进来一个跛子，向店主人说了关于他的生平一篇可怜的故事，讨了一个铜子出去。我觉得这人奇怪，就起来跟在他后面走，看他跛进了十几家店铺之后，腿子猛然直起来，踏着很平稳安闲的大步，唱"我好比南来雁"，沉没到一个阴暗的夹道里去了。在这个世界里的人们，无论他们的生活是复杂或简单，关于谁你能够说"我真正明白他的底细"呢？

一到了上灯时候，尤其在夏天，后门大街就在它的古老躯干之上尽量地炫耀近代文明。理发馆和航空奖券经理所的门前悬着一排又一排的百支烛光的电灯，照相馆的玻璃窗里所陈设的时装少女和京戏名角的照片也越发显得光彩夺目。家家洋货铺门上都张着无线电的大口喇叭，放送京戏鼓书相声和说不尽的许多其他热闹玩意儿。这时候后门大街就变成人山人海，左也是人，右也是人，各种各样的人。少奶奶牵着她的花簇簇的小儿女，羊肉店的老板扑着他的芭蕉叶，白衫黑裙和翻领卷袖的学生们抱着膀子或是靠着电线杆，泥瓦匠坐在阶石上敲去旱烟筒里的灰，大家都一齐心领神会似的在听，在看，在发呆。在这种时候，后门大街上准有我；在这种时候，我丢开几十年教育和几千年文化在我身上所加的重压，自自在在地沉没在贤愚一体，皂白不分的人群中，尽量地满足牛要跟牛在一块儿，蚂蚁要跟蚂蚁在一块儿那一种原始的要求。我觉得自己是这一人群人中的一个人，我在我自己的心腔血管中感觉到这一大群人的脉搏的跳动。

后门大街，对于一个怕周旋而又不甘寂寞的人，你是多么亲切的一个朋友！

佳作赏析：

朱光潜（1897—1986），字孟实，安徽桐城人，美学家、教授。代表作品有《给青年的十二封信》《谈美》《诗论》《谈文学》等。

　　和《菜市口》一样，这也是一篇记述北京城内一处普通地界的文章，无论从语言上还是所记述的事物，都散发着浓浓的京味。后门大街很破烂，是一个彻头彻尾的平民化街区，这里有许多古玩铺和旧书店，凭着这两点就足以使作者留恋。不仅如此，这里还展现着最真实、最原始的平民生活、江湖路数，而作者很乐于融入到这种生活中去找寻乐趣。对于不擅言谈的作者而言，后门大街就是他最好的知心朋友。作者文笔流畅，记事生动，读来令人感觉是在欣赏一幅老北京的风土人情画，韵味无穷。

济南的冬天

□ ［中国］老舍

    对于一个在北平住惯的人，像我，冬天要是不刮风，便觉得是奇迹；济南的冬天是没有风声的。对于一个刚由伦敦回来的人，像我，冬天要能看得见日光，便觉得是怪事；济南的冬天是响晴的。自然，在热带的地方，日光是永远那么毒，响亮的天气，反有点叫人害怕。可是，在北中国的冬天，而能有温晴的天气，济南真得算个宝地。

    设若单单是有阳光，那也算不了出奇。请闭上眼睛想：一个老城，有山有水，全在天底下晒着阳光，暖和安适地睡着，只等春风来把它们唤醒，这是不是个理想的境界？小山整把济南围了个圈儿，只有北边缺着点口儿。这一圈小山在冬天特别可爱，好像是把济南放在一个小摇篮里，它们安静不动地低声地说："你们放心吧，这儿准保暖和。"真的，济南的人们在冬天是面上含笑的。他们一看那些小山，心中便觉得有了着落，有了依靠。他们由天上看到山上，便不知不觉地想起："明天也许就是春天了吧？这样的温暖，今天夜里山草也许就绿起来了吧？"就是这点幻想不能一时实现，他们也并不着急，因为有这样慈善的冬天，干啥还希望别的呢！

最妙的是下点小雪呀。看吧，山上的矮松越发的青黑，树尖上顶着一儿白花，好像日本看护妇。山尖全白了，给蓝天镶上一道银边。山坡上，有的地方雪厚点，有的地方草色还露着；这样，一道儿白，一道儿暗黄，给山们穿上一件带水纹的花衣；看着看着，这件花衣好像被风儿吹动，叫你希望看见一点更美的山的肌肤。等到快日落的时候，微黄的阳光斜射在山腰上，那点薄雪好像忽然害了羞，微微露出点粉色。就是下小雪吧，济南是受不住大雪的，那些小山太秀气！

古老的济南，城里那么狭窄，城外又那么宽敞，山坡上卧着些小村庄，小村庄的房顶上卧着点雪，对，这是张小水墨画，也许是唐代的名手画的吧。

那水呢，不但不结冰，倒反在绿萍上冒着点热气，水藻真绿，把终年贮蓄的绿色全拿出来了。天儿越晴，水藻越绿，就凭这些绿的精神，水也不忍得冻上，况且那些长枝的垂柳还要在水里照个影儿呢！看吧，由澄清的河水慢慢往上看吧，空中，半空中，天上，自上而下全是那么清亮，那么蓝汪汪的，整个的是块空灵的蓝水晶。这块水晶里，包着红屋顶，黄草山，像地毯上的小团花的小灰色树影；这就是冬天的济南。

佳作赏析：

老舍（1899—1966），北京人，作家。代表作品有长篇小说《猫城记》《骆驼祥子》《四世同堂》，话剧《龙须沟》《茶馆》等。

"泉城"济南自古以来以泉水著名，而这篇文章则强调了济南冬天的美妙：既没有北京城的大风，又不像伦敦那样有雾不见阳光，可以称得上是风和日丽。而一旦下点儿小雪，风景就更美了，简直是一幅山水画。在作者笔下，万物肃杀的严冬济南却充满生机和活力。文章语言生动形象，风格轻快，浓郁的京味语言和拟人化修辞手法的运用，使文章妙趣横生。

姑苏菜艺

□〔中国〕陆文夫

　　我不想多说苏州菜怎么好了，因为苏州市每天都要接待几万名中外游客，来往客商，会议代表，几万张嘴巴同时评说十州菜的是非，其中不乏吃遍中外的美食家，应该多听他们的意见。同时我也发现，全国和世界各地的人都说自己的家乡不错，至少有某几种菜是好的。你说吃在某处，他说吃在某地，究其原因，这吃和各人的环境、习性、经历、文化水平等等都有关系。

　　人们评说，苏州菜有三大特点：精细、新鲜、品种随着节令的变化而改变，这三大特点便是由苏州的天、地、人决定的。苏州人的性格温和，精细，所以他的菜也就精致，清淡中偏甜，没有强烈的刺激。听说苏州菜中有一个炒绿豆芽，是把鸡丝嵌在绿豆芽里，其精细的程度简直可以和苏州的刺绣媲美。苏州是鱼米之乡，地处水网与湖泊的中间，过去，在自家的水码头上可以捞鱼摸虾，不新鲜的鱼虾是无人问津的。从前，苏州市有两大蔬菜基地，南园和北园，这两个园都在城墙的里面。菜农黎明起来，天亮就挑菜到人家的巷子口，那菜叶上还沾着露水。七年前，我有一位朋友千方百计地从北京调回来，我问他为什么，他说是为了回苏州来吃苏州的青菜。这位朋友不是因莼鲈之思而归故里，竟然是为了吃青菜而回来的，虽然不是唯一的原因，但也可见苏州人对新鲜食物是嗜之若命的。头刀韭菜、青蚕豆、鲜笋、菜花甲鱼、太湖莼菜、南塘鸡头米、马兰头……四时八节都有时菜，如果有哪种菜没吃上，那老太太或老先生便要叹息，好像今年的日子过得有点不舒畅，总是像缺了点什么东西似的。

我们所说的苏州菜，通常是指菜馆里的菜，宾馆里是菜，其实，一般的苏州人并不经常上饭店，除非是去吃喜酒，陪宾客什么的。苏州人的日常饮食和饭店里的菜有同有异，另成体系，即所谓的苏州家常菜。饭店里的菜也是千百年间在家常菜的基础上提高、发展而定型的。家常过日子没有饭店里的条件，也花不起那么多的钱，所以家常菜都比较简朴，可是简朴得并不马虎，经济实惠，精心制作，这是苏州人的特点。吃也是一种艺术，艺术有两大类，一种是华，一种是朴；华近乎雕琢，朴近乎自然，华朴相错是为妙品。人们对艺术的欣赏是华久则思朴，朴久则思华，两种艺术交叉欣赏，相互映辉，近华、近朴常常因时、因地、因人的经历而异，吃也是同样的道理。炒头刀韭菜、炒青蚕豆、荠菜肉丝豆腐羹、麻酱油香干拌马兰头，这些都是苏州的家常菜，很少有人不喜欢吃的，可是日日吃家常菜的人也想到菜馆里去弄一顿，换换口味，见见世面。已故的苏州老作家周瘦鹃、范烟桥、程小青先生可算得上是苏州的美食家，他们的家常菜也是不马虎的。可是当年我们常常相约去松鹤楼"尝尝味道"，如果碰上连续几天宴请，他们又要高喊吃不消，要回家吃青菜了。前两年威尼斯的市长到苏州来访问，苏州市的市长在得月楼设宴招待贵宾。得月楼的经理顾应根是特级服务技师，他估计这位市长从北京等地吃过来，什么世面都见过了，便以苏州的家常菜待客，精心制作，华朴相错，使得威尼斯的市长大为惊异，中国菜竟有如此的美味，苏州菜中有一只"松鼠鳜（桂）鱼"，是苏州的名菜，一般的家庭中做不出来。但在苏州的家常菜中常用雪里蕻烧鳜（桂）鱼汤或鲫鱼汤，当我有机会到萃华园去陪客或做东时，我只指明要两样东西，一是屈群根师傅制作的小点心，一是雪里蕻烧鳜（桂）鱼汤，汤中再加点冬笋片与火腿片，中外宾客食之无不赞美，虽然不像鲈鱼和莼菜那么名贵，却也颇有田园与民间的风味。顺便说一句，名贵的菜不一定都是鲜美的菜，只是因其有名、价钱贵而已。烹调术是一种艺术，艺术切忌粗制滥造，但也反对矫揉造作，热衷于搞形式主义。

近年来，随着人民生活水平的提高，旅游事业的发展，经济交往的增多，苏州的菜馆生意兴隆，日无虚席。苏州的各色名菜都有了恢复、提高、发展，但是也碰到了问题，这问题不是苏州所特有，而是全国性的。问题的产生原因也很简单：吃的人太多，俗话说人多没好食，特别是苏州菜，以精细为其长，几十桌筵席一起开，楼上楼下都坐得满满的。吃喜酒的人像赶集似地涌进店堂里，对不起，那烹饪就不得不采取工业化的方式。来点流水作业。有一次我陪几位朋友上饭店，服务员对我很客气，问我有什么要求，我说只有一个小小的要求，希望那菜一只只地下去，一只只地上来。服务员听了只好摇头："办不到。"所谓一只只地下去就是不要把几盆虾仁之类的菜一起炒，炒好了每只盆子里分一点，使得小锅菜成了大锅菜。大锅饭好吃，大锅菜并不鲜美，尽管你炒的是虾仁或鲜贝。所谓一只只地上来就是等客人把第一只菜吃得差不多，再把第二只菜下锅。不要一拥而上，把盆子搁在盆子上，吃到一半便汤菜冰凉，油花成了油皮。中餐和西餐不同，除掉冷盆之外都是要趁热吃的，中国人劝客，都是说："来来，趁热。"如果炒虾仁也不热，蟹粉菜心是凉的，那就白花了冤枉钱。饭店经理也知道这一点，可他有什么办法呢，哪来那么多的人手，哪来那么大的场地？红炉上的菜单有一叠，不可能专用一只炉灶为一桌人服务，等着你去细细地品味，只能要求服务员不站在桌子旁边等扫地。有些老吃客往往叹息，说现在的菜不如从前，这话也不尽然。有一次，苏州的特一级厨师吴涌根的儿子结婚，他的儿子继承父业，也是有名的厨师，父子合作了一桌菜，请几位老朋友到他家聚聚。我的吃龄不长，清末民初的苏州美食没有吃过，可我有幸参加过五十年代初期苏州最盛大的宴会，当年名师云集，一顿饭吃了两个钟头。我感觉吴家父子的那一桌菜，比起五十年代初期来毫无逊色，而且有许多创造与发展。内中有一点拨丝点心，那丝拔得和真丝一样，像一团云雾笼罩在盆子上透过纱雾可见一只一只雪白的蚕茧（小点）卧在青花瓷盘里。吴师傅要我为此点取个名字，我名之曰"春蚕"，苏州是丝绸之乡，蚕蛹也是可食的。吴家父子为这一桌菜准备了几天。他哪里有可能、有精力每天都办它几十桌呢？

苏州菜的第二个特点便是新鲜、时鲜，各大菜系的美食无不考究这一点，可是这一点也受到了采购、贮运和冷藏的威胁。冰箱是个好东西，说是可以保鲜，这里所谓的保鲜是保其在一定的时间内不坏，而不能保住菜蔬尤其是食用动物的特殊鲜味。得月楼的特三级厨师韩云焕（已故），常为我的客人炒一只虾仁，那些吃遍中外的美食家之无不赞美，认为是一种特技。可是这种特技必须有个先决条件，那虾仁必须是现拆的，如果没有此种条件的话，韩师傅也只好抱歉："对不起，今天只好马虎点了，那虾仁是从冰箱里拿出来的。"看来，这吃的艺术也和其他艺术一样，也都存在着提高与普及的问题。饭店里的菜本来是一种提高，吃的人多了以后就成了普及，在此种普及的基础上再提高，那就只有在大饭店里开小灶，由著名的厨师挂牌营业，就像大医院里开设的专家门诊，那挂号费当然也得相应地提高点。烹调是一种艺术，真正的艺术都有艺术家的个性与独特的风格，集体创作和流水作业会阻碍艺术的发展。根据中国烹饪的特点，饭店的规模不宜太大，应该多开设一些特色的小饭店，卫生条件很好，环境不求洋化而具有民族特点。炉灶就放在店堂里，文君当炉，当众表演，老吃客可以提出要求，咸淡自便。那菜一只只地下去，一只只地上来当然就不是问题，每个人都可以拿起筷子来："请，趁热吃。"每个小饭店只要一两只拿手菜，就可以做出点名声来。当今许多有名的饭店，当初都是规模很小的，许多有名的菜都是小饭馆里创造出来的，小饭馆里当然不能每天办几十桌喜酒，那就让那些喜欢在大饭店里办喜酒的人去多花点儿气派钱。

苏州菜有着十分悠久的传统，任何传统都不可能是一成不变的。这些年来苏州的菜也在变，偶尔发现川菜和鲁菜的渗透。为了适应外国人的习惯，还出现了所谓的宾馆菜。这些变化引起了苏州老吃客的争议，有的赞成，有的反对。去年（1987年），坐落在察院场的萃华园开张，这是一家苏州烹饪学校开设的大饭店，是负责培养厨师和服务员的。开张之日苏州的美食家云集，对苏州菜未来的发展各抒己见。我说要保持苏州菜的传统特色，却遭到一位比我更精于此道的权威的反对："不对，要变，不能吃来吃去都是一样的。"我想想也对，世界是哪有不变的东西。不过，我倒是希望苏州菜在发展与变化的过程中，注意向苏州的家常菜，向苏州的小吃学习，从其中吸取营养，加以提炼，开拓品种，这样才能既保特色，而又不在原地停留。民间艺术是艺术的源泉，有特色的艺术都离不开这个基地，何况苏州的民间食品是那么的丰富而又精细。当然，这里面有个价格的问题，麻姜油香干拌马兰头，好菜，可那原料的采购、加工、切洗都很费事，却又不能把一盘拌马兰头卖它二十块钱。如果你向主持家务的苏州老太太献上这盘菜，她还会生气："什嘛，你叫我到大饭店里来吃马兰头！"

佳作赏析：

陆文夫（1928—2005），江苏泰兴人，作家。著有小说集《小巷深处》《小巷人物志》《美食家》等。

中华美食文化源远流长，博大精深，苏州菜又以其精细、新鲜、品种随着节令的变化而改变三大特点驰名中外。作者对于饮食之道了解颇深，关于苏州菜的介绍也很详尽。苏州饭店中的名菜松鼠鳜（桂）鱼、平常人家的家常菜炒头刀韭菜、炒青蚕豆都有所涉及。除介绍菜式，关于饮食的相关趣闻轶事、典故作者也都娓娓道来，既有知识性又有趣味性，使得普通读者对于苏州菜系、对于中华美食文化的了解又深入了一步。

劝菜

□ 〔中国〕王了一

中国有一件事最足以表示合作精神的，就是吃饭。十个或十二个人共一盘菜，共一碗汤。酒席上讲究同时起筷子，同时把菜夹到嘴里去，只差不曾嚼出同一的节奏来。相传有一个笑话。一个外国人问一个中国人说："听说他们中国有二十四个人共吃一桌酒席的事，是真的吗？"那中国人说："是真的。"那外国人说："菜太远了，筷子怎么夹得着呢？"那中国人说："我们有一种三尺来长的筷子。"那外国人说："用那三尺来长的筷子，夹得着是不成问题了，怎么弯得转来把菜送到嘴里去呢？"那中国人说："我们是互相帮忙，你夹给我吃，我夹给你吃的啊！"

中国人的吃饭，除了表示合作的精神之外，还合于经济的原则。西洋每人一盘菜，吃剩下来就是暴殄天物；咱们中国人，十人一盘菜，你不爱吃的却正是我所喜欢的，互相调剂，各得其所。因此，中国人的酒席，往往没有剩菜；即使有剩，它的总量也不像西餐剩菜那样多，假使中国酒席的菜本来相等的话。

有了这两个优点，中国人应该踌躇满志，觉得圣人制礼作乐，关于吃这一层总算是想得尽善尽美的了。然而咱们的先哲犹嫌未足，以为食而不让，则近于禽兽，于是提倡食中有让，其初是消极的让，就是让人先夹菜，让人多吃好东西；后来又加上积极的让，就是把好东西夹到了别人的碟子里，饭碗里，甚至于嘴里。其实积极的让也是由消极的让生出来的：遇着一样好东西，我不吃或少吃，为的是让你多吃；同时，我以君子之心度君子之腹，知道你一定也不肯多吃，为的是要让我。在这僵局相持之下，为了使我的让德战胜你的让德起见，我就非和你争不可！于是劝菜这件事也就成为"乡饮酒礼"中的一个重要项目了。

劝菜的风俗处处皆有，但是素来著名的礼让之乡如江浙一带尤为盛行。男人劝得马虎些，夹了菜放在你的碟子里就算了；妇女界最为殷勤，非把菜送到你的饭碗里去不可。照例是主人劝客人；但是，主人劝开了头之后，凡自认为主人的至亲好友，都可以代主人来劝客。有时候，一块"好菜"被十双筷子传观，周游列国之后，却又物归原主！假使你是一位新姑爷，情形又不同了。你始终成为众矢之的，全桌的人都把"好菜"堆到你的饭碗里来，堆得满满的，使你鼻子碰着鲍鱼，眼睛碰着鸡丁，嘴唇上全糊着肉汁，简直吃不着一口白饭。我常常这样想，为什么不开始就设计这样一碗"什锦饭"，专为上宾贵客预备的，倒反要大家临时大忙一阵呢？

劝菜固然是美德，但是其中还有一个嗜好是否相同的问题。孟子说："口之于味，有同嗜也。"我觉得他老人家这句话有多少语病，至少还应该加上一段"但书"。我还是比较地喜欢法国的一谚语："惟味与色无可争。"意思是说，食物的味道和衣服的颜色都是随人喜欢，没有一定的美恶标准的。这样说来，主人所喜欢的"好菜"，未必是客人所认为好吃的菜。肴馔的原料和烹饪的方法，在各人的见解上（尤其是籍贯不相同的人），很容易生出大不相同的估价。有时候，把客人所不爱吃的东西硬塞给他吃，与其说是有礼貌，不如说是令人难堪。十年前，我曾经有一次作客，饭碗被鱼虾鸡鸭堆满了之后，我突然把筷子一放，宣布吃饱了。直等到主人劝了又劝，我才说："那么请你们给我换一碗白饭来！"现在回想，觉得当时未免少年气盛；然而直到如今，假使我再遇同样的情形，一时急起来，也难保不用同样方法来对付呢！

中国人之所以和气一团，也许是津液交流的关系。尽管有人主张分食，同时也有人故意使它和到不能再和。譬如新上来的一碗汤，主人喜欢用自己的调羹去把里面的东西先搅一搅匀；新上来的一盘菜，主人也喜欢用自己的筷子去拌一拌。至于劝菜，就更顾不了许多，一件山珍海错，周游列国之后，上面就有了五七个人的津液。将来科学更加昌明，也许有一种显微镜，让咱们看见酒席上病菌由津液传播的详细状况。现在只就我的肉眼所能看见的情形来说。我未坐席就留心观察，主人是一个津液丰富的人。他说话除了喷出若干吐沫之外，上齿和下齿之间常有津液像蜘蛛网般弥缝着。入席以后，主人的一双筷子就在这蜘蛛网里冲进冲出，后来他劝我吃菜，也就拿他那一双曾在这蜘蛛网里冲进冲出的筷子，夹了菜，恭恭敬敬地送到我的碟子里。我几乎不信任我的舌头！同时一盘炒山鸡片，为什么刚才我自己夹了来是好吃的，现在主人恭恭敬敬地夹了来劝我却是不好吃的呢？我辜负了主人的盛意了。我承认我这种脾气根本就不适宜在中国社会里交际。然而我并不因此就否定劝菜是一种美德。"有杀身以成仁"，牺牲一点儿卫生戒条来成全一种美德，还不是应该的吗？

佳作赏析：

王了一（1900—1986），原名王力，广西博白县人，语言学家。著有《中国现代语法》《中国音韵学》《汉语史稿》《古代汉语》《龙虫并雕斋琐语》等。

中国的饮食文化世界闻名，除了菜系繁多、口味丰富外，饮食礼仪也讲究颇多，而劝菜则是其中重要一项。主人招待客人吃饭，劝菜以示尊重和礼让，这种风俗全国都有，而据作者所言，以江浙最盛。虽说礼多人不怪，但正如作者所言，每个人的饮食习惯和偏好不同，同桌之人来回劝菜也不卫生，所以虽是好事，还是点到为止最好。既显得有礼貌，又能让客人吃好，这才算两全其美。文章语言流畅，夹叙夹议的同时又带有几分诙谐，读来令人忍俊不禁。

关于北京城墙的存废

□ [中国] 梁思成

北京成为新中国的新首都了。新首都的都市计划即将开始，古老的城墙应该如何处理，很自然地成了许多人所关心的问题。处理的途径不外拆除和保存两种。城墙的存废在现代的北京都市计划里，在市容上，在交通上，在城市的发展上，会产生什么影响，确是一个重要的问题，应该慎重的研讨，得到正确的了解，然后才能在原则上得到正确的结论。

有些人主张拆除城墙，理由是：城墙是古代防御的工事，现在已失去了功用，它已尽了它的历史任务了；城墙是封建帝王的遗迹；城墙阻碍交通，限制或阻碍城市的发展；拆了城墙可以取得许多砖，可以取得地皮，利用为公路。简单地说，意思是：留之无用，且有弊害，拆之不但不可惜，且有薄利可图。

但是，从不主张拆除城墙的人的论点上说，这种看法是有偏见的，片面的，狭隘的，也缺乏实际的计算的：由全面城市计划的观点看来，都是知其一不知其二的，见树不见林的。

他说：城墙并不阻碍城市的发展，而且把它保留着与发展北京为现代城市不但没有抵触，而且有利。如果发展它的现代作用，它的存在会丰富北京城人民大众的生活，将久远地为我们可贵的环境。

先说它的有利的现代作用。自从 18、19 世纪以来，欧美的大都市因为工商业无计划、无秩序、无限制的发展，城市本身也跟着演成了野草蔓延式的滋长状态。工业、商业、住宅起先便都混杂在市中心，到市中心积渐地密集起来时，住宅区便向四郊展开。因此，工商业随着又向外移。到了四郊又渐形密集时，居民则又向外展移，工商业又追踪而去。结果，市区被密集的建筑物重重包围。在伦敦、纽约等市中心区居住的人，要坐三刻钟乃至一小时以上的地道车才能达到郊野。市内之枯燥嘈杂，既不适于居住，也渐不适于工作，游息的空地都被密集的建筑物和街市所侵占，人民无处游息，各种行动都忍受交通的拥挤和困难。所以现代的都市计划，为市民身心两方面的健康，为解除无限制蔓延的密集，便设法采取了将城市划分为若干较小的区域的办法。小区域之间要用一个园林地带来隔离。这种分区法的目的在使居民能在本区内有工作的方便，每日经常和必要的行动距离合理化，交通方便及安全化；同时使居民很容易接触附近郊野田园之乐，在大自然里休息；而对于行政管理方面，也易于掌握。北京在 20 年后，人口可能增加到 400 万人以上，分区方法是必须采用的。靠近城墙内外的区域，这城墙正可负起它新的任务。利用它为这种现代的区间的隔离物是很方便的。

这里主张拆除的人会说：隔离固然是隔离了，但是你们所要的园林地带在哪里？而且隔离了交通也就被阻梗了。

主张保存的人说：城墙外面有一道护城河，河与墙之间有一带相当宽的地，现在城东、南、北三面，这地带上都筑了环城铁路。环城铁路因为太近城墙，阻碍城门口的交通，应该拆除向较远的地方展移。拆除后的地带，同护城河一起，可以做成极好的"绿带"公园。护城河在明正统年间，曾经"两涯焚以砖石"，将来也可以如此做。将来引导永定河水一部分流入护城河的计划成功之后，河内可以放舟钓鱼，冬天又是一个很好的溜冰场。不唯如此，城墙上面，平均宽度约10米以上，可以砌花池，栽植丁香、蔷薇一类的灌木，或铺些草地，种植草花，再安放些园椅。夏季黄昏，可供数十万人的纳凉游息。秋高气爽的时节，登高远眺，俯视全城，西北苍苍的西山，东南无际的平原，居住于城市的人民可以这样接近大自然，胸襟壮阔。还有城楼角楼等可以辟为陈列馆、阅览室、茶点铺。这样一带环城的文娱圈，环城立体公园，是全世界独一无二的。北京城内本来很缺乏公园空地，解放后皇宫禁地都是人民大众工作与休息的地方；清明前后几个周末，郊外颐和园一天的门票曾达到八九万张的纪录，正表示北京的市民如何迫切地需要假日休息的公园。古老的城墙正在等候着负起新的任务，它很方便地在城的四面，等候着为人民服务，休息他们的疲劳筋骨，培养他们的优美情绪，以民族文物及自然景色来丰富他们的生活。

不唯如此，假使国防上有必需时，城墙上面即可利用为良好的高射炮阵地。古代防御的工事在现代还能够再尽一次历史任务！

这里主张拆除者说，它是否阻碍交通呢？

主张保存者回答说：这问题只在选择适当地点；多开几个城门，便可解决的。而且现代在道路系统的设计上，我们要控制车流，不使它像洪水一般的到处"泛滥"，而要引导它汇集在几条干道上，以联系各区间的来往。我们正可利用适当位置的城门来完成这控制车流的任务。

但是主张拆除的人强调着说：这城墙是封建社会统治者保卫他们的努力的遗迹呀，我们这时代既已用不着，理应拆除它的了。

回答是：这是偏差幼稚的看法。故宫不是帝王的宫殿吗？它今天是人民的博物馆。天安门不是皇宫的大门吗？中华人民共和国的诞生就是在天安门上由毛主席昭告全世界的。我们不要忘记，这一切建筑体形的遗物都是古代多少劳动人民创造出来的杰作，虽然曾经为帝王服务，被统治者所专用，今天已属于人民大众，是我们大家的民族纪念文物了。

同样的，北京的城墙也正是几十万劳动人民辛苦事迹所遗留下的纪念物。历史的条件产生了它，它在各时代中形成并执行了任务，它是我们人民所承继来的北京发展史在体形上的遗产。它那凸字形特殊形式的平面就是北京变迁发展史的一部分说明，各时代人民辛勤创造的史实，反映着北京的成长和文化上的进展。我们要记着，从前历史上易朝换代是一个统治者代替了另一个统治者，但一切主要的生产技术及文明的、艺术的创造，却总是从人民手中出来的；为生活便利和安心工作的城市工程也不是例外。

简略说来，公元 1234 年元人的统治阶级灭了金人的统治阶级之后，焚毁了比今天北京小得多的中都（在今城西南）。到公元 1269 年，元世祖以中都东北郊琼华岛离宫（今北海）为他威权统治的基础核心，古今最美的皇宫之一，外面四围另筑了一周规模极大的，近乎正方形的大城；现在内城的东西两面就仍然是元代旧的城墙部位，北面在现在的北面城墙之北五里之处（土城至今尚存），南面则在今长安街线上。当时城的东南角就是现在尚存的，郭守敬所创建的观象台地点。那时所要的是强调皇宫的威仪，"面朝背市"的制度，即宫在南端，市在宫的北面的布局。当时运河以什刹海为终点，所以商业中心，即"市"的位置，便在钟鼓楼一带。当时以手工业为主的劳动人民便都围绕着这个皇宫之北的市心而生活。运河是由城南入城的。现在的北河沿和南河沿就是它的故道，所以沿着现时的北京饭店，军管会，翠明庄，北大的三院，民主广场，中法大学河道一直北上，尽是外来的船舶，由南方将物资运到什刹海。什刹海在元朝便相当于今日的前门车站交通终点的。后来运河失修，河运只达城南，城北部人烟稀少了。而城南却更便于工商业。在公元 1370 年前后，明太祖重建城墙的时候，就为了这个原因，将城北面"缩"了 5 里，建造了今天的安定门和德胜门一线的城墙。商业中心既南移，人口亦向城南集中。但明永乐时迁都北京，城内却缺少修建衙署的地方，所以在公元 1419 年，将南面城墙拆了展到现在所在的线上。南面所展宽的土地，以修衙署为主，开辟了新的行政区。现在的司法部街原名"新刑部街"，是由西单牌楼的"旧刑部街"迁过来的。换一句话说，就是把东西交民巷那两条"郊民"的小街"巷"让出为衙署地区，而使郊民更向南移。

现在内城南部的位置是经过这样展拓而形成的。正阳门外也在那以后更加繁荣起来。到了明朝中叶，统治者势力渐弱，反抗的军事威力渐渐严重起来。因为城南人多，所以计划以元城北面为基础，四周再筑一城。故外城由南面开始，当中开辟永定门，但开工之后，发现财力不足，所以马马虎虎，东西未达到预定长度，就将城墙北折，止于内城的南方。于公元 1553 年完成了今天这个凸字形的特殊形状。它的形成及其在位置上的发展，明显的是辩证的，处处都反映各时期中政治、经济上的变化及其在军事上的要求。

这个城墙由于劳动的创造，它的工程表现出伟大的集体创造与成功的力量。这环绕北京的城墙，主要虽为防御而设，但从艺术的观点看来，它是一件气魄雄伟、精神壮丽的杰作。它的朴质无华的结构，单纯壮硕的体形，反映出为解决某种的需要，经由劳动的血汗，劳动的精神与实力，人民集体所成功的技术上的创造。它不只是一堆平凡叠积的砖堆，它是举世无匹的大胆的建筑纪念物，磊拓嵯峨，意味深厚的艺术创造。无论是它壮硕的品质，或是它轩昂的外像，或是那样年年历尽风雨甘辛，同北京人民共甘苦的象征意味，总都要引起后人复杂的情感的。

苏联斯莫斯科的城墙，周围七公里，被称为"俄罗斯的颈环"，大战中受了损害，苏联人民百般爱护地把它修复。北京的城墙无疑的也可当"中国的颈环"乃至"世界的颈环"的尊号而无愧。它是我们的国宝，也是世界人类的文物遗迹。我们既承继了这样可珍贵的一件历史遗产，我们岂可随便把它毁掉！

那么，主张拆除者又问了：在那有利的方面呢？我们计算利用城墙上那些砖，拆下来协助其他建设的看法，难道就不该加以考虑吗？

这里反对者方面更有强有力的辩驳了。

他说：城砖固然可能完整地拆下很多，以整个北京城来计算，那数目也的确不小。但北京的城墙，除去内外各有厚约 1 米的砖皮外，内心全是"灰土"，就是石灰黄土的混凝土。这些三四百年乃至五六百年的灰土坚硬如同岩石，据约略估计，约有 1100 万吨。假使能把它清除，用由 20 节 18 吨的车皮组成的列车每日运送一次，要 83 年才能运完！请问这一列车在 83 年之中可以运输多少有用的东西。而且这些坚硬的灰土，既不能用以种植，又不能用作建筑材料，用来筑路，却又不够坚实，不适使用，完全是毫无用处的废料。不但如此，因为这混凝土的坚硬性质，拆除时没有工具可以挖动它，还必须使用炸药，因此北京的市民还要听若干年每天不断的爆炸声！还不止如此，即使能把灰土炸开，挖松，运走，这1100万吨的废料的体积约等于十一二个景山，又在何处安放呢？主张拆除者在这些问题上面没有费过脑汁，也许是由于根本没有想到，乃至没有知道墙心内有混凝土的问题吧。

就说绕过这样一个问题而不讨论，假设北京同其他县城的城墙一样是比较简单的工程，计算把城砖拆下做成暗沟，用灰土将护城河填平，铺好公路，到底是不是一举两得一种便宜的建设呢？

由主张保存者的立场来回答是：苦心的朋友们，北京城外并不缺少土地呀，四面都是广阔的平原，我们又为什么要费这样大的人力，一两个野战军的人数，来取得这一带之地呢？拆除城墙所需的庞大的劳动力是可以积极生产许多有利于人民的果实的。将来我们有力量建设，砖窑业是必要发展的，用不着这样费事去取得。如此浪费人力，同时还要毁掉环绕着北京的一件国宝文物——一圈对于北京形体的壮丽有莫大关系的古代工程，对于北京卫生有莫大功用的环城护城河——这不但是庸人自扰，简直是罪过的行动了。

这样辩论斗争的结果，双方的意见是不应该不趋向一致的。事实上凡是参加过这样辩论的，结论便是认为城墙的确不但不应拆除，且应保护整理，与护城河一起作为一个整体的计划，善于利用，使它成为将来北京市都市计划中的有利的，仍为现代所重用的一座纪念性的古代工程。这样由它的物质的特殊和珍贵，形体的朴实雄壮，反映到我们感觉上来，它会丰富我们对北京的喜爱，增强我们民族精神的饱满。

佳作赏析：

梁思成（1901—1972），广东新会人，建筑学家。著有学术论著《中国建筑史》等。

北京作为闻名世界的古城，其规模宏大的城墙是其标志性建筑之一。新中国成立以后，关于这些城墙的存废曾引发过一些争论，这篇文章就是在这样的背景下产生的。作者以问答的形式，将主张拆掉城墙人的观点和理由一一列举，并由主张保护利用城墙一方进行详细解答和论述，从而得出要有效保护利用城墙的结论。一问一答，层次清晰，通俗易懂，令人信服。文章列举了伦敦、纽约等城市发展实例，对北京城墙所含土方做了精确计算，并对北京城墙的形成历史作了简要回顾，这些都大大增强了文章的说服力。

曲阜孔庙

□〔中国〕梁思成

也许在人类历史中，从来没有一个知识分子像中国的孔丘（前551～前479）那样，长时期地受到一个朝代接着一个朝代的封建统治阶级的尊崇。他认为"一只鸟能够挑选一棵树，而树不能挑选过往的鸟"，所以周游列国，想找一位能重用他的封建主来实现他的政治理想，但始终不得志。事实上，"树"能挑选鸟；却没有一棵"树"肯要这只姓孔名丘的"鸟"。他有时在旅途中绝了粮，有时狼狈到"累累若丧家之狗"；最后只得叹气说，"吾道不行矣！"但是为了"自见于后世"，他晚年坐下来写了一部《春秋》。也许他自己也没想到，他"自见于后世"的愿望达到了。正如汉朝的大史学家司马迁所说："春秋之义行，则天下乱臣贼子惧焉"。所以从汉朝起，历代的统治者就一朝胜过一朝地利用这"圣人之道"来麻痹人民，统治人民。尽管孔子生前是一个不得志的"布衣"。死后他的思想却统治了中国两千年。他的"社会地位"也逐步上升，到了唐朝就已被称为"大成至圣文宣王"；连他的后代子孙也靠了他的"余荫"，在汉朝就被封为"褒成侯"，后代又升一级做"衍圣公"。

两千年世袭的贵族，也算是历史上仅有的现象了。这一切也都在孔庙建筑中反映出来。

今天全中国每一个过去的省城、府城、县城都必然还有一座规模宏大、红墙黄瓦的孔庙，而其中最大的一座，就在孔子的家乡——山东省曲阜，规模比首都北京的孔庙还大得多。在庙的东边，还有一座由大小几十个院子组成的"衍圣公府"。曲阜城北还有一片占地几百亩、树木葱幽、丛林茂密的孔家墓地——孔林。孔子以及他的七十几代嫡长子孙都埋葬在这里。

现在的孔庙是由孔子的小小的旧宅"发展"出来的。他死后，他的学生就把他的遗物——衣、冠、琴、车、书——保存在他的故居，作为"庙"。汉高祖刘邦就曾经在过曲阜时杀了一条牛祭祀孔子。西汉末年，孔子的后代受封为"褒成侯"，还领到封地来奉祀孔子。到东汉末桓帝时 (公元 153 年)，第一次由国家为孔子建了庙。随着朝代岁月的递移，到了宋朝，孔庙就已发展成三百多间房的巨型庙宇。历代以来，孔庙曾经多次受到兵灾或雷火的破坏，但是统治者总是把它恢复重建起来，而且规模越来越大。到了明朝中叶 (16世纪初)，孔庙在一次兵灾中毁了之后，统治者不但重建了庙堂，而且为了保护孔庙，干脆废弃了原在庙东的县城，而围绕着孔庙另建新城——"移县就庙"。在这个曲阜县城里，孔庙正门紧挨在县城南门里，庙的后墙就是县城北部，由南到北几乎把县城分割成为互相隔绝的东西两半。这就是今天的曲阜。孔庙的规模基本上是那时重建后留下来的。

自从萧何给汉高祖营建壮丽的未央宫，"以重天子之威"以后，统治阶级就学会了用建筑物来做政治工具。因为"夫子之道"是可以利用来维护封建制度的最有用的思想武器，所以每一个新的皇朝在建国之初，都必然隆重祭孔，大修庙堂，以阐"文治"；在朝代衰末的时候，也常常重修孔庙，企图宣扬"圣教"，扶危救亡。1935 年，国民党反动政权就是企图这样做的最后一个，当然，蒋介石的"尊孔"，并不能阻止中国人民解放运动；当时的重修计划，也只是一纸空文而已。

由于封建统治阶级对于孔子的重视，连孔子的子孙也沾了光，除了庙东那座院落重重、花园幽深的"衍圣公府"外，解放前，在县境内还有大量的"祀田"，历代的"衍圣公"，也就成了一代一代的恶霸地主。曲阜县知县也必须是孔氏族人，而且必须由"衍圣公"推荐，"朝廷"才能任命。

除了孔庙的"发展"过程是一部很有意思的"历史纪录"外，现存的建筑物也可以看作中国近八百年来的"建筑标本陈列馆"。这个"陈列馆"一共占地将近十公顷，前后共有八"进"庭院，殿、堂、廊、庑，共六百二十余间，其中最古的是金朝（1195年）的一座碑亭，以后元、明、清、民国各朝代的建筑都有。

孔庙的八进庭院中，前面（即南面）三进庭院都是柏树林，每一进都有墙垣环绕，正中是穿过柏树林和重重的牌坊、门道的甬道。第三进以北才开始布置建筑物。这一部分用四个角楼标志出来，略似北京紫禁城，但具体而微。在中线上的是主要建筑组群，由奎文阁、大成门、大成殿、寝殿、圣迹殿和大成殿两侧的东庑和西庑组成。大成殿一组也用四个角楼标志着，略似北京故宫前三殿一组的意思。在中线组群两侧，东面是承圣殿、诗礼堂一组，西面是金丝堂、启圣殿一组。大成门之南，左右有碑亭十余座。此外还有些次要的组群。

奎文阁是一座两层楼的大阁，是孔庙的藏书楼，明朝弘治十七年（1504年）所建。在它南面的中线上的几道门也大多是同年所建。大成殿一组，除杏坛和圣迹殿是明代建筑外，全是清雍正年间（1724～1730年）建造的。

今天到曲阜去参观孔庙的人，若由南面正门进去，在穿过了苍翠的古柏林和一系列的门堂之后，首先引起他兴趣的大概会是奎文阁前的同文门。这座门不大，也不开在什么围墙上，而是单独地立在奎文阁前面。它引人注意的不是它的石柱和四百五十多年的高龄，而是门内保存的许多汉魏碑石。其中如史晨、孔庙、张猛龙等碑，是老一辈临过碑帖练习书法的人所熟悉的。现在，人民政府又把散弃在附近地区的一些汉画像石集中到这里。原来在庙西墅相圃（校阅射御的地方）的两个汉刻石人像也移到庙园内，立在一座新建的亭子里。今天的孔庙已经具备了一个小型汉代雕刻陈列馆的条件了。

奎文阁虽说是藏书楼，但过去是否真正藏过书，很成疑问。它是大成殿主要组群前面"序曲"的高峰，高大仅次于大成殿；下层四周回廊全部用石柱，是一座很雄伟的建筑物。

大成殿正中供奉孔子像，两侧配祀颜回、曾参、孟轲等"十二哲"，它是一座双层瓦檐的大殿，建立在双层白石台基上，是孔庙最主要的建筑物，重建于清初雍正年间雷火焚毁之后，一七三〇年落成。这座殿最引人注意的是它前廊的十根精雕蟠龙石柱。每根柱上雕出"双龙戏珠"。"降龙"由上蟠下来，头向上；"升龙"由下蟠上去，头向下，中间雕出宝珠；还有云焰环绕衬托。柱脚刻出石山，下面由莲瓣柱础承托。这些蟠龙不是一般的浮雕，而是附在柱身上的圆雕。它在阳光闪烁下栩栩如生，是建筑与雕刻相辅相成的杰出的范例。大成门正中一对柱也用了同样的手法。殿两侧和后面的柱子是八角形石柱，也有精美的浅浮雕。相传大成殿原来的位置在现在殿前杏坛所在的地方，是一〇一八年宋真宗时移建的。现存台基的"御路"雕刻是明代的遗物。

杏坛位置在大成殿前庭院正中，是一座亭子，相传是孔子讲学的地方。现存的建筑也是明弘治十七年所建。显然是清雍正年间经雷火灾后幸存下来的。大成殿后的寝殿是孔子夫人的殿。再后面的圣迹殿，明末万历年间（1592年）创建，现存的仍是原物，中有孔子周游列国的画石一百二十幅，其中有些出于名家手笔。

大成门前的十几座碑亭是金元以来各时代的遗物；其中最古的已有七百七十多年的历史。孔庙现存的大量碑石中，比较特殊的是元朝的蒙汉文对照的碑，和一块明初洪武年间的语体文碑，都是语文史中可贵的资料。

一九五九年，人民政府对这个辉煌的建筑组群进行修葺。这次重修，本质上不同于历史上的任何一次重修：过去是为了维护和挽救反动政权，而今天则是我们对于历史人物和对于具有历史艺术价值的文物给予应得的评定和保护。七月间，我来到了阔别二十四年的孔庙，看到工程已经顺利开始，工人的劳动热情都很高。特别引人注意的，是彩画工人中有些年轻的姑娘，高高地在檐下做油饰彩画工作，这是坚决主张重男轻女的孔丘所梦想不到的。

过去的"衍圣公府"已经成为人民的文物保管委员会办公的地方，科学研究人员正在整理、研究"府"中存下的历代档案，不久即可开放。

更令人兴奋的是，我上次来时，曲阜是一个颓垣败壁、秽垢不堪的落后县城，街上看到的，全是衣着褴褛、愁容满面的饥寒交迫的人。今天的曲阜，不但市容十分整洁，连人也变了，往来于街头巷尾的不论是胸佩校徽、迈着矫健步伐的学生，或是连唱带笑，蹦蹦跳跳的红领巾，以及徐步安详的老人……都穿得干净齐整。城外农村里，也是一片繁荣景象，男的都穿着洁白的衬衫，青年妇女都穿着印花布的衣服，在麦粒堆积如山的晒场上愉快地劳动。

佳作赏析：

孔子作为中国古代的大教育家、思想家，他的思想在两千多年的封建统治中一直被尊为正统，地位十分尊崇，而为纪念和祭祀他而修建的孔庙也成为中国历史上一道特殊的风景，而这其中又以孔子家乡山东曲阜的孔庙最为著名，规模最为宏大，现已成为中华儒家文化的标志性建筑和著名的旅游胜地。本文对孔庙形成历史和孔庙的结构、主要建筑等作了详细说明，兼具知识性和趣味性。文章语言平实，以写实为主，写人写物都颇为严谨，这种文风值得学习。

山 城

□ 〔中国〕施蛰存

　　如果你相信昆明是一个山城，如一般流亡来的人所乐于称说的，那么拿我现在所小住着的地方比较起来，她就有点不配这个名称了。昆明的确是一个建筑在山国中的城市，如山城这个名词字面上所表示的意义。但是我们如果要想象一个山城，那么像目下的昆明那样地不缺少一切近代物质设备的城市是不会浮现出在我们眼前的。我愿意把山城这个名词用之于宜良，用之于路南，甚至用之于大理，但绝不是昆明。

　　我现在所住着的是一个离昆明一百余公里的小城。说她是一个小城，这是一个外省人的口吻。她实在并不比我所曾到过的宜良、路南这些县城更小。她在公路旁边，两小时的汽车可以到达昆明（然而从来没有一辆营业汽车在两小时间到达过）。她有邮政局和电报局，她能够供给你法国制的脂粉，甚至德国制的花柳病注射剂。然而不管一切，她还是我所旅行过的许多县城中最配称之为山城的地方。这是因为她还保留了一个山城所该有的特殊气息。

　　我在这里已经算是住下来了。我认识了她的自然环境，我熟悉了她的故事。早晨，我定首先看见妇女们在门口操作，或是扛了农具出城去。当那些幸福的男子起床来，端一个矮凳坐在门口，吃茶，晒太阳或捉虱子的时候，一定是快要到正午了。下午，城里的街上是寂静的，年轻人都聚集在城外汽车站旁边的几家茶馆或小食铺里，等候来往的汽车看热闹。无所事事的日子虽然好像很悠长，但终于会到了黄昏，于是你可以听见牧人在吹起哨子，赶着牛羊进城了。驻屯营里吹起生疏的喇叭，召集士兵归队了。打柴的老妇人伛偻的背上负着一大捆柏枝或松毛从小巷里穿出来了，赶宿站的驮马队从远处就让那第一匹马项下的大铜铃当当地响着，报告那唯一的马店里的老板，让他吩咐伙计给预备草料及其他一切的方便了。一排荒凉的雉堞渐渐没入黑暗的夜色中，于是这小城中唯有西街上是透露着光亮的地方，因为一切的店铺都在西街上，别的铺子虽然都早已关了门，而茶馆及宵夜铺却正当热闹的时刻，何况茶馆及宵夜铺又占了所有的商铺的半数以上。

但是，它们虽则卖夜市，才过十点钟，所有的光亮便已全部熄灭掉。现在是狗的城市了。它们奔逐着，叫嚣着，在绝对的黑暗中，使一个不习惯早睡的旅客，在枕上会仿佛感到土匪来攻城的征兆。

赶街子是使人们的生活形成一种特殊样式的主因。这里的人从来不作每天的计划。一日之计在于晨，这句古谚是于他们没有用处的。对于他们，每一个月并没有三十天，而是只有六天，因为他们每五天赶一次街子。一切的事情都得在街子天做。买鱼肉鸡蛋，蔬菜米粮，均须到街子天，错过了这个街子天，就得等下一个街子，于是五天就很容易地过去了。约会什么人，也得等街子天，这个街子天他如果不来，则必须等到下一个街子天才会来，因为在这两个街子天中间的四天里，他还得轮流去赶四个地点不同的街子。

医生也是赶街子的。人们倘若生了什么病，五天之内没有变化是幸福的。医生给你诊了脉，给你留下五天服食的药，你就得等到下一个街子天再请教他。否则，倘若你的病不幸而在一二天之内有了变化，那么，这回是轮到你病家赶街子了，你可以被抬着到别个城市或乡村里去寻找你的医生。

警察也是赶街子的。据说从前这里曾经有过十五名警察，和一个警察局长。因为生活程度高了，而警察局的经费没有增加，所以不得不把警察的人数从十五名裁减到九名，又从九名裁减到三名，生活程度高了五倍，所以现在是三名警察吃十五名的口粮。在平时，一名警察充当局长的仆人，两名警察轮番在城里十字街中的鼓楼下站岗，城既然小，四面一看就可以看到城门口，有一个警察也就尽够照管了。但在街子天，汉人和夷人在城里乱挤，即使连那充当局长仆人的警察也出动，还是不够维持秩序，所以不得不让那几名被裁的警察来临时服务一下。这就是赶街子的警察，谁知道他们在非街子天做些什么事呢。

人们永远是很迟缓，永远是很闲懒，永远没有时间的观念。很少人家有一个钟或表。既然今天或明天都没有什么关系，上午与下午更有什么分别呢。你说，这不是赶惯了街子所影响他们的生活方式吗？

我不喜欢，并且也不习惯于这种山城里的生活，但我既在这里住了几天之后，也似乎稍微发现了她一点好处。我常常会想起"山静似太古，日长如小年"这一副对联，仿佛很可以用来贴在这里的城门上。然而这种和平与淳朴的好处，到底只堪从想象中去追求的，比如你身处于一个烦嚣的都会里，偶尔憧憬一下这样的山城生活，那是对于你很有补益的，如果你真的来到这里住下去，像我一样，我想你倘若不能逃走，一定会自杀的。然而你或许要问，为什么我终于没有自杀，而还在这里住下去呢？是的，请你凑过耳朵来，我将指点给你看一个地方，并且告诉你，那是怎样一个地方，会使我对于这寂寞的山城抱着希望。

佳作赏析：

施蛰存（1905—2003），浙江杭州人，作家、学者。著有短篇小说集《上元灯》《梅雨之夕》，散文集《灯下集》《待旦录》，学术论著《水经注碑录》等。

中国地大物博，各地风土人情差异极大。施蛰存的这篇文章为读者描述了离昆明一百多公里的一座小城特有的生活方式：早上妇女外出下地劳作，而男人们则在家吃茶闲坐；全城上下基本没有精确的时间观念，一切生活围绕着赶街子进行：购物、看病、约会，甚至连警察都是赶场子的。在现代人看来感到不可思议的东西，在山城的居民看来是那么稀松平常。虽然给人以世外桃源的感觉，但正如作者所说，一个习惯了现代生活的人如果长期居住在这里肯定要设法逃走。不过山城人民的淳朴、生活的闲适，还是很令人向往的，去那里小住几天，可以缓解现代生活中的种种压力。

我所生长的地方

□ [中国] 沈从文

　　拿起我这支笔来，想写点我在这地面上二十年所过的日子，所见的人物，所听的声音。所嗅的气味，也就是说我真真实实所受的人生教育，首先提到一个我从那儿生长的边疆僻地小城时，实在不知道怎样来着手就较方便些。我应当照城市中人的口吻来说，这真是一个古怪地方！只由于两百年前满人治理中国土地时，为镇抚与虐杀残余苗族，派遣了一队戍卒屯丁驻扎，方有了城堡与居民。这古怪地方的成立与一切过去，有一部《苗防备览》记载了些官方文件，但那只是一部枯燥无味的官书。我想把我一篇作品里所简单描绘过的那个小城，介绍到这里来。这虽然只是一个轮廓，但那地方一切情景，却浮凸起来，仿佛可用手去摸触。

　　一个好事人，若从二百年前某种较旧一点的地图上去寻找，当可在黔北、川东、湘西一处极偏僻的角隅上，发现了一个名为"镇"的小点。那里同别的小点一样，事实上应当有一个城市，在那城市中，安顿下三五千人口。不过一切城市的存在，大部分皆在交通、物产、经济活动情形下面，成为那城市荣枯的因缘，这一个地方，却以另外一种意义无所依附而独立存在。试将那个用粗糙而坚实巨大石头砌成的圆城作为中心向四方展开，围绕了这边疆僻地的孤城，约有五百左右的碉堡，二百左右的营汛。碉堡各用大石块堆成，位置在山顶头，随了山岭脉络蜿蜒各处走去；营汛各位置在驿路上，布置得极有秩序。这些东西在一百八十年前，是按照一种精密的计划，各保持相当距离，在周围数百里内，平均分配下来，解决了退守一隅常作"蠢动"的边苗"叛变"的。两世纪来满清的暴政，以及因这暴政而引起的反抗，血染红了每一条官路同每一个碉堡。到如今，一切完事了，碉堡多数业已毁掉了，营汛多数成为民房了，人民已大半同化了。落日黄昏时节，站到那个巍然独在万山环绕的孤城高处，眺望那些远近残毁碉堡，还可依稀想见当时角鼓火炬传警告急的光景。这地方到今日，已因为变成另外一种军事重心，一切皆用一种迅速的姿势，在改变，在进步，同时这种进步，也就正消灭到过去一切隔阂和仇恨……

凡有机会追随了屈原溯江而行那条长年澄清的沅水，向上游去的旅客和商人，若打量由陆路入黔入川，不经古夜郎国，不经永顺、龙山，都应当明白。"镇"是个可以安顿他的行李最可靠也最舒服的地方。那里土匪的名称不习惯于一般人的耳朵。兵卒纯善如平民，与人无侮无扰，农民勇敢而安分，且莫不敬神守法。商人各负担了花纱同货物，洒脱单独向深山中村庄走去，与平民作有无交易，谋取什一之利。地方统治者分数种：最上为天神，其次为官，又其次才为村长同执行巫术的神的侍奉者。人人洁身信神，守法怕官。每家俱有兵役，可按月各自到营上领取一点银子，一份米粮，且可从官家领取二百年前被政府所没收的公田耕耨播种。城中人每年各按照家中有无，到天王庙去杀猪，宰羊，磔狗，献鸡，献鱼，求神保佑五谷的繁殖，六畜的兴旺，儿女的长成，以及作疾病婚丧的禳解。人人皆依本分担负官府所分派的捐款，又自动的捐钱与庙祝或单独执行巫术者。一切事保持一种淳朴习惯，遵从古礼；春秋二季农事起始与结束时，照例有年老人向各处人家敛钱，给社稷神唱木傀儡戏。早暵祈雨，便有小孩子共同抬了活狗，带上柳条，或扎成草龙，各处走去。春天常有春官，穿黄衣各处念农事歌词。岁暮年末，居民便装饰红衣傩神于家中正屋，捶大鼓如雷鸣，苗巫穿鲜红如血衣服，吹镂银牛角，拿铜刀，踊跃歌舞娱神。城中的住民，多当时派遣移来的戍卒屯了，此外则有江西人在此卖布，福建人在此卖烟，广东人在此卖药。地方由少数读书人与多数军官，在政治上与婚姻上两面的结合，产生一个上层阶级，这阶级一方面用一种保守稳健的政策，长时期管理政治，一方面支配了大部分属于私有的土地；而这阶级的来源，却又仍然出于当年的戍卒屯丁。地方城外山坡上产桐树杉树，矿坑中有朱砂水银，松林里生菌子，山洞中多硝。城乡全不缺少勇敢忠诚适于理想的兵士，与温柔耐劳适于家庭的妇人。在军校阶级厨房中，出异常可口的菜饭，在伐树砍柴人口中，出热情优美的歌声。

地方东南四十里接近大河，一道河流肥沃了平衍的两岸，多米，多橘柚。西北二十里后，即已渐入高原，近抵苗乡，万山重叠，大小重叠的山中，大杉树以长年深绿逼人的颜色，蔓延各处。一道小河从高山绝涧中流出，汇集了万山细流，沿了两岸有杉树林的河沟奔驶而过，农民各就河边编缚竹子作成水车，引河中流水，灌溉高处的山田。河水长年清澈，其中多鳜鱼，鲫鱼，鲤鱼，大的比人脚板还大。河岸上那些人家里，常常可以见到白脸长身见人善作媚笑的女子。小河水流环绕"镇"北城下驶，到一百七十里后方汇入辰河，直抵洞庭。

这地方又名凤凰厅，到民国后便改成了县治，名凤凰县。辛亥革命后，湘西镇守使与辰沅道皆驻节在此地。地方居民不过五六千，驻防各处的正规兵士却有七千。由于环境的不同，直到现在其地绿营兵役制度尚保存不废，为中国绿营军制惟一残留之物。

我就生长到这样一个小城里，将近十五岁时方离开。出门两年半回过那小城一次以后，直到现在为止，那城门我不曾再进去过。但那地方我是熟悉的。现在还有许多人生活在那个城市里，我却常常生活在那个小城过去给我的印象里。

佳作赏析：

沈从文（1902—1988），湖南凤凰人，作家、学者。代表作品有小说《八骏图》《边城》，散文集《湘行散记》，学术论著《中国服装史》等。

三省交界，历史上战乱不断，神秘的苗族聚居区，巫术盛行，这一切都构成了湘西特有的魅力。而沈从文的故乡就在湘西的凤凰城。作者以生动的文笔描绘了湘西凤凰城特殊的地理位置、历史纠葛、风土人情、矿物特产等，有几分神秘，有几分淳朴，有几分富饶，令人忌惮，令人向往，令人羡慕，简直是一处世外桃源。地虽偏僻，却颇具特色，与中国其他的风景名胜比起来，别有趣味，颇值得一游。

成都的春天

□〔中国〕刘大杰

　　成都天气，热的时候不过热，冷的时候不过冷，水分很多，阴晴不定，宜于养花木，不宜于养人。因此，住在成都的人，气色没有好的，而花木无一不好。在北平江南一带看不见的好梅花，成都有，在外面看不见的四五丈高的玉兰，二三丈高的夹竹桃，成都也有。据外国人说，成都的兰花，在三百种以上。外面把兰花看重得宝贝一样，这里的兰，真是遍地都是，贱得如江南一带的油菜花，三分钱买一大把，你可以插好几瓶。从外面来的朋友，没有一个人不骂成都的天气，但没有一个不爱成都的花木。

　　成都这城市，有一点京派的风味。栽花种花，对酒品茗，在生活中占了很重要的一部分。一个穷人家住的房子，院子里总有几十株花草，一年四季，不断地开着鲜艳的花。他们都懂得培植，懂得衬贴。一丛小竹的旁边，栽着几树桃。绿梅的旁边衬着红梅，蔷薇的附近，植着橙柑，这种衬贴扶持，显出调和，显出不单调。

　　成都的春天，恐怕要比北平江南早一月到两月罢。二月半到三月半，是

107·
天南海北卷

梅花盛开的时候，街头巷尾，院里墙间，无处不是梅花的颜色。绿梅以清淡胜，朱砂以娇艳胜，粉梅则品不高，然在无锡梅园苏州邓尉所看见的，则全是这种粉梅也。"疏影横斜水清浅，暗香浮动月黄昏"，林和靖先生的诗确是做得好，但这里的好梅花，他恐怕还没有见过。碧绿，雪白，粉红，朱红，各种各样的颜色，配合得适宜而又自然，真配得上"香雪海"那三个字。

现在是三月底，梅兰早已谢了，正是海棠玉兰桃杏梨李迎春各种花木争奇斗艳的时候。杨柳早已拖着柔媚的长条，在百花潭浣花溪的水边悠悠地飘动。大的鸟小的鸟，颜色很好看，不知道名字，飞来飞去地唱着歌。薛涛林公园也充满了春意，有老诗人在那里吊古，有青年男女在那里游春。有的在吹箫唱曲，有的在垂钓弹筝，这种情味，比起西湖上的风光，全是两样。

花朝，是成都花会开幕的日子。地点在南门外十二桥边的青羊宫。花会期有一个月。这是一个成都青年男女解放的时期。花会与上海的浴佛节有点相像，不过成都的是以卖花为主，再辅助着各种游艺与各地的出产。平日我们在街上不容易看到艳妆的妇女，到这时候，成都人倾城而出，买花的，卖花的，看人的，被人看的，摩肩擦背，真是拥挤得不堪。高跟鞋，花裤，桃色的衣裳，卷卷的头发，五光十色，无奇不有，与其说是花会，不如说是成都人展览会。好像是闷居了一年的成都人，都要借这个机会来发泄一下似的，醉的大醉，闹的大闹，最高兴的，还是小孩子，手里抱着风车风筝，口里嚼着糖，唱着回城去，想着古人的"无人不道看花回"的句子，真是最妥当也没有的了。

到百花潭去走走，那情境也极好。对面就是工部草堂，一只有篷顶的渡船，时时预备在那里，你摇一摇手，他就来渡你过去。一潭水清得怪可爱，水浅地方的游鱼，望得清清楚楚，无论你什么时候去，总有一堆人在那里钓鱼。不管有鱼无鱼，他们都能忍耐地坐在那里，谈谈笑笑，总要到黄昏时候，才一群一群地进城。堤边十几株大杨柳，垂着新绿的长条，尖子都拂在水面上，微风过去，在水面上摇动着美丽的波纹。

没有事的时候，你可以到茶馆里去坐一坐。茶馆在成都真是遍地都是，一把竹椅，一张不成样子的木板桌，你可以泡一碗茶（只要三分钱），可以坐一个下午。在那里你可以看到许多平日你看不见的东西。有的卖字画，有的卖图章，有的卖旧衣服。你有时候，可以用最少的钱，买到一些很好的物品。郊外的茶馆，有的临江，有的在花木下面，你坐在那里，喝茶，吃花生米，可以悠悠地欣赏自然，或是读书，或是睡觉，你都很舒服。高起兴来，还可以叫来一两样菜，半斤酒，可以喝得醺醺大醉，坐着车子进城。你所感到的，只是轻松与悠闲，如外面都市中的那种紧张的空气，你会一点也感不到。我时常想，一个人在成都住得太久了，会变成一个懒人，一个得过且过的懒人。

三月末日于成都

佳作赏析：

刘大杰（1904—1977），湖南岳阳人，学者、作家。代表作品有长篇小说《三儿苦学记》，学术论著《中国文学发展史》《魏晋文人思想论》等。

四川素有"天府之国"的美称，而成都作为省会，可以说是天府之城了。这是一座四季如春、繁花似锦的城市，各种各样的花草树木都长得格外茂盛，争芳斗艳，而一年一度的青羊宫花朝更将观花赏花活动推向高潮，百花潭、工部草堂这些风景名胜地也是观花的好去处。成都另一个特点是茶馆多，这里简直就是一个小社会、小市场，吃的、喝的、玩的应有尽有，令人流连忘返。轻松、悠闲，这是成都生活的主基调，也是这座天府之城最大的魅力所在。

冶城话旧（节选）

□〔中国〕卢冀野

马陵瓜

偶阅刘元卿《贤弈编》，谓："中国初无西瓜，见洪忠宣《皓松漠纪闻》，盖使金虏，贬谪阴山，于陈王悟室得食之。云种以牛粪，结实大如斗，绝甘冷，可蠲暑疾。"《丹铅余录》引五代阳令胡峤《陷虏记》云："于回纥得瓜，名曰西瓜。"其言与忠宣同，以为至五代始入中国。按忠宣使虏，乃称创见；则峤尝之于陷虏之日，而不能种之于中国。其在中土，则自靖康而后；其在江南，或忠宣移种归耳。

江南以土壤之异，所产瓜实远逊于朔方。都下所重，曰马陵瓜，盖明马后陵园种也。以是取之朝阳门外者，袭而称之，凡瓜形长圆者，咸呼为马陵，成循声误，讹作马铃。

旧时，食西瓜毕每雕镂为灯。以马陵瓜形制灯乃不如椭圆者，余因是自幼不爱之，而爱圆瓜，然瓜灯已久矣夫不见矣。

愚园泉石

门西鸣羊街愚园，为金陵名园之一；胡煦斋重修之，士人称为胡家花园。论者以为泉石之胜，不让吴中狮子林。陈伯严丈诗云："城中佳胜眼为疲，聊觉愚园水石奇。碧蕊紫荬春自暖，叠岩复径客何之？闲闲簪履相娱地，历历乾嘉最胜时。残月栖楹鱼影乱，真成醉倒习家池。"此诗仿佛未刊入《散原精舍集》。予儿时常游园中，主人胡碧光国，时年已八十余，与话无隐精舍鹿坪间，指点汪悔翁旧日游憩处，未尝不想见当日之盛。匆匆二十年，今园荒已久，碧微老人墓木拱矣！不知老人生前所撰《愚园诗话》者，今尚存否？使游斯园者，手是一编，虽无花鸟可以缓眠怡情，亦可供来者之凭吊，知斯园掌故，亦有足裨谈助者也。

成贤街

成贤街，为明国子监所在地（案：南监在今考试院）。今中央大学在此，且仍旧名，亦儒林佳话。予年十四，入南京高等师范附属中学，其时沿两江优级师范旧址，仅有一字房（今伯明堂）、口字房（焚去），斋舍。孟芳图书馆前，洋槐夹道，皆民国十年以后光景也。惟大石桥、附属小学，仍多旧观。梅庵、德风亭、六朝松，此二十年来，亦几阅沧桑矣！

惟成贤街一小土地庙，予见其初改杂货肆，改教育馆、饭店，改南京印刷局；此一角落变迁频繁，所成就之人物亦多。前明去今已远，故不可得考。自十六年至今日，不及十年，而此东方之古大学街（成贤街）乃亦有复杂之历史，惜无人更续《南雍志》耳。

媚香楼故址

李香君媚香楼，初不知其地。民国十二三年，在石坝街发现界石，始知栖亦去钞库街不远。日前如让主课，予因以此命题，调寄《高阳台》，霜匦师立成。词曰："乱石荒街，寒流古渡，美人庭院寻常。灯火笙箫，都唱画苑文章。几栏画壁知难问，问莺花可识兴亡？镇无言，武定桥边，立尽斜阳。南朝气节东京煎，但当年厨顾，未遇红妆。桃叶欢歌，琵琶肯怒中郎。王侯第宅皆荆棘，甚青楼寸土犹香。费沉吟，纨扇新词，点缀欢场。"论琵琶蔡中郎事，见侯朝宗《壮悔堂集》。此词在吾师为别调，与金陵掌故，不可不知。

库司坊

相传阮大铖石乐园，即今门西库司坊之韦氏园。而库司坊者，亦即《桃花扇》所谓裤子裆。岂当时已名库司坊，而时人以谐音字嘲之，抑原名裤子裆，改作库司坊乎？不可知矣。阮居金陵盖久，牛首山，献花岩，祖坛均曾小住，或谓《燕子笺》即削藁于献花岩者。衡叔得明刊《献花岩志》，近方翻刻。此书当成于隆万间，故不及收集之作。然《咏怀堂诗集》中于南郊诸胜，颇有题咏。诗之高逸，不让韦孟；五百年一大作乎。日前在库司坊欲寻觅此翁遗迹，渺不可得，案此则可补园墅志所未及。

石观音

门东东花园，徐中山之东园也。附郭旧有湖曰娄湖，今俗讹称为老虎头，误矣。旁有赤石矶，其上即周孝侯读书台。下有石观音。每年六月十九日（旧历），香客麇集于此。七月中旬则移至清凉山。石观音之得名，因寺中石刻观音像一尊，趺坐古井上。相传井中有蛟，为害闾阎，观音菩萨常化身来收伏，其后里人招雕石像，永为镇压。香客来时，每投铜钱入井，久始闻声，井之深可知也。石像极壮严，较小心桥之玉佛古老多矣。

凤池书院

新廊小学旧为津逮学堂，津逮之前身即凤池书院也。武昌张裕钊常讲学于是，张謇、范当世、朱铭盘相偕谒于凤池书院，裕钊大喜，自诧一日得通州三生，时以为佳话。其后秦伯虞际唐任山长，改学堂，先君其准任者也。先是，先君创宏育学堂于望鹤冈宅中，不一年，遂与津逮合。今西安行营侯天士处长成，即津逮高第，保定军官学校出身者也。予儿时常侍先君堂中，记庭前有枇杷树一，先君入讲堂，予即嬉戏树下。由今思之，不觉三十年矣。不知树尚在否？先君见背亦已十有二年！

问礼亭

考试院戴季陶院长，在洛阳得孔子《问礼老子图》石刻，筑问礼亭于院中，以《礼运》篇分韵赋诗。时予以第二次高等文官考试襄试委员在闱中，分得"疾"字。为诗曰："世乱如人病膏肓，不医何由起驱疾。医国良方在六经，经旨惟礼不可失。永明一片石犹存，我常访之游洛日。云昔夫子过柱下，就聘问礼兴周室。国之四维礼冠首，大小戴记有完帙。孝园渊源出家学，见此儒道喜同术。是年移栽向南都，树立华林馆之侧。他时郅治跻成康，请视此亭与此石。"孝园者，季陶先生所署，其园在五台山附近。此诗一夕而就，颇为师友所称。录之，备他日谈掌故者知此亭之落，曾有征诗之举而已。

马回回酒家

今日来京师观光者，殆无不知南门外之马祥兴者。马氏在报恩寺对门设肆究始于何时？此有足述者。曰：始于明初者，如皋冒翁鹤亭言之也。或以问于胡夏庐丈。丈曰："肆之初设也，予实书其市招，第不知予果明初人否耳。"余亦尝语诸鹤亭翁："其地为旧报恩寺址。使明时僧伽不食肉，何以有此肆之设"，翁亦为之抚掌笑。

十六年以前，肆舍狭隘，余辈日往来其间，推牛首翁为祭酒，主人大腹便便，帖从复命，所制庖馔，若美人肝之属，皆起于此时；而其价特廉，非如今车马盈门之概也。余所为旧曲，有云蹀躞提壶城外马者，即指此。

雨花台题壁

雨花台侧有泉，许振祎书坡翁句题之，曰："来试人间第二泉"，因俗呼为第二泉也。春秋佳日，座客尝满。犹忆甲子四月，踏青过此，见壁间有铅笔字，为《蝶恋花》一章，全词已不复省记。中有句云："每到春来，尚有垂垂子"。初以为咏阶前石榴树耳。坐中有知其事者，为言三十年前，有当垆人，皓腕如雪，城中年少咸集是肆，饮者之意故不在茗。未几，嫁去，则绿叶成荫，子已满枝矣。是词作者必当日坐中少年，所以有牧之之叹也。其事绝韵，因相约赋之，余归，谱北中吕《朝天子》云：

相思莫折枝，说甚么垂垂子，垆边不见俊庞儿，这其间多少风流事，映水螺鬟，当门酒肆，早写下红颜薄命词。此时发痴，又前度刘郎至。

白酒坊

白酒坊在聚宝门内，濮友松先生居之。以前所见，能酒者盖世无出先生右者。先生自少时以迄八十以后，无日不饮；每餐约四五两，徐徐自斟，人亦不敢强也。先生常云："或谓酒伤人，我谓酒养人；非酒能伤人，人自伤于酒；非酒能养我，我自养于酒也！"三四十年来，吾师之以酒称雄者，若郑受之丈咸，郑义间世叔师均，皆能狂饮，饮必醉，醉则益酣于酒，说者谓其能饮数斗，实则非能饮者也。盖自人饮酒酒饮酒，以至酒饮人，所得于酒者殊少。予生也晚，不及见顾石公先生，然如友松先生者，吾必谓之真能饮酒者矣。惟真能饮酒者，必以酒而寿。昔汪大绅有《酒人记》《酒人后记》；若予作《酒人新记》者，必首记濮先生。

两邻寺

予望鹤冈故宅旁有伏魔庵，外家全福巷有常乐庵。两庵皆小寺，各有僧七八人。有年事长者，有年幼者。予幼时，常入寺与诸僧游。知江南寺僧以泰县人为多，且多少年披予，以僧为业，非欲穷究竟求解悟者。伏魔庵主持演修，常乐庵主持慧开，予皆见其殉身于色。世俗下流小说多言恶僧窨藏少妇事，颇令人不能置信；然予以两寺之主持观之，天地间定有此事。为僧本要六根清净，而僧人转多不能清净六根；是无大智慧人不能为常人，亦不能为僧人也。人生智慧只此一些，为儒成圣，为释成佛，为道成仙。智慧仍此智慧，人仍此人，儒释道殊无分别耳。

苍崖和尚

八指头陀寄禅之于胡园，曼殊上人苏玄瑛之于旅垣精舍，皆居留南京之近代名僧也。惟苍崖和尚，世知之者少。先是衡阳萧泉俊贤，以佐杂候补于是，偶弄笔效三王山水，为湘僧苍崖所见，大加赞赏；乃邀至门西一破寺，与论画法。不十年，泉之画遂享大名；溯造诣之自来，始知有苍崖师。于是达官贵人，多愿论交，秦淮画舫中常挽苍崖同游。苍崖间作小幅，不愿以画见长，泉事之甚恭谨，其后师亦不知何往。而江南论画师，必数泉，惟屉泉称其师苍崖。今泉亦垂垂老矣，鬻画海上，寸缣尺素，识者珍之。

程阁老巷

金陵之建筑，修门大约不外八字式、勒马式二种，进门到厅堂，间有旁厅一曰花厅者。三开间或五开间之正房，前有院落，旁有耳房，进数多少不等。有风火墙，亦有用短墙者。若有园，多在宅后进之后。此种格式，不独与大河以北异，即苏常府属之建筑，亦不甚同。相传为前明遗制，故宅愈旧尺寸愈低，格式愈定。今程阁老巷，程阁老家祥之宅，自晚明至今，三百年中未尝翻造，可以为此式之典型。予数至其宅，见梁上之画，顶板之饰，虽历三百年，日渐尘积，颜色淡脱，然入清以后，无此装修也。宅甚坚固，予常询诸主人，每四五十年始一扫拾。不知治营造学者，亦尝研讨及之未？

佳作赏析：

卢冀野（1905—1951），江苏南京人。诗人、词曲研究家。代表作品有小说集《三弦》，诗集《春雨》《绿帘》，学术论著《中国散曲概论》等。

南京别称冶城，作为六朝古都，历史悠久，古迹甚多。作者在这篇文章中对南京城中一些鲜为人知的古迹、遗址、典故、奇人轶事作了整理和考证，可以看作是一种抢救性的保存和传承。不管是南京本地人，还是外来游客，倘若是有兴趣，依文章记载去访旧寻古，也是一种难得的乐趣。作者古文功底深厚，文章半文半白，既简洁又通俗，兼具知识性和趣味性。

一个消逝了的山村

□〔中国〕冯至

在人口稀少的地带，我们走入任何一座森林，或是一片草原，总觉得它们在洪荒时代大半就是这样。人类的历史演变了几千年，它们却在人类以外，不起一些变化，千百年如一日，默默地对着永恒。其中可能发生的事迹，不外乎空中的风雨，草里的虫蛇，林中出没的走兽和树间的鸣鸟。我们刚到这里来时，对于这座山林，也是那样感想，绝不会问到：这里也曾有过人烟吗？但是一条窄窄的石路的残迹泄露了一些秘密。

我们走入山谷，沿着小溪，走两三里到了水源，转上山坡，便是我们居住的地方。我们住的房屋，建筑起来不过二三十年，我们走的路，是二三十年来经营山林的人们一步步踏出来的。处处表露出新开辟的样子，眼前的浓绿浅绿，没有一点历史的重担。但是我们从城内向这里来的中途，忽然觉得踏上了一条旧路。那条路是用石块砌成，从距谷口还有四五里远的一个村庄里伸出，向山谷这边引来，先是断断续续，随后就隐隐约约地消失了。它无人修理，无日不在继续着埋没下去。我在那条路上走时，好像是走着两条道路；一条路引我走近山居，另一条路是引我走到过去。因为我想，这条石路一定有一个时期宛宛转转地一直伸入谷口，在谷内溪水的两旁，现在只有树木的地带，曾经有过房屋，只有草的山坡上，曾经有过田园。

过了许久，我才知道，这里实际上有过村落。在七十年前，云南省的大部分，经过一场浩劫，回、汉互相仇杀，有多少村庄城镇在这里边衰落了。在当时短短的二十年内，仅就昆明一个地方说，人口就从一百四十余万降落到二十五万。这里原有的山村，是回民的，还是汉人的，是一次便毁灭了呢，还是渐渐地凋零下去，我们都无从知道，只知它是在回人几度围攻省城时成了牺牲。现在就是一间房屋的地基都寻不到了，只剩下树林、草原、溪水，除却我们的住房外，周围四五里内没有人家，但是每座山，每个幽隐的地方还都留有一个名称。这些名称现在只生存在从四邻村里走来的，砍柴、背松毛、放牛牧羊的人们的口里。此外它们却没有什么意义；若有，就是使我们想到有些地方曾经和人生过关系，都隐藏着一小段兴衰的历史吧。

我不能研究这个山村的历史，也不愿用想象来装饰它。它像是一个民族在这世界里消亡了，随着它一起消亡的是它所孕育的传说和故事。我们没有方法去追寻它们，只有在草木之间感到一些它们的余韵。

最可爱的是那条小溪的水源，从我们对面山的山脚下涌出的泉水；它不分昼夜地在那儿流，几棵树环绕着它，形成一个阴凉的所在。我们感谢它，若是没有它，我们就不能在这里居住，那山村也不会曾经在这里滋长。这清冽的泉水，养育我们，同时也养育过往日那村里的人们。人和人，只要是共同吃过一棵树上的果实，共同饮过一条河里的水，或是共同担受过一个地方的风雨，不管是时间或空间把他们隔离得有多么远，彼此都会感到几分亲切，彼此的生命都有些声息相通的地方。我深深理解了古人一首情诗里的句子："日日思君不见君，共饮长江水。"

其次就是鼠曲草。这种在欧洲非登上阿尔卑斯山的高处不容易采撷得到的名贵的小草，在这里每逢暮春和初秋却一年两季地开遍了山坡。我爱它那从叶子演变成的，有白色茸毛的花朵，谦虚地掺杂在乱草的中间。但是在这谦虚里没有卑躬，只有纯洁；没有矜持，只有坚强。有谁要认识这小草的意义吗？我愿意指给他看：在夕阳里一座山丘的顶上，坐着一个村女，她聚精会神地在那里缝什么，一任她的羊在远远近近的山坡上吃草，四面是山，四面是树，她从不抬起头来张望一下，陪伴着她的是一丛一丛的鼠曲从杂草中露出头来。这时我正从城里来，我看见这幅图像，觉得我随身带来的纷扰都变成深秋的黄叶，自然而然地凋落了。这使我知道，一个小生命是怎样鄙弃了一切浮夸，孑然一身担当着一个大宇宙。那消逝了的村庄必定也曾经像是这个少女，抱着自己的朴质，春秋佳日，被这些白色的小草围绕着，在山腰里一言不语地负担着一切。后来一个横来的运命使它骤然死去，不留下一些夸耀后人的事迹。

雨季是山上最热闹的时代，天天早晨我们都醒在一片山歌里。那是些从五六里外趁早上山来采菌子的人。下了一夜的雨，第二天太阳出来一蒸发，草间的菌子，俯拾皆是：有的红如胭脂，青如青苔，褐如牛肝，白如蛋白，还有一种赭色的，放在水里立即变成靛蓝的颜色。我们望着对面的山上，人人踏着潮湿，在草丛里，树根处，低头寻找新鲜的菌子。这是一种热闹，人们在其中并不忘却自己，各人钉着各人目前的世界。这景象，在七十年前也不会两样。这些彩菌，不知点缀过多少民族的童话，它们一定也滋养过那山村里的人们的身体和儿童的幻想吧。

这中间，高高耸立起来那植物界里最高的树木，有加利树。有时在月夜里，月光把被微风摇摆的叶子镀成银色，我们望着它每瞬间都在生长，仿佛把我们的身体，我们的周围，甚至全山都带着生长起来。望久了，自己的灵魂有些担当不起，感到悚然，好像对着一个崇高的严峻的圣者，你若不随着他走，就得和他离开，中间不容有妥协。——但是，这种树本来是异乡的，移植到这里来并不久，那个山村恐怕不会梦想到它，正如一个人不会想到他死后的坟旁要栽什么树木。

秋后，树林显出萧疏。刚过黄昏，野狗便四出寻食，有时远远在山沟里，有时近到墙外，作出种种求群求食的嗥叫的声音。更加上夜夜常起的狂风，好像要把一切都给刮走。这时有如身在荒原，所有精神方面所体验的，物质方面所得获的，都失却了功用。使人想到海上的飓风，寒带的雪潮，自己一点也不能做主。风声稍息，是野狗的噪声，野狗声音刚过去，松林里又起了涛浪。这风夜中的噪声对于当时的那个村落，一定也是一种威胁——尤其是对于无眠的老人，夜半惊醒的儿童和抚慰病儿的寡妇。

在比较平静的夜里，野狗的野性似乎也被夜的温柔驯服了不少。代替野狗的是麂子的嘶声。这温良而机警的兽，自然要时时躲避野狗，但是逃不开人的诡计。月色朦胧的夜半，有一二猎夫，会效仿麂子的嘶声，往往登高一呼，麂子便成群地走来……据说，前些年，在人迹罕到的树丛里还往往有一只鹿出现。不知是这里曾经有过一个繁盛的鹿群，最后只剩下了一只，还是根本是从外边偶然走来而迷失在这里不能回去呢？反正这是近乎传说了。这美丽的兽，如果我们在庄严的松林里散步，它不期然地在我们对面出现，我们真会像是 Saint Eustache 一般，在它的两角之间看见了幻境。

两三年来，这一切，给我的生命许多滋养。但我相信它们也曾以同样的坦白和恩惠对待那消逝了的村庄。这些风物，好像至今还在述说它的运命。在风雨如晦的时刻，我踏着那村里的人们也踏过的土地，觉得彼此相隔虽然将及一世纪，但在生命的深处，却和他们有着意味不尽的关联。

一九四二年于昆明

佳作赏析：

冯至（1905—1993），河北涿县人，诗人、学者。著有诗集《昨日之歌》，散文集《山水》等。

时间流逝，世事变迁。作者一行人在云南茂密的原始森林中穿行，却意外发现了一些村庄的残迹。原来这里曾经有人居住过，只是由于战争的原因，人们或死或逃，只留下些断壁残垣，又逐渐被杂草树木所覆盖。触景伤情，作者不由得发出世事无常的感叹。文章夹叙夹议，情景交融，充满历史的沧桑感。

话故都

□〔中国〕吴伯箫

　　一别两易寒暑，千般都似隔世，再来真是万幸了。际兹骊歌重赋，匆匆归来又匆匆归去的时候，生怕被万种缱绻，牵惹得茶苦饭淡。来！尔座苍然的老城，别嫌唠叨，且让我像自家人似的，说几句闲杂破碎的话罢。——重来只是小住，说走就走的，别不理我！连轻尘飞鸟都说着，啊，你老城的一切人，物。

　　生命短短的，才几多岁月？一来就五年六载地拖下去，好不容易！耳濡目染，指摩踵接，筋骨都怕涂上了你的颜色罢；不留恋还留恋些什么？不执着还执着些什么？在这里像远古的化石似的，永远烙印着我多少万亿数的踪迹；像早春的鸟声，炎夏的鸣蝉，深秋的虫吟似的，在天空里也永远浮荡着我一阵阵笑，一缕缕愁，及偶尔的半声长叹。在这里有我浓挚的友谊，有我谆谆然师长的训诲，有我青年的金色的梦境，旷世的雄心，及彻昼彻夜的挣扎与努力；也有我掷出去，还回来，往返投报的情热，及情热燃炙时的疯狂。还有，还有很多；我知道那些逝去了的整整无缺的日子，那些在一生中最可珍贵的朝朝暮暮，我是都给了你了，都在你和平而安适的怀抱里，消磨着，埋葬了。

因此，我无论漂泊到天涯，或是流浪到地角，总于默默中仿佛觉到背后有千万条绳索在紧紧地系着，使我走了一段路程。便回转头来眺望你一番，俯下头去想念你一番，沉思地追忆关于你的一切：当我于风雨凄凉，日晚灯昏，感到苦寂的时候，我想到在你这里那五六个人围炉话尽的雪夜，和放山石，采野花的那些春秋佳日。当我进退维谷，左右皆非，感到空虚的时候，我想到在你这里过骆驼书屋，听主人那忘机的娓娓不倦的谈话，和那巍然宏富的图书馆里，引人入胜的各家典籍的涉猎。在异乡受了人家的欺骗，譬如那热血所换到的冷水的欺骗，我只要忆起你这儿的友人曾信托我，帮助我，在极危急的时候拯救我的各种情形，我便得到很多的安慰；即使抚今追昔，愈想愈委屈，而终于落泪罢，但内心是充满了喜悦的，说："小气的人呀！我是有朋友的，你其奈我何！"

因此，我念着你西郊的山峦，那里我们若干无猜的男女，曾登临过，游览过，啸遨过：大家争着骑驴，挨了跌还是止不住笑。我念着你城正中昂然屹立的白塔，在那里我们曾俯瞰过你伟大的城阙，壮丽的宫院，一目无边的丰饶的景色。我念着坐镇南城的天坛，那样庄严，使你立在跟前，都不敢大声说话。我念着颐和园昆明湖畔的铜牛，最喜欢那夕阳里骄蹇的雄姿；我念着陶然亭四周的芦苇，爱它那秋天来一抹的萧索。我念着北城的什刹海，南城的天桥，拥着挤着的各色各样的人，各色各样的事。我念着市场的那些旧书摊，别瞧，掌柜的简直就是饱学。我念着，啊，这个账怎么开呢：那些残破的庙宇，那些苍翠的五六百年的松柏，那些灰色的很大很大的砖，一弯臭水的护城河，沿河走着的骆驼同迈着骆驼一样脚步的牵骆驼的人。真是！什么我都想念呢！只要是你苍然的老城的，都在我神经的秘处结了很牢的结了。说来你不信，连初冬来呼呼的大风，大风里飞扬着的尘土，我都想。

苍然的老城，我觉到，绵亘在兴安岭以南，喜马拉雅以北，散布在滚滚的黄河，滔滔的长江流域的，星罗棋布，是多少城池，多少市镇，多少名胜古迹啊，但只有你配象征这堂堂大气的文明古国。仿佛是你才孕育了黄帝的子孙，是你才养长了这神明华胄，及它所组成的伟大民族。虽然我们有长安，有洛阳，有那素以金粉著名的南朝金陵，但那些不失之于僻陋，就失之于嚣薄；不像破落户，就像纨子；没一个像你似的：既素朴又华贵，既博雅又大方。包罗万象，而万象融而为一；细大不捐，而巨细悉得其当：真是，这老先生才和蔼得可亲，庄严得可敬呢。

华夏就是这样的国家，零星的干犯，是惹不起她的气忿的，她有海量的涵容；点滴的创伤，她是不关痛痒的，她有百个千个的容忍。不过一朝一夕，时光慢慢地过去，干犯她的，要敬畏她了，要跪倒在她的面前，求她的宥恕了，一处处创伤要渐渐地复原，渐渐地健康起来了。如檐滴之穿阶石似的，一切锢障都在时光的洗炼中屈服在她的腕下了。苍然的老城，你不也正是这样的么？多少乳虎样的少年，贸贸然地走了来，趾高气扬；起初是目空一切的，但久了，你将他的浮夸，换作了沉毅。忽而一天，他发现了他自己的无识，他自己的藐小；多少心胸狭隘的人，米大的事争破天，不骄即谄，可是日子长了，他忽然醒过来，带着满脸的惭愧，他走上那坦荡的大方的道路。芝兰之室怕连砖瓦都是芬芳的罢，蜜饯金枣酸瓢也发起甜来。饱有经验的老人是看不惯乳臭的孩子的，富有历史涵养的地方草木都是古香古色。不必名师，单这地方彩色的熏陶，就是极优越的教育了。何况，在这里，街街巷巷都住持着哲人，诗家，学者呢？对你，不只是爱慕，简直是景仰。"我懂什么呢，"有人这样说，"在此老死罢！"也有人这样说：是大有来历的。

晨昏相对者六年，在第六个夏天，我因为什么事情不得已而将远去，那时我是怎样地愁着，依依的可怜啊！为了你这儿的人们，使我眷恋不舍，一壁整着行囊，一壁落着眼泪，就像第一次离开慈母准备远行一样，那滋味是够凄凉的。脚步迟滞地踏上火车，心随了车轮的辗转而步步沉重，彼此间的牵线，步步加紧，那是不多不少的永诀的情况啊！长年漫漫，悬想之情总算够受了：地方愈远，思念愈深；时日愈久，思念愈切。直将这重负继续担下来，到今天，我有了归来的机会。

旅途上我是怎样的喜欢，又怎样的惧怕呀！喜着眼前的重逢，怕着久别的生疏。提心吊胆，终于到"家"了。望见你那更加苍老了的城垣，还带着亲熟的容光，仿佛说："来了么？……"那一阵高兴是说不出来的。我知道敌人的炮火，曾给你过分的虚惊，我见了一砖一石一草一木，都郑重地问"别来无恙"的话。及至看见你依旧那样镇静，那样沉着的时候，我便禁不住手舞足蹈了。可是你的确又苍老了许多呢。虽说老当益壮罢，但那加添了的一条条皱纹，总不能不使爱你的人们增加几分担心。

现在几天的光阴，又轻轻度过了，梦一般。在几天之中，我温习了多少陈迹，访问着你的每一条大街，每一条小巷，抚摩着往日的印痕，追忆着那些甜的酸的苦的故事，又是一度欢欣，又是一度唏嘘，又是一度疯狂。我很满足，因为你没把我忘记。

转眼我又要走了，那怎么办呢？在这临行时的前宵，听着你午夜的市声，熙熙攘攘，喘着和平的气息，我怀了万分惆怅。但想到你的长存，比得过日月的光辉时，我也知道自慰。后会有期，珍重罢！希望再度我来，你矍铄依然，带着你永恒的伟大与壮丽，期待我，招呼我。

明朝行时，但愿你满罩了一天红霞，光明里，照顾我到远远的天涯。

佳作赏析：

吴伯箫（1906—1982），山东莱芜人，散文家。著有散文集《羽书》《烟尘集》《出发集》《北极星》等。

吴伯箫的散文以平淡舒缓为特点，而他的这篇《话故都》则一反常态，用饱含深情的文字表达了对故都北平的赞美之情。其原因不言自明，在作者看来，北平有着特殊的吸引力：既素朴又华贵，既博雅又大方。而正是其他城市所无可比拟的历史底蕴和特殊地位，使得作者将北平看作是"家"，是能够给自己安全感的港湾。文章运用了拟人化的表现手法，将故都比作一个虽饱经磨难却仍昂然挺立的坚强之人，生动形象。

山水

□〔中国〕李广田

先生，你那些记山水的文章我都读过，我觉得那些都很好。但是我又很自然地有一个奇怪念头：我觉得我再也不愿意读你那些文字了，我疑惑那些文字都近于夸饰，而那些夸饰是会叫生长在平原上的孩子悲哀的。你为什么尽把你们的山水写得那样美好呢？难道你从来就不曾想到过：就是那些可爱的山水也自有不可爱的理由吗？我现在将以一个平原之子的心情来诉说你们的山水：在多山的地方行路不方便，崎岖坎坷，总不如平原上坦坦荡荡；住在山圈里的人很望着那变幻的云彩而出神。平原的子孙对于远方山水真有些好想象，而他们的寂寞也正如平原之无边。先生，你几时到我们那块平原上去看看呢：树木、村落，树木、村落，无边平野，尚有我们的祖先永息之荒冢累累。唉唉，平原的风从天边驰向天边，管叫你望而兴叹了。

自从我们的远祖来到这一方平原，在这里造起第一个村庄后，他们就已经领受了这份寂寞。他们在这块地面上种树木，种菜蔬，种各色花草，种一切谷类，他们用种种方法装点这块地面。多少世代向下传延，平原上种遍了

125·天南海北卷

树木，种遍了花草，种遍了菜蔬和五谷，也造下了许多房屋和坟墓。但是他们那份寂寞却依然如故，他们常常想到些远方的风候，或者是远古的事物，那是梦想，也就是梦忆，因为他们仿佛在前生曾看见些美好的去处。他们想，为什么这块地方这么平平呢，为什么就没有一些高低呢。他们想以人力来改造他们的天地。

你也许以为这块平原是非常广远的吧。不然，南去三百里，有一条小河，北去三百里，有一条大河，东至于海，西至于山，俱各三四百里，这便是我们这块平原的面积。这块地面实在并不算广漠，然而住在这平原中心的我们的祖先，却觉得这天地之大等于无限。我们的祖先们住在这里，就与一个孤儿被舍弃在一个荒岛上无异。我们的祖先想用他们自己的力量来改造他们的天地，于是他们就开始一件伟大的工程。农事之余，是他们的工作时间，凡是这平原上的男儿都是工程手，他们用铣，用锹，用刀，用铲，用凡可掘土的器具，南至小河，北至大河，中间绕过我们祖先所奠定的第一个村子，他们凿成了一道大川流。我们的祖先并不曾给我们留下记载，叫我们无法计算这工程所费的岁月。但有一个不很正确的数目写在平原之子的心里：或说三十年，或说四十年，或说共过了五十度春秋。先生，从此以后，我们祖先才可以垂钓，可以泅泳，可以行木桥，可以驾小舟，可以看河上的云烟。你还必须知道，那时代我们的祖先都很勤苦，男耕耘，女蚕织，所以都得饱食暖衣，平安度日，他们还有余裕想到别些事情，有余裕使感情上知道缺乏些什么东西。他们既已有了河流，这当然还不如你文章中写的那么好看，但总算有了流水，然而我们的祖先仍是觉得不够满好，他们还需要在平地上起一座山岳。

一道活水既已流过这平原上第一个村庄之东，我们的祖先就又在村庄的西边起始第二件工程。他们用大车，用小车，用担子，用篮子，用布袋，用衣襟，用一切可以盛土的东西，运村南村北之土于村西，他们用先前开河的勤苦来工作，要掘得深，要掘得宽，要把掘出来的土都运到村庄的西面。他们又把那河水引入村南村北的新池，于是一曰南海，一曰北海，自然村西已聚起了一座十几丈高的山。然而这座山完全是土的，于是他们远去西方，采来西山之石，又到南国，移来南山之木，把一座土山装点得峰峦秀拔，嘉树成林。年长日久，山中梁木柴薪，均不可胜用，珍禽异兽，亦时来栖止。农事有暇，我们的祖先还乐得扶老提幼，携酒登临。南海北海，亦自鱼鳖繁殖，苹藻繁多，夜观渔舟火，日听采莲歌。先生，你看我们的祖先曾过了怎样的好生活呢。

唉唉，说起来令人悲哀呢，我虽不曾像你的山水文章那样故作夸饰——因为凡属这平原的子孙谁都得承认这些事实，而且任何人也乐意提起这些光荣——然而我却是对你说了一个大谎，因为这是一页历史，简直是一个故事，这故事是永远写在平原之子的记忆里的。

我离开那平原已经有好多岁月了，我绕着那块平原转了好些圈子。时间使我这游人变老，我却相信那块平原还该是依然当初。那里仍是那么坦坦荡荡，然而也仍是那么平平无奇，依然是村落，树木，五谷，菜畦，古道行人，鞍马驰驱。你也许会问我：祖先的工程就没有一点影子，远古的山水就没有一点痕迹吗？当然有的，不然这山水的故事又怎能传到现在，又怎能使后人相信呢。这使我忆起我的孩提之时，我跟随着老祖父到我们的村西——这村子就是这平原上第一个村子，我那老祖父像在梦里似的，指点着深深埋在土里而只露出了顶尖的一块黑色岩石，说道："这就是老祖宗的山头。"又走到村南村北，见两块稍稍低下的地方，就指点给我说道："这就是老祖宗的海子。"村庄东面自然也有一条比较低下的去处，当然那就是祖宗的河流。我在那块平原上生长起来，在那里过了我的幼年时代，我凭了那一块石头和几处低地，梦想着远方的高山，长水，与大海。

佳作赏析：

李广田（1906—1968），山东邹平人，散文家、学者。代表作品有散文集《画廊集》《回声》，短篇小说集《金坛子》等。

对于一般人而言，有山有水的地方才叫风景，但其实也不尽然。正如作者所说，有山有水也有许多不方便的地方，尤其是交通问题会严重影响人们的生活，生活在山区的人们未尝不羡慕平原地区人们生活的便利。同样的，对于世代居住在平原地区的人而言，能够过上有山有水的生活也是一种美好的生活理想。不同地理环境和自然条件下的人们互为倾慕，于是在平原地区长大的作者就展开丰富的想象，虚构了自己村庄的乡亲不怕艰难险阻引水造山的故事。其实中国地域辽阔，各地地理环境和生活条件不同，各有利弊，想要看更多风景，还是到天南海北去转一转的好。

广和楼的捧角家

□ [中国] 吴祖光

　　提起广和楼来，北平人没有不知道的，就因为它是中国国剧唯一大科班富连成社的大本营；富连成已享盛名卅余载，广和楼便是它每日上演的戏园子，尤其广和楼的风格独具姿态，每日川流不息的，不知有多少人迷恋着它。

　　广和楼坐落在前门肉市，破旧的大门，狭窄的甬道，古老的建筑，糟朽不堪；到了这里不由便想到古罗马的颓垣败壁的风度。戏园外面的小院子里列满了卖零食的小贩，馄饨，烧饼，羊爆肚，豆腐脑，牛奶酪……最妙的是紧挨着这些卖吃的旁边就是一个长可丈余，广可三尺的尿池，臭气蒸腾，尿者不断，使得这些食物益发有不可言传之味。

　　在一二十年以前，北平的戏园都是这样的，不过现在别的都逐渐改良，只有广和楼做了个中流砥柱，一直保持着旧时的格式。戏好价廉，某一时代便成了下级社会唯一的戏园子，因为不卖女座，所以演戏时不免失之粗野，尤其演猥亵的剧本时，更是绘色绘声，毫不在乎，又搭上科班出身的戏子都有真功夫，已出科的名伶马连良，小翠花，谭富英及青衣大王梅兰芳（梅兰芳曾在该班学技），更是响当当的活招牌，其号召力之大自不必说。顾客中除一般劳动阶级之外，青年学生更趋之如鹜，其余如小报的新闻记者，甚至一般社会上振振有声的遗老及小有声名的名士也杂集其间，品姿论色，兴不少衰。

至于广和楼内部与一般戏园也大有不同，当然谈不到什么光线，空气好坏，光是戏台上那两根大柱子就够受了，窗户全是纸糊的，冬天一律封死，夏天把纸撕掉，地下是高低不平的碎砖，楼上的地板尽是大窟窿；假使戏台上演起武戏时，灰沙蔽天，真是乌烟瘴气。座位空隙甚小，胖子简直塞不下去，呼吸不便，行动不灵，莫此为甚。可是每天仍是满坑满谷，其原因似在真理以外，令人难以索解。

前面说过观剧者的各种份子，年深日久，自然就有捧角之事发生；其中吃醋争风，钩心斗角，真个大有可观。现在先从学生说起：学生都是青年，青春之火燃烧着，最容易激动心情，因为生性的不同，所以有的喜欢扭扭捏捏千娇百媚的花旦，有的便喜欢英气勃勃身手矫捷的武生；有的喜欢风流潇洒秀雅温文的小生，有的便喜欢稳健端庄唱作兼优的老生；有的喜欢刚健婀娜花枝招展的武旦，有的便喜欢黄钟大吕气概激昂的花脸。其间若有利害冲突时，不免便发生争斗，假使有两个人同时喜欢一个花旦，这两人便好似有不共戴天之仇似的。在戏园里便每人集合一帮帮手，列开阵势，有坐在前排，有坐在后排，有坐在楼上，有坐在两廊。花旦出场时或有所举动时，这边早轰雷也似来一个碰头好，那边也紧接着跟上一个，这边不服气再来一个，那边大怒又加上一个，他们的术语，谓之"顶好"（顶字作动词用），就是双方互顶的意思，所以往往在一个动作过去半天或花旦出台半天之后，好声不绝，越顶越有劲，观众个个皱眉，花旦为之不乐，假如顶得太不可开交时，这边的英雄里便有一个或几个挺身而出走到那方面递哀的美敦书，其熟用的话如："小子！敢出来吗？"或："外头见！"或者开口就骂，高兴也许伸手一个嘴巴（耳光也）。此种种表示不外乎欲作一场激烈的交手战，双方都不愿栽跟头，于是挺胸而出，顾盼自雄，义无反顾的架势真像能辟易万人似的，于是别无他言直奔天安门而去。天安门位在前门之北，栏雕玉砌，金碧辉煌，原是帝都时代天子驻跸之地，不过天安门前有一行深而且密的松树林，藏龙伏虎，深邃幽静，倒是绝好打架的所在，当这两帮人往天安门走时，前门大街的警察有时便明白是什么事，便加以劝解，双方有时不愿作"无谓的牺牲"，便哄然散去。这是最好的解决。

或者到了天安门松林之后，两方首脑便当先出场，讲究个"先礼后兵"，最先互相责问为何给那花旦叫好，如果有一边势弱便答应以后不叫了。如若不然，越说越僵，于是武力解决，纳头便打，生死如同置之度外一般，败北者当然忍辱地答应城下之盟，无条件地接受一切不平等条约，回家自去养伤；胜者扬眉吐气自不待说。有时或者也吃官司，然而为了心爱的戏子，一切牺牲似乎都心甘情愿。

捧角者的最大目的便是认识他所捧的角色，认识的方法不外乎花钱买通关系人给介绍，或者在门外等着，愣上去打招呼，角儿不敢得罪这些大爷，便也将计就计地认识了。于是捧角者今天请吃饭，明天请看电影，看赛足球，送礼。角儿的一颦一笑都认为莫大光荣。有的简直住到角儿家去，担负一家的开销。有的因为捧花旦便也沾上了花旦的习气，留起长长的头发，高得顶住颚骨的衣领，一步三摇，衣服瘦瘦的，脸上擦粉，说话娇声娇气，一笑把手绢一握嘴；有的便因此学戏，正式下海。这几类都是捧角而有成绩者，其余空劳心力者更是恒河沙数。以上多半用花旦为例，余者皆同样情形。

这群自己以为聪明而其实可怜的学生，他们莫名其妙地做着这种无聊的举动。这在戏子方面当然是无害的，聪明的演员们很能利用他们自己的幸运，当然以获得大多数捧者为荣，因此尽力各方联络，因此学生捧角者之间的冲突，五六年来，迄今不衰。

其次说到小报的新闻记者，他们与学生的立场又不同了，他们当然不愿赔钱而愿有所收入，他们的捧角无非是在报屁股上弄一个戏剧专号，作些肉麻的捧角文字，捧角文章其实是不容易作的，作得多了，自然离不了那一套，如"娇艳动人""黄钟大吕""嗓音清超""武功精熟""深入化境""叹观止矣""予有厚望焉"，诸如此类，举不胜举。有时便造些谣言，破坏某个演员的名誉，演员急了，只得花钱津贴；这笔款好在有冤大头来代出，不成问题。如此演员可免谤言，记者得其实惠，彼此两便。这种记者不学无术，月薪有限，有时不免玩这类把戏以资补助，然而有时也会激怒了学生大爷而惨遭暴打，去年曾有某所谓"北平名评剧家"躲在报馆里数日不敢露面的趣事发生。这便是一般下流记者的捧角。自然也有一二皎皎者流，也未可一概而论。

又有一般遗老们，下野之后，坐拥巨资，饱暖无聊，便拿捧角当作一种消遣工作。他们的对象多半是年轻貌美的演员，或者他们别有作用，居心不可测，此处可以不提。他们最得力处是有钱，所以演员们很喜欢同他们交往，双方有利。他们有时更资助一个出科的演员，替他出钱组班。有时带着他们逛逛公园北海，白发红颜相得益彰，遗老拈须而笑，其乐陶然，赢得无数人的艳羡。他们是实力派，既不用如学生之出生入死，又不用如记者之费尽心机，孔方兄飞去，目的物擒来，绝无拖泥带水之弊。这便是遗老们的捧角。

名士的捧角现在似乎不多，此处所说名士指一般与菊界有相当关系者，或者在菊界占有相当势力，他们的捧角很严格，对某一个角色认定他大了必红，于是便下力死捧，或代他张罗拜师，替他宣传，他们的用意是将来这演员出名之后感恩图报，于他们当然有利，这与记者之捧角大致相同，都是有所图的。他们用了戏界的势力，捧角也易如反掌，眼光远，经验足，比起前者又高一等。

近来更有一帮女学生的捧角，她们当然比男学生文明得多，顶多不过对自己所喜的角儿特别多听多看，在同学之间大家起起哄。在广和楼未开女禁之时，她们早已闻知其神秘，所以女禁一开便有如一个非常难得的喜讯来了一样，广和楼有了女主顾，戏子的猥亵表演似乎稍微收束些，但其实普通一般女学生正爱看这路的表演，当然其洁身自好者除外。据观察结果，她们所喜的角色最受欢迎的是青衣花旦，其次是小生，别的则难登大雅，先决条件还是在这戏子的容貌之美否。

至于那般劳动阶级才是为娱乐而娱乐，他们积蓄了相当的钱听一回戏祛除一日的劳瘁，哪有闲心闲力来捧角呢？

以上所说便是广和楼富连成社捧角家的大概情形，并无一字虚话，当然有许多更新奇可笑的事被作者漏掉了，因为在半年以前我正是一个学生捧角家，说到这里真叫我痛哭，我瞒了父母不知花了多少冤钱？不知虚糜了多少光阴？更不知牺牲了多少功课？糟蹋了多少精神？常常旷了课赶到广和楼去泡一整天，其始是由了朋友的引诱，便如此不能自拔地过了一年多。后来忽然清醒，便断绝了这种混沌生活。现在偶尔去广和楼时，一点没有捧角的心了，我已经算是一个过来人，眼看这一帮后起的又在钩心斗角了，这种恶劣的习惯将延到何年何月呢？

"捧角是为什么？对于我们学生？"我永远这样想。

一九三六年五月十一日于北平

佳作赏析：

吴祖光（1917—2003），江苏武进人，剧作家。著有话剧《风雪夜归人》《林冲夜奔》，电影剧本《国魂》，散文集《后台朋友》《艺术的花朵》等。

这是一篇谈旧中国北京城戏曲轶事的文章。广和楼，一座位于前门附近的戏楼，见证了中国戏曲的兴衰，也演绎出了许多可悲可笑甚至荒唐的故事，可以说是一面社会的镜子。本来听戏是图个乐，捧自己喜欢的"角儿"也可以理解，但为了捧"角儿"而大打出手则有些过分了，当然，一些人"捧角儿"是另有所图。文章详细描述了聚焦于戏曲舞台的各个社会阶层，真可谓三教九流、千姿百态，从中可以一窥旧北京的民风习俗，不可不读。

北平的庙会

□ [中国] 张中行

因为在北平住过几年，而且曾经有过一个家，便有时被人看作"老北京"了。据说乡村人称老北京为"京油子"，意思是不务实际的人，取义似乎没有老北京来得客气，堂皇。

因为被人目为老北京，所以外乡的朋友常以怎样逛北平的问题来问。这问题假若由外宾引导员去答一定很简便，什么西山、北海、天坛、八达岭等等，不上几天，便可逛完。但我总不以此种逛法为然，所以要答复也常不能使人满意，因为我是根本主张欲理解北平的文化是非住上三年五年不可的。

北平不比商埠，有洋房，有摩天楼，假若你到北平去找华丽的大楼，那你只有败兴。那么到北平应该逛什么呢？此非一二言所能尽：假若你对于历史有兴趣，你应该先知道这古城的家世，隋唐的塔，元明的庙不用说，就是商店，也不少几百年以前的。北平也追时髦，然而时髦有个限度，譬如同仁堂的门面，沙锅居的肉锅，你是给他多少钱他也不会换的。

你说北平颓唐，衰老，不合时代，但她仍是这么古老下去，也许时代转换更能给她些光荣，正如秋天的枫叶，愈老愈红。所以你要逛，就须钻入她的内心，靠城根租一所房子，住上三年两年，你然后才有时间去厂甸，去鬼市，逛庙会，吃爆肚，喝豆汁等等；不然你走马看花，专追名胜，那她只有给你一副残破相。

记得知堂先生说北平是元明以来的古城，总应该有很多好吃的点心的。北平不只零吃多，可玩赏的地方也多，单说庙会吧：每旬的九、十、一、二是隆福寺，三是土地庙，五、六是白塔寺，七、八是护国寺，几乎天天有；如再加上正月初一的东岳庙，初二的财神庙，十七八的白云观，三月初三的蟠桃宫，你会说北平真是庙会的天下了。

鉴赏北平应该自己去看，去尝，去听，靠书本的引导就不行。不信你翻一翻《日下旧闻》《春明梦余录》，以及《北平游览指南》等书，关于庙会就很少记载，盖庙会根本不为高文厚册所看重也。

记庙会颇难，因其太杂。地大庙破，人多物杂，老远望去就觉得乱嘈嘈，进去以后更是高高低低，千门万户，东一摊，西一案，保你摸不着头脑。但你看久了以后，也会发现混乱之中正有个系统，嘈杂之中也有一定的腔调，然后你才会了解它，很悠闲地走进去，买你所要买的，玩你所要玩的，吃你所要吃的，你不忍离开它，散了以后，再盼着下一次。

赶庙会的买卖人是既非行商，又非坐贾，十天来一次，卖上两天又走了，正像下乡的粥班戏，到了演期，搭上台子，就若有其事地吆喝起来，等到会期一过，就云飞星散。庙会的末天的晚上，他们或推车，或挑担，离开这个庙，去到另一个庙，地方总新鲜，人与货仍是那一群。

庙会里货物的种类可真多，大至绸缎古玩，小至碎布烂铁，无论是居家日用，足穿头戴，或斗鸡走狗，花鸟虫鱼，无所不备。只要你有所欲，肯去，它准使你满意，而且价钱还便宜，不像大商店或市场，动不动就是几块钱。

庙会的交易时刻是很短的，从午后到日落，在此时以外没有人去，去也没有人卖。时间短而买卖多，所以显得特别匆忙。人们挨肩挤背地进去，走过每一个摊，每一个案。庙会的东西很少言不二价，常去的人自然知道哪一类东西逛多，哪一类东西逛少，看好了，给一个公道价，自然很快成交。

北平这城有她自己的文化，有她自己的风格，不管你来自天南海北，只要你在这里住久了，也会被她融化，染有她的习惯，染有她的情调，于是生活变成"北平的"了。然而在这同一北平的情调之中，也分成三、六、九等，譬如学生是一流，商贾是一流，而住家则另是一流也。

严格说起来：北平的情调应该拿住家来代表，也唯有住家的生活才真正够得上"北平的"，这一点不能详说了——我总以为北平的地道精神不在东交民巷、东安市场、大学、电影院，这些在地道北平精神上讲起来只能算左道，摩登，北平容之而不受其化。任你有跳舞场，她仍保存茶馆；任你有球场，她仍保存鸟市；任你有百货公司，她仍保存庙会。

地道北平精神由住家维持，庙会为住家一流而设，所以庙会也很尽了维持之力。譬如以鞋为例：纵然有多少摩登女子去市场买高跟，然而住家碧玉仍然去庙会寻平底，她们走遍所有的鞋摊，躲在摊后去试，试好了，羞答答地走回家去，道上也许会遇见高跟鞋的女郎，但她们不羡慕那些，有时反倒厌恶，她们知道穿上那种鞋会被胡同里的人笑话，那是摩登，是胡闹。

市场是摩登，庙会是过日子，过日子与摩登大有分别，所以庙会的货物不求太精，只取坚而贱，由坚而贱中领略人生，消磨日子，自然会厌弃摩登，这是住家的可取处，也是庙会的可取处。由住家去庙会，买锅买炉，买鞋买袜，看戏吃茶，挑花选鸟，费钱不多，器用与享乐两备，真是长久过日子之道。摩登不解此，笑庙会嘈杂，卑下，只知出入市场，照顾公司；一到自己过日子，东西不是，左右无着，然后哭丧着脸，怨天尤人，皆是不解庙会，离开住家之病也。

庙会专为住家而设，所以十天中开上两天也就够了。住家中有老少男女，色目不同，趣味各异，庙会商人洞明住家情形，预备一切住家需要的东西，不管你是老翁、稚子，或管家的主妇、将出阁的姑娘，只要你去，它准使你有所欲，或买或玩，消磨半日，眉开眼笑地回去。

你是闲人雅士，它有花鸟虫鱼；你是当家主妇，它有锅盆碗箸；你是玩童稚子，它有玩具零食；你是娇媚姑娘，它有手帕脂粉。此外你想娱乐，它有地班戏，戴上胡子就算老生，抹上白粉就算花旦，虽然不好，倒也热闹，使你发笑，使你轻松。

就按我自己来说，是非常爱庙会的，每次都是高高兴兴地去，我想旁人也应该这样。人生任有多少幻想，也终不免于过小家日子，这是快乐的事，也是严肃的事，而庙会正包含这两种情调，所以我爱它，爱每一个去庙会的人。有一次，我从庙会里买回两只鸟，用手提着向家里走，路上常常有人很亲切地问：

"这只鸟还好哇，多少钱？"

我一个个地答复，有时谈得亲热了，不得不伫立在道旁，听他的批评，他的意见，有些人甚至唠唠叨叨地说起他的养鸟历史，热切地把他的经验告诉我，看样这些人也是常去庙会的。庙会使人们亲密，结合，系住每一个人的心。

常听离开北平的人说："在北平时不觉得怎么样，才一离开，便想得要命。"我自与北平别，便觉得此话千真万确。闲时想了想，北平的事物几乎样样值得怀念，而庙会就是其一。这大概是现在还不能不过小家日子之故，锅盆碗箸，为我所用，花鸟虫鱼，为我所喜，然今皆不习见，即见，亦不若庙会之亲切。爱而至于不忘，此即北平之魄力乎？此种意境，恐非登西山，跑北海，奔波三五日即离开的朋友所能理解也。

一九三六年五月九日于津南开

佳作赏析：

张中行（1909—2006），河北香河人，散文家。著有《文言常识》《佛教与中国文学》《禅外说禅》等。

北平作为故都，既有雍容华贵的皇家气概，也有平易近人的生活气息。

老北京的民俗众多，庙会就是其中的一个重要活动。北京的庙会多，逛庙会的人多，庙会上的小商品多，吃的喝的玩的用的，应有尽有，价格实惠。地道的"老北京"住家们维持着庙会，庙会也展现着地道的老北京精神。对于外地的游子和游客们而言，不逛一次庙会，就很难真正地了解北京。北京的真正魅力不是那些皇城府院，而是具有悠久历史文化底蕴的市井生活、庙会民俗。

五味

□〔中国〕汪曾祺

　　山西人真能吃醋！几个山西人在北京下饭馆，坐定之后，还没有点菜，先把醋瓶子拿过来，每人喝了三调羹醋。邻座的客人直瞪眼。有一年我到太原去，快过春节了。别处过春节，都供应一点好酒，太原的油盐店却都贴出一个条子："供应老陈醋，每户一斤"。这在山西人是大事。

　　山西人还爱吃酸菜，雁北尤甚。什么都拿来酸，除了萝卜白菜，还包括杨树叶子，榆树钱儿。有人来给姑娘说亲，当妈的先问，那家有几口酸菜缸。酸菜缸多，说明家底子厚。

　　辽宁人爱吃酸菜白肉火锅。

　　北京人吃羊肉酸菜汤下杂面。

　　福建人、广西人爱吃酸笋。我和贾平凹在南宁，不爱吃招待所的饭，到外面瞎吃。平凹一进门，就叫："老友面！""老友面"者酸笋肉丝氽汤下面也，不知道为什么叫做"老友"。

　　傣族人也爱吃酸。酸笋炖鸡是名菜。

延庆山里夏天爱吃酸饭。把好好的饭焐酸了，用井拨凉水一和，呼呼地就下去了三碗。

都说苏州菜甜，其实苏州菜只是淡，真正甜的是无锡。无锡炒鳝糊放那么多糖！包子的肉馅里也放很多糖，没法吃！

四川夹沙肉用大片肥猪肉夹了洗沙蒸，广西芋头扣肉用大片肥猪肉夹芋泥蒸，都极甜，很好吃，但我最多只能吃两片。

广东人爱吃甜食。昆明金碧路有一家广东人开的甜品店，卖芝麻糊、绿豆沙，广东同学趋之若鹜。"番薯糖水"即用白薯切块熬的汤，这有什么好喝的呢？广东同学曰："好嘢！"

北方人不是不爱吃甜，只是过去糖难得。我家曾有老保姆，正定乡下人，六十多岁了。她还有个婆婆，八十几了。她有一次要回乡探亲，临行称了二斤白糖，说她的婆婆就爱喝个白糖水。

北京人很保守，过去不知苦瓜为何物，近年有人学会吃了。菜农也有种的了。农贸市场上有很好的苦瓜卖，属于"细菜"，价颇昂。

北京人过去不吃蕹菜，不吃木耳菜，近年也有人爱吃了。

北京人在口味上开放了！

北京人过去就知道吃大白菜。由此可见，大白菜主义是可以被打倒的。

北方人初春吃苣荬菜。苣荬菜分甜荬、苦荬，苦荬相当的苦。

有一个贵州的年轻女演员上我们剧团学戏，她的妈妈远迢迢给她寄来一包东西，是"者耳根"，或名"则尔根"，即鱼腥草。她让我尝了几根。这是什么东西？苦，倒不要紧，它有一股强烈的生鱼腥味，实在招架不了！

剧团有一干部，是写字幕的，有时也管杂务。此人是个吃辣的专家。他每天中午饭不吃菜，吃辣椒下饭。全国各地的，少数民族的，各种辣椒，他都千方百计地弄来吃。剧团到上海演出，他帮助搞伙食，这下好，不会缺辣椒吃。原以为上海辣椒不好买，他下车第二天就找到一家专卖各种辣椒的铺子。上海人有一些是能吃辣的。

我们吃辣是在昆明练出来的，曾跟几个贵州同学在一起用青辣椒在火上烧烧，蘸盐水下酒。平生所吃辣椒之多矣，什么朝天椒、野山椒，都不在话下。我吃过最辣的辣椒是在越南。1947 年，由越南转道往上海，在海防街头吃牛肉粉。牛肉极嫩，汤极鲜，辣椒极辣，一碗汤粉，放三四丝辣椒就辣得不行。这种辣椒的颜色是桔黄色的。在川北，听说有一种辣椒本身不能吃，用一根线吊在灶上，汤做得了，把辣椒在汤里涮涮，就辣得不得了。云南佧佤族（佤族旧称——编者注）有一种辣椒，叫"涮涮辣"，与川北吊在灶上的辣椒大概不相上下。

四川不能说是最能吃辣的省份。川菜的特点是辣而且麻，——搁很多花椒。四川的小面馆的墙壁上黑漆大书三个字：麻辣烫。麻婆豆腐、干煸牛肉丝、棒棒鸡，不放花椒不行。花椒得是川椒，捣碎，菜做好了，最后再放。

周作人说他的家乡整年吃咸极了的咸菜和咸极了的咸鱼。浙东人确是吃得很咸。有个同学，是台州人，到铺子里吃包子，掰开包子就往里倒酱油。口味的咸淡和地域是有关系的。北京人说南甜北咸东辣西酸，大体不错。河北、东北人口重，福建菜多很淡。但这与个人的性格习惯也有关。湖北菜并不咸，但闻一多先生却嫌云南蒙自的菜太淡。

中国人过去对吃盐很讲究，如桃花盐、水晶盐，"吴盐胜雪"，现在则全国都吃再制精盐。只有四川人腌咸菜还坚持用自贡产的井盐。

我不知道世界上还有什么国家的人爱吃臭。

过去上海、南京、汉口都卖油炸臭豆腐干。长沙火宫殿的臭豆腐因为一个大人物年轻时常吃而出了名。这位大人物后来还去吃过，说了一句话："火宫殿的臭豆腐还是好吃。""文化大革命"中火宫殿的影壁上就出现了两行大字：

上级指示：

火宫殿的臭豆腐还是好吃。

我们一个同志到南京出差，他的爱人是南京人，嘱咐他带一点臭豆腐干回来。他千方百计，居然办到了。带在火车上，引起一车厢的人强烈抗议。

除豆腐干外，面筋、百叶（千张）皆可臭。蔬菜里的莴苣、冬瓜、豇豆皆可臭。冬笋的老根咬不动，切下来随手就扔进臭坛子里——我们那里很多人家都有个臭坛子，一坛子"臭卤"。腌芥菜的挤下的汁放几天即成"臭卤"。臭物中最特殊的是臭苋菜杆。苋菜长老了，主茎可粗如拇指，高三四尺，截成二寸许小段，入臭坛。臭熟后，外皮是硬的，里面的芯成果冻状。嘬住一头，一吸，芯肉即入口中。这是佐粥的无上妙品。我们那里叫做"苋菜秸子"，湖南人谓之"苋菜咕"，因为吸起来"咕"的一声。

北京人说的臭豆腐指臭豆腐乳。过去是小贩沿街叫卖的：

"臭豆腐，酱豆腐，王致和的臭豆腐。""臭豆腐就贴饼子，熬一锅虾米皮白菜汤，好饭！"现在王致和的臭豆腐用很大的玻璃方瓶装，很不方便，一瓶一百块，得很长时间才能吃完，而且卖得很贵，成了奢侈品。我很希望这种包装能改进，一器装五块足矣。

我在美国吃过最臭的"气死"（干酪），洋人多闻之掩鼻，对我说起来实在没有什么，比臭豆腐差远了。

甚矣，中国人口味之杂也，敢说堪为世界之冠。

佳作赏析：

汪曾祺（1920—1997），江苏高邮人，作家。有短篇小说集《邂逅集》《汪曾祺短篇小说选》，散文集《蒲桥集》《晚饭花集》等。

中国地大物博，天南海北的生活习性和口味差异极大，各有特点。这篇文章就按酸、甜、苦、辣、咸五种不同味道为线索，记述了全国各地的饮食偏好。不仅如此，作者在后面还专门从气味上谈了一种吃"臭"的习惯。文章的语言带有很重的口语化倾向，读来像是在听一位老人闲谈，生活气息浓郁，再加上作者特有的幽默诙谐，让人欲罢不能，堪称一篇兼具知识性和趣味性的佳作。

昆明的吃食

□〔中国〕汪曾祺

几家老饭馆

东月楼。东月楼在护国路，这是一家地道的云南饭馆。其名菜是锅贴乌鱼。乌鱼两片，去其边皮，大小如云片糕，中夹宣威火腿一片，于平铛上文火烙熟，极香美。宜酒宜饭，也可作点心。我在别处未吃过，在昆明别家饭馆也未吃过，信是人间至味。

东月楼另一名菜是酱鸡腿。入味，而鸡肉不"柴"。

映时春。映时春在武成路东口，这是一家不大不小的饭馆。最受欢迎的菜是油淋鸡。生鸡剁为大块，以热油反复浇灼，至熟，盛以一尺二寸的大盘，蘸花椒盐吃，皮酥肉嫩。一盘上桌，顷刻无余。

映时春还有两道菜为别家所无。一是雪花蛋。乃以温油慢炒鸡蛋清，上洒火腿细末。雪花蛋比北方饭馆的芙蓉鸡片更为细嫩。然无宣腿细末则无以发其香味。如用蛋黄，以同法炒之，则名桂花蛋。

这是一个两层楼的饭馆。楼下散座,卖冷荤小菜,楼上卖热炒。楼上有两张圆桌,六张大八仙桌,座位经常总是满的。招呼那么多客人,却只有一个堂倌。这位堂倌真是能干。客人点了菜,他记得清清楚楚(从前的饭馆是不记菜单的),随即向厨房里大声报出菜名。如果两桌先后点了同一样菜,就大声追加一句:"番茄炒鸡蛋一作二"(一锅炒两盘)。听到厨房里锅铲敲炒的声音,知道什么菜已经起锅,就飞快下楼(厨房在楼下,在店堂之里,菜炒得了,由墙上一方窗口递出),转眼之间,又一手托一盘菜,飞快上楼,脚踩楼梯,登登登登,麻溜之至。他这一天上楼下楼,不知道有多少趟。累计起来,他一天所走的路怕有几十里。客人吃完了,他早已在心里把账算好,大声向楼下账桌报出钱数:下来几位,几十元几角。他的手、脚、嘴、眼一刻不停,而头脑清晰灵敏,从不出错,这真是个有过人精力的堂倌。看到一个精力旺盛的人,是叫人高兴的。

过桥米线·汽锅鸡

这似乎是昆明菜的代表作,但是今不如昔了。

原来卖过桥米线最有名的一家,在正义路近文庙街拐角处,一个牌楼的西边。这一家的字号不大有人知道,但只要说去吃过桥米线,就知道指的是这一家,好像"过桥米线"成了这家的店名。这一家所以有名,一是汤好。汤面一层鸡油,看似毫无热气,而汤温在一百度以上。据说有一个"下江人"司机不懂吃过桥米线的规矩,汤上来了,他咕咚喝下去,竟烫死了。二是片料讲究,鸡片、鱼片、腰片、火腿片,都切得极薄,而又完整无残缺,推入汤碗,即时便熟,不生不老,恰到好处。

专营汽锅鸡的店铺在正义路近金碧路处。这家的字号也不大有人知道,但店堂里有一块匾,写的是"培养正气",昆明人碰在一起,想吃汽锅鸡,就说:"我们去培养一下正气。"中国人吃鸡之法有多种,其最著者有广州盐鸡、常熟叫花鸡,而我以为应数昆明汽锅鸡为第一。汽锅鸡的好处在哪里?曰:

最存鸡之本味。汽锅鸡须少放几片宣威火腿，一小块三七，则鸡味越"发"。走进"培养正气"，不似走进别家饭馆，五味混杂，只是清清纯纯，一片鸡香。

为什么现在的汽锅鸡和过桥米线不如从前了？从前用的鸡不是一般的鸡，是"武定壮鸡"。"壮"不只是肥壮而已，这是经过一种特殊的技术处理的鸡。据说是把母鸡骟了。我只听说过公鸡有骟了的，没有听说母鸡也能骟。母鸡骟了，就使劲长肉，"壮"了。这种手术只有武定人会做。武定现在会做的人也不多了，如不注意保存，可能会失传的。我对母鸡能骟，始终有点将信将疑。不过武定鸡确实很好。前年在昆明，佤伍族女作家董秀英的爱人，特意买到一只武定壮鸡，做出汽锅鸡来，跟我五十年前在昆明吃的还是一样。

甬道街鸡枞。鸡枞名甚怪。为什么叫"鸡枞"，到现在还没有人解释清楚。这是一种菌子，它生长的地方也怪，长在田野间的白蚁窝上。为什么专在白蚁窝上生长，到现在也还没有人解释清楚。鸡枞的菌盖不大，而下面的菌把甚长而粗。一般菌子中吃的部分多在菌盖，而鸡枞好吃的地方正在菌把。鸡枞可称菌中之王。鸡枞的味道无法比方。不得已，可以说这是"植物鸡"。味似鸡，而细嫩过之，入口无渣，甚滑，且有一股清香。如果用一个字形容鸡枞的口感，可以说是：腴。甬道街有一家中等本地饭馆，善做鸡枞，极有名。

这家还有一个特别处，用大锅煮了一锅苦菜汤。这苦菜汤是奉送的，顾客可以自己拿了大碗去盛。汤甚美，因为加了一些洗净的小肠同煮。

昆明是菌类之乡。除鸡枞外，干巴菌、牛肝菌、青头菌，都好吃。

小西门马家牛肉馆。马家牛肉馆只卖牛肉一种，亦无煎炒烹炸，所有牛肉都是头天夜里蒸煮熟了的，但分部位卖。净瘦肉切薄片，整齐地在盘子里码成两溜，谓之"冷片"，蘸甜酱油吃。甜酱油我只在云南见过，别处没有。冷片盛在碗里浇以热汤，则为"汤片"，也叫"汤冷片"。牛肉切成骨牌大的块，带点筋头巴脑，以红曲染过，亦带汤，为"红烧"。有的名目很奇怪，外地人往往不知道这是什么部位的。牛肚叫做"领肝"，牛舌叫"撩青"。"撩青"之名甚为形象。牛舌头的用处可不是撩起青草往嘴里送么？不大容易吃到的是"大筋"，即牛鞭也。有一次我陪一位女同学上马家牛肉馆，她问："这是什么东西？"我真没法回答她。

马家隔壁是一家酱园。不时有人托了一个大搪瓷盘，摆七八样酱菜，放在小碟子里，藠头、韭菜花、腌姜……供人下饭（马家是卖白米饭的）。看中哪几样，即可点要，所费不多。这颇让人想起《东京梦华录》之类的书上所记的南宋遗风。

护国路白汤羊肉。昆明一般饭馆里是不卖羊肉的。专卖羊肉的只有不多的几家，也是按部位卖，如"拐骨"（带骨腿肉）、"油腰"（整羊腰，不切）、"灯笼"（羊眼）……都是用红曲染了的。只有护国路一家卖白汤羊肉，带皮，汤白如牛乳，蘸花椒盐吃。

奎光阁面点。奎光阁在正义路，不卖炒菜米饭，只卖面点，昆明似只此一家。卖葱油饼（直径五寸，葱甚多，猪油煎，两面焦黄）、锅贴一片儿汤（白菜丝、蛋花、下面片）。

玉溪街蒸菜。玉溪街有一家玉溪人开的饭馆，只卖蒸菜，不卖别的。好几摞小笼，一屋子热气腾腾。蒸鸡、蒸骨、蒸肉……"瓤（读去声）小瓜"甚佳。小南瓜挖去瓤（此读平声），塞入切碎的猪肉，蒸熟去笼盖，瓜香扑鼻。这家蒸菜的特点是衬底不用洋芋，白薯，而用皂角仁。皂角仁这东西，我的家乡女人绣花时用来"光"（去声）绒，绒沾皂仁黏液，则易入针，且绣出的花有光泽。云南人都拿来吃，真是闻所未闻。皂仁吃起来细腻软糯，很有意思。皂角仁不可多吃。我们过腾冲时，宴会上有一道皂角仁做的甜菜，一位河北老兄一勺又一勺地往下灌。我警告他：这样吃法不行，他不信。结果是这位老兄才离座席，就上厕所。皂角仁太滑了，到了肠子里会飞流直下。

米线饵块

米线属米粉一类。湖南米粉、广东的沙河粉，都是带状，扁而薄。云南的米线是圆的，粗细如线香，是用压饸饹似的办法压出来的。这东西本来就是熟的，临吃加汤及配料，煮两开即可。昆明讲究"小锅米线"。小铜锅，置炭火上，一锅煮两三碗，甚至只煮一碗。

米线的配料最常见的是"闷鸡"。闷鸡其实不是鸡，而是加酱油花椒大料煮出的小块净瘦肉（可能过油炒过）。本地人爱吃闷鸡米线。我们刚到昆明时，昆明的电影院里放的都是美国电影，有一个略懂英语的人坐在包厢（那时的电影院都有包厢）的一角以意为之的加以译解，叫做"演讲"。有一次在大众电影院，影片中有一个情节，是约翰请玛丽去"开餐"，"演讲"的人说："玛丽呀，你要哪样？"楼下观众中有一个西南联大的同学大声答了一句："两碗闷鸡米线！"这本来是开开玩笑，不料"演讲"人立即把电影停住，把全场的灯都开了，厉声问："是哪个说的？哪个说的！"差一点打了一次群架。"演讲"人认为这是对云南人的侮辱。其实闷鸡米线是很好吃的。

另一种常见的米线是"爨肉米线"，即在米线锅中放入肉末。这个"爨"字实在难写。但是昆明的米线店的价目表上都是这样写的。大概云南有《爨宝子》《爨龙颜》两块名碑，云南人对它很熟悉，觉得这样写很亲切。

巴金先生在写怀念沈从文先生的文章中，说沈先生请巴老吃了两碗米线，加一个鸡蛋，一个西红柿，就算一顿饭。这家卖米线的铺子，就在沈先生住的文林街宿舍的对面。沈先生请我吃过不止一次。他们吃的大概是"爨肉米线"。

米线也还有别的配料。文林街另一家卖米线的就有：鳝鱼米线，鳝鱼切片，酱油汤煮，加很多蒜瓣；叶子米线，猪肉皮晾干油炸过，再用温水发开，切成长片，入汤煮透，这东西有的地方叫"响皮"，有的地方叫"假鱼肚"，昆明叫"叶子"。

芡忠寺坡有一家卖"杷肉米线"。大块肥瘦猪肉，煮极烂，置大瓷中，用竹片刮下少许，置米线上，浇以滚开的白汤。

青莲街有一家卖羊血米线。大锅煮羊血，米线煮开后，舀半生羊血一大勺，加芝麻酱、辣椒、蒜泥。这种米线吃法甚"野"，而鄙人照吃不误。

护国路有一家卖炒米线。锅，放很多猪油，少量的汤汁，加大量辣椒炒。甚咸而极辣。

凉米线。米线加一点绿豆芽之类的配菜，浇作料。加作料前堂倌要问：

"吃酸醋吗甜醋？"一般顾客都说："酸甜醋。"即两样醋都要。甜醋别处未见过。

米粉揉成小枕头状的一坨，蒸熟，是为饵块。切成薄片，可加肉丝青菜同炒，为炒饵块；加汤煮，为煮饵块。云南人认为腾冲饵块最好。腾冲人把炒饵块叫做"大救驾"。据说明永历帝被吴三桂追赶，将逃往缅甸，至腾冲，没吃的，饿得走不动了，有人给他送了一盘炒饵块，万岁爷狼吞虎咽，吃得精光，连说："这可救了驾了！"我在腾冲吃过大救驾，没吃出所以然，大概我那天也不太饿。

饵块切成火柴棍大小的细丝，叫做饵丝。饵丝缅甸也有。我曾在中缅交界线上吃过一碗饵丝。那地方的国界没有山，也没有河，只是在公路上用白粉画一道三寸来宽的线，线以外是缅甸，线以内是中国。紧挨着国境线，有一个缅甸人摆的饵丝摊子。这边把钱（人民币）递过去，那边就把饵丝递过来。手过国界没关系，只要脚不过去，就不算越境。缅甸饵丝与中国饵丝味道一样！

还有一种饵块是米面的饼，形状略似北方的牛舌饼，但大一些，有一点像鞋底子。用一盆炭火，上置铁箅子，将饵块饼摊在箅子上烤，不停地用油纸扇扇着，待饵块起泡发软，用竹片涂上芝麻酱、花生酱、甜酱油、油辣子，对折成半月形，谓之"烧饵块"。入夜之后，街头常见一盆红红的炭火，听到一声悠长的吆唤："烧饵块！"给不多的钱，一"块"在手，边走边吃，自有一种情趣。

点心和小吃

火腿月饼。昆明吉庆祥火腿月饼天下第一。因为用的是"云腿"（宣威火腿），做工也讲究。过去四个月饼一斤，按老秤说是四两一个，称为"四两砣"。前几年有人从昆明给我带了两盒"四两砣"来，还能保持当年的质量。

破酥包子。油和的发面做的包子。包子的名称中带一个"破"字，似乎不好听。但也没有办法，因为蒸得了皮面上是有一些小小裂口。糖馅肉馅皆有，吃是很好吃的，就是太"油"了。你想想，油和的面，刚揭笼屉，能不

"油"么？这种包子，一次吃不了几个，而且必须喝很浓的茶。

玉麦粑粑。卖玉麦粑粑的都是苗族的女孩。玉麦即包谷。昆明的汉人叫包谷，而苗人叫玉麦。新玉麦，才成粒，磨碎，用手拍成烧饼大，外裹玉麦的箬片（粑粑上还有手指的印子），蒸熟，放在漆木盆里卖，上复杨梅树叶。玉麦粑粑微有咸味，有新玉麦的清香。苗族女孩子吆唤："玉麦粑粑……"声音娇娇的，很好听。如果下点小雨，尤有韵致。

洋芋粑粑。洋芋学名马铃薯，山西、内蒙叫山药，东北河北叫土豆，上海叫洋山芋，云南叫洋芋。洋芋煮烂，捣碎，入花椒盐、葱花，于铁勺中按扁，放在油锅里炸片时，勺底洋芋微脆，粑粑即漂起，捞出，即可拈吃。这是小学生爱吃的零食，我这个大学生也爱吃。

摩登粑粑。摩登粑粑即烤发面饼，不过是用松毛（马尾松的针叶）烤的，有一种松针的香味。这种面饼只有凤翥街一家现烤现卖。西南联大的女生很爱吃。昆明人叫女大学生为"摩登"，这种面饼也就被叫成"摩登粑粑"，而且成了正式的名称。前几年我到昆明，提起这种粑粑，昆明人说；现在还有，不过不在凤翥街了，搬到另外一条街上去了，还叫做"摩登粑粑"。

一九九三年一月十三日

佳作赏析：

中国的饮食文化源远流长，八大菜系天下闻名。昆明地处中国西南边陲，在中国饮食文化中并不出名。但看过这篇《昆明的吃食》才知道，即使这样一个普通省会城市竟然也有那么多的名吃、名店、特色饮食：东月楼的锅贴乌鱼、映时春的油淋鸡、过桥米线、汽锅鸡和数不胜数的特色小吃，不由得让人感叹中国饮食文化的博大精深和口味繁多。文章介绍的吃食众多，作者娓娓道来，详略得当，丝毫不给人混乱的感觉。文章语言轻快，描写生动，昆明美食的色、香、味似乎就在眼前，让人垂涎不已。

年糕（节选）

□［中国］林斤澜

　　南方人定居北方几十年，连孩子也拉扯成人了，还有过年都不包饺子的。我家就是其中之一，可我家有一样，年夜饭头一道"摆当中"的，必是炒年糕。

　　年糕，年高，一年比一年高也。

　　我老家的年糕，可以说是持续的高潮，从做年糕开始，直到吃年糕，能持续十天半个月。不用说小孩子们，就是大人也挡不住经久的热闹，渐渐摆脱事务，浸泡到过年的氛围里了。

　　大约冬至前一两天，小康人家商量合计叫做"婆婆算"，按本年的年景——家庭收支和人口多少，做几斗米的糖糕，"秀"几斤红糖（"秀"者，掺和均匀也）、水晶糕（水磨，白如水晶）、松糕（用特制的松糕甑蒸熟。甑或圆形或八角六角，偶有方形）。松糕粉的"秀"，大有技术考究。粉中糯米饭米各占多少，有各自口味的区别，糖红糖白，多酿少酿白肉，糕面上红枣、花生、果仁、红绿丝作何图案，样样考验主妇的心灵手巧，连带着婆媳关系的微妙。

"婆婆算"定，就要赶紧去定糖糕班。那由糕饼店雇临时工组成，各家都挤在冬至前一两天，这个班子只能日夜服务，突击完成。

冬至"还冬"，是答谢天地，祭祖，还愿的重要仪式，供品力求丰盛：鸡鸭鱼肉，干鲜果蔬直到调料茶叶。年糕年年高是中心当仁不让。

大户人家自有糖糕班寻上门去，小户人家自家做不起，买现成的凑数。赶紧去定的是中产阶层也叫做小康人家，往往时间排到黄昏半夜。小孩子反倒高兴，平添了熬夜的乐趣，那时还不懂形而上的神秘色彩。

灶洞里火苗外吐，平日烧的是柴草，这时架起了柴爿（木柴）。铁锅里蒸汽腾腾，灯泡换上"单百支"，也还朦朦胧胧。正当上下眼皮要粘不粘之时，忽听敲门如敲山，寒风中，三脚两步闯进来几个后生家，紧拢棉袄，没工夫扣扣子。其中必有一个大汉子，肩上搭着枕头般的石头捣槌。进屋没工夫坐坐，主人家招呼喝碗茶吃支烟，都没答话。个个甩掉棉袄，有一个从铁锅里端出个甑子，蒸汽哆哆的扑刹到身上，只可飞跑两步，朝捣臼里一扣。再一个大汉拎过来一桶冷水，塞在臼上。再一个大汉——此时此刻，小个子也成了大汉，这一位马步，两臂起栗子肉，把枕头般的石头捣槌，蘸蘸冷水，挪到热腾腾的捣臼里，轻轻细碾。再蘸水，再碾……忽然一声吼，高举捣槌，齐眉，过额，朝下抢，只听得糕粉扑的一声。大汉转转槌，又蘸水，又举，又抢，到了五下八下，主人家喝彩。再一个大汉过来替换，换了两三换，糖糕粉已粘成一团。两手蘸水一揭，捧起来，也还烫手，紧走几步，扔在床板般大的案板上，大汉们围着坐下，又都成了手艺"老司"（师傅）。各人捏一块在手里，问主人家元宝大小多少？全家有发言权的做最后一次小声商量，没有发言权的高声插进来，当家的只好回头先跟"老司"比划，最大的多大多高。头把手答应下来，二把手做小元宝。三把手拿出"糖糕印"（雕花模子），边抹菜油边招呼小主人："学生，给你个鲤鱼跳龙门。"那个模子叫"年年有余（鱼）"。再有"招财进宝"，雕的是赵公元帅，也有寿星老儿，竟有梁山伯祝英台的……

做着糖糕，不时站起两位，去捣水晶糕。水晶糕一律做成扁长条，也叫做"袜船样儿"。这时候，慢吞吞静悄悄踱进来"松糕老司"。炊松糕需要专业人员，主人家打扫了灶台，洗刷了松糕甑。"老司"睡眼惺忪，摸了摸"秀"的松糕粉，看了看灶洞里的柴火，口底交代几句仿佛牙痛。可是一端上小簸箕，把粉一层层朝甑里撒时，不紧不慢，不轻不重，显出了两手的精神。

这时候，主妇已把新鲜年糕炒了一锅，说着尝新尝新，一碗碗端给大家。小孩子们尝了新，"糖糕老司"已经拢着棉袄赶到下一家去了，只剩下"松糕老司"，在雾腾腾的灶台那里，像个梦游的影子，孩子的上下眼皮也就撑不开了。

第二天，给水晶糕扎红头绳，给元宝贴红纸，宝心摆桔子。小小心心捧到"还冬"的供桌上，让年年高领导众供品。家长领导着全家鞠躬，老式点的磕头。

到了年夜饭上，那头道"摆当中"的，雪白水晶片片，撒着紫红的酱油肉，金钩虾米，碧绿的菜籽苔。这时节，北方地里连星星绿色都还没有，在我老家，油菜籽不但抽出苔来，还上花了。盘子上的碧绿顶尖，点点刚开的小黄花，带携这一盘的白、红、金、绿，仿佛都含着早春的露珠。当家人举箸，略一让，欢笑高声：

"年年高，年年高。"

老乡说，这"做年糕"的事，早在市场经济以前，"文革"破四旧，把民俗民情破得精光。因此在这一段上，多费笔墨。

一九九九年二月十八日

佳作赏析：

林斤澜（1923—2009），浙江温州人，作家。代表作品有小说集《山里红》《石火》，散文集《飞筐》等。

　　这是一篇记录中国南方做年糕习俗的佳作。春节是中国人最重要的节日，北方人吃饺子，而南方人则是炒年糕。作者用生动的笔触，形象的语言，记述了旧时南方一个小康之家做年糕的过程：商量"婆婆算"——定糖糕班——糖糕班现场制作——蒸年糕——上供——吃年糕。尤其是糖糕班现场制作年糕一段，写得活灵活现，现场感极强。读者可以从中看到中国南方过年的种种习俗、饮食习惯、社会生活等方方面面的内容。

老北京的四合院

□ [中国] 邓云乡

　　四合院之好，在于它有房子、有院子、有大门、有房门。关上大门，自成一统；走出房门，顶天立地；四顾环绕，中间舒展；廊栏曲折，有露有藏。如果条件好，几个四合院连在一起，那除去合之外，又多了一个深字。"庭院深深深几许""一场愁梦酒醒时，斜阳却照深深院"……这样纯中国式的诗境，其感人深处，是和古老的四合院建筑分不开的。

　　北京四合院好在其合，贵在其敞。合便于保存自我的天地；敞则更容易观赏广阔的空间，视野更大，无坐井观天之弊。这样的居住条件，似乎也影响到居住者的素养气质。一方面是不干扰别人，自然也不愿别人干扰。二方面很敞快、较达观、不拘谨、较坦然，但也缺少竞争性，自然也不斤斤计较。三方面对自然界很敏感，对春夏秋冬岁时变化有深厚情致。让我们先来看看四合院的春、夏、秋、冬。

　　冬至过了是腊八，四合院春的消息已经开始萌动了。过了二十三，离年剩七天……在腊尽春回之际，四合院中自然是别有一番风光了，最先是围绕着年的点缀。以半世纪前的具体时代来说吧。老式人家还要贴春联，而新式人家或客居的半新式人家，春联一般都免了。但都要打扫房子，重新糊窗户。打扫房屋如果说雅言叫掸尘，北京人说话讲究忌讳，大年下的，什么打呀，扫呀，说着不雅驯，因而也总叫掸尘了。四合院屋里屋外，打扫得干干净净，首先给人以万象一新之感。

可就在这样明媚的春光中，中午前后，忽听得院子里拍打一声，什么东西一响，啊——起风了，"不刮春风地不开，不刮秋风子不来"。北京的大风常常由正月里刮起，直刮到杨柳树发了芽，桃李树开了花。四合院中是不栽杨柳树的。但桃树、李树可能有。而最多的则是丁香树、海棠树，这是点缀四合院春光的使者。

春节也就是北京四合院中人们说的过年，由冬至算起的"九九"计之，一般常"六九"前后，已过"三九"严寒的高峰，天气渐渐回暖，四合院墙阴的积雪渐渐化了，檐前挂着晶莹的"檐溜"，一滴一滴的水滴下来……虽然忙年的人们，无暇顾及四合院中气候的变化，但春的脚步一天天地更近了。

春节到了，拜年的人一进垂花门，北屋的大奶奶隔着窗户早已望见了。连忙一掀帘子出来迎接。簇新蓝布大褂，绣花缎子骆驼棉鞋，鬓上插一朵红绒喜字，那身影从帘子边上一闪，那光芒已照满整个四合院，融化在一片乐声笑语中了……

不必多写，只这样一个特写镜头，就可以概括四合院春之旎丽了。

北京春天多风，但上午天气总是好的。暖日暄晴，春云浮荡，站在小小的四合院中，背抄着手，仰头眺望鸽子起盘，飞到东，看到东，飞到南，看到南……鸽群绕着四合院上空飞一派葫芦声在晴空中响着，主人悠闲地四面看着，这是四合院春风中的一首散文诗。

丽日当窗，你在室中正埋头做着你的工作，听得窗根下面"嗡嗡……"地响着，是什么呢？谁家的孩子正在院子抖着从厂甸新买来的空竹。这又是四合院春风中的一首小诗。

北京的长夏，天气酷热。现在住在高楼里的人们，不能不借助现代的科学技术发明如电风扇、空调、电冰箱等等玩艺消暑降温，可当年老北京的四合院里这些玩艺全都没有，但在四合院里消暑度假，却比现代在用先进的技术制造的低温更适合人体的自然条件，更舒服也更充满凉意，令人神往不置。

四合院里的人们怎样消暑度夏呢？简言之就是冷布糊窗、竹帘映日、冰桶生凉、天棚荫屋，再加上冰盏声声，蝉鸣阵阵，午梦初回，闲情似水，这便是一首夏之歌了。

冷布糊窗，是不管大小四合院，不管贫家富户，最起码的消暑措施。冷布名布而非布，非纱而似纱。这是京南各县，用木机织的一种窗纱，单股细土纱，织成孔距约两三毫米大的纱布，再上绿色浆或本色浆。干后烫平，十分挺滑，用来当纱窗糊窗，比西式铁丝纱以及近年的塑料尼龙纱，纱孔要大一倍多，因而极为透风爽朗。

老式四合院房屋窗户都是木制的，最考究的有三层。最外护窗，就是块木板，可以卸下装上，冬春之交可挡寒风灰沙，不过一般院子没有。二是竖长方格交错成纹的窗户，夏天可以支或吊起。三是大方格窗，是夏天糊冷布及卷窗的，俗曰"纱屉子"。入夏之后，把外面或里面窗吊起，把纱屉子的旧纸旧纱扯去，糊上碧绿的新冷布，雪白的东昌纸作的新卷窗，不但屋始洞然，而且空气畅通，清风徐来，爽朗宜人了。乾隆时前因居士《日下新讴》有风俗竹枝云："庭院曦阳架席遮，卷窗冷布亮于纱；曼声口（原缺）响珠堪听，向晚门前唤卖花。"这诗第一句说"天棚"第二句便说冷布糊窗。诗后有小注云："纸窗中间，亦必开空数椽，以通风气。另糊冷布以隔飞蝇，冷布之外加幅纸，纸端横施一挺，昼则卷起，夜则放下，名为'卷窗'。"

糊冷布最便宜，因而一般贫寒家也有力于此。只是冷布不坚固，一夏过后，到豆叶黄、秋风凉的时候，日晒、风吹、雨打，差不多也破了。好在价钱便宜，明年再糊新的。在窗户上糊冷布、糊卷窗的同时，门房上都要挂竹帘子了。竹帘子考究起来是无穷无尽的，"珠帘暮卷西山雨"，穿珠为帘，固然珍贵，但一般琉璃珠帘，也值不了多少钱。倒是好的竹帘，十分高贵。如《红楼梦》中说的虾米须帘、湘妃竹帘以及朱漆竹帘等等，都是贵戚之家的用品。一般人家，挂一副细竹皮篾片帘子就很不错了。隔着竹帘，闲望院中的日影，带露水的花木，雨中的撑伞人；晚间上灯之后，坐在黑黝黝的院中乘凉，望着室中灯下朦胧的人影，都是很有诗意的。北京人住惯四合院，喜爱竹帘子，去夏回京，见不少搬进高层楼宇中居住的人，也在房门口挂上竹帘子，只有这点传统的习惯，留下一点四合院的梦痕吧。

四合院消暑，搭个天棚是个十分理想的。尤其是北京旧时天棚，工艺最巧妙。不过搭天棚比较费钱，要有一定的经济条件才能办到。旧时形容北京四合院夏日风光的顺口溜道："天棚鱼缸石榴树，老爷肥狗胖丫头"。这在清代，起码也得是个七品小京官，或者是一个粮店的大掌柜的才能办得到，一般人谈何容易呢？

搭天棚要用四种材料：好芦席、杉槁、小竹竿、粗细麻绳，这些东西不是搭天棚的人家买的，而是租赁的。北京过去有一种买卖，叫"棚铺"，东南西北城都有，是很大的生意。它们营业范围有两大项，一是包搭红白喜事棚，结婚、办寿、大出丧，都要搭棚招待宾客。二是搭天棚，年年夏天的固定生意，它们备有许多芦席等生财，替顾主包搭天棚，包搭包拆，秋后算账。年年有固定的主顾，到时来搭，到时来拆，绝不会有误，这是旧时北京生活中朴实、诚恳、方便的一例。

北京搭天棚的工人叫棚匠，是专门的行业。心灵手巧，身体矫健，一手抱一根三丈长的杉篙，一手攀高，爬个十丈八丈不稀奇，个个都是身怀绝技的把式，因而北京搭天棚，可以说是天下绝技。北京旧时搭天棚，上至皇宫内院，下到寻常百姓人家（当然是有点财力的）。清末甲午海战后，李鸿章去日本订了屈辱的"马关条约"，换约正是农历四月末，已入夏季，那拉氏在颐和园传棚匠搭天棚，京中市间传一讽刺联云："台湾省已归日本，乐寿堂传搭天棚。"这是一个有名的天棚掌故。故宫当年也搭天棚。道光《养正斋诗集》中就专有写宫中天棚的事。诗云：

消夏凉棚好，浑忘烈日烘。

名花罗砌下，斜荫幕堂东。

偶卷仍留露，凭高不碍风。

自无烦暑至，飒爽畅心中。

凌高神结构，平敞蔽清虚。

纳爽延高下，当炎任卷舒。

花香仍入户，日影勿侵除。

得阴宜趺坐，南风晚度徐。

诗并不好，但把天棚消暑的特征都说到了。不过这个人们还容易理解，因为是皇宫。而当年监狱中也要搭天棚，则是人们很难想到的。嘉庆、雍正时诗人查慎行因其弟文字狱案，投刑部狱，《敬业堂诗续集》中有《诣狱集》一卷，有首五古"凉棚吟"就是在刑部狱中感谢刑部主事为他系所搭天棚写的。有几句写搭天棚的话，不妨摘引，以见实况。

谓当设凉棚，雇值约五千，展开积秽土，料节日用钱，列木十数株、交加竹作椽，芦帘分草檐，补缀绳寸联。转盼结构成，轩豁开虫天。

这几句文词古奥，但说的都是实情。四合院搭天棚，能障烈日却又爽朗，一是高，一般院中天棚棚顶比北屋屋檐还要高出三四尺，所以障烈日而不挡好风；而是顶上席子是活的，可从下面用绳一抽卷起来，露出青天。在夏夜，坐在天棚下，把棚顶芦席卷起，眺望一下星斗，分外有神秘飘渺之感。

天棚不但四合院中可搭，高楼房同样可以搭。协和医院重檐飞起，夏天照样搭四五层楼高的天棚，可张可阖，叹为观止，真有公输般之巧。1982年夏天到协和医院看望谢国桢老师，见西门也搭着天棚，又矮又笨，十分简陋，不禁哑然失笑。看来北京搭天棚的技艺，今天的确已成为"广陵散"了。

与天棚同样重要的消暑工具，是冰桶。大四合院的大北屋，炎暑流金的盛夏，院里搭着大天棚，当地八仙桌前放着大冰桶。明亮的红色广漆和黄铜箍的大冰桶闪光耀眼，内中放上一大块冒着白气的亮晶晶的冰，便满室生凉，暑意全消矣。即光绪时词人严缁生所谓"三钱买得水晶山"也。

小户人家住在小四合院东西厢房中，搭不起天棚也没有广漆大冰桶，怎么办呢？窗户糊上了新冷布，房门口挂上竹帘子，铺板上铺上凉席，房檐上挂个大苇帘子，太阳过来放下来，也凉阴阴的。桌上摆个大绿釉子瓦盆，买上一大块天然冰，冰上小半盆绿豆汤，所费无几。休息的日子，下午一觉醒来，躺在铺上蒙眬睡眼，听知了声，听胡同口的冰盏声，听卖西瓜的歌声……这一部四合院消夏乐章也可以抵得上"香格里拉"了。

除此之外，还有余韵。北京伏天雨水多，而且多是雷阵雨，下午西北天边风雷起，霎时间乌云滚滚黑漫漫，瓢泼大雨来了，打的屋瓦乱响，院中水花四溅……但一会儿工夫，雨过天晴。院中积水很快从阴沟流走了，满院飞舞着轻盈的蜻蜓，檐头瓦垄中还滴着水点，而东屋房脊上已一片蓝天，挂着美丽的虹了。

搬个小板凳，到院中坐坐，芭蕉叶有意无意地扇着，这时还有什么暑意呢？

而仲夏刚过，一阵好雨，一阵凉风，那忽焉而至的已是四合院的秋了。

四合院中秋的感觉，十分敏锐。

到上海后，每爱七八月间回京，常常住到旧历七月下旬再回江南，几乎像辛勤的候鸟一样，年年可以迎接燕山的新秋。其时在宣南还有一间小房，可以容身。虽是宿舍房子，但是平房，又是按四合院的格局盖的。中间院子、四周房子，自然不是一家一院，而是十七八家的大杂院。不过因为有院子，人们可以搬个小板凳在院乘凉，也可在窗前听雨，或坐房中，隔着竹帘望院中雨景……这样还多少有一些古老的四合院的情调。

有一年近中元节时，好雨初晴，金风乍到，精神为之一爽，忽然诗兴大发，写下了下面这样一首诗：

炎暑几日蒸，一雨新凉乍。

劳人时梦达，听雨宣南夜。

朝来天似洗，清风盈庭厦。

隔帘两三花，牵牛娇如画。

散策陌巷行，墙枣已满挂。

居近南西门，胜地人曾写。

古寺龙爪槐，酒家余芳舍。

稍近枣花寺，千年过车马。

俯仰迹皆阵，于今知者寡。

东市起高楼，西巷余断瓦。

倚杖立苍茫，街景亦潇洒。

顾盼感流光，蝉鸣又一夏。

安得逢耦叟，相与说禾稼。

这就是在宣南四合院内外所感受的秋之诗情。这种境界，自己觉得很可爱，忍不住形诸咏唱，写了这首诗，寄给平伯师。他回信道："奉手书并新著五言，得雨中幽趣，为欣。视我之闷居洋楼，不知风雨者，远胜矣。"

从平伯师的信中，可以看到，从四合院中感觉到的季节情趣、在洋楼中是感觉不到的。他现在虽然住在南沙沟高级洋房中，却也免不了怀念老君堂的古老四合院中的古槐书屋了。

秋之四合院，如从风俗故事上摄取美的镜头。那七月十五日似水的凉夜间，提着绰约的莲花灯的小姑娘，轻盈地在庭院中跳来跳去，唱着歌："莲花灯，莲花灯，今天点了明天扔……"八月十五日夜间，月华高照，当院摆上"月宫码儿"、月饼、瓜果，红烛高烧，焚香拜月，那就又是一种风光了。

秋之四合院，除去上述者外，还有它绚烂的色彩，几年前写过一篇小文，现引用在后面作为资料，就不必再写了。文的题目是叫《小院》：

　　造化给人们以光泽和色彩，是公平的。宫阙红墙，秋风黄叶，宫廷有宫廷的绚烂秋色，百姓家也有百姓家的朴实，淡雅的秋色。在那靠城根一带，或南城南下洼子一带偏僻的小胡同中，多是低低的小三合院的房子。房子是简陋的、不是灰棚（圈板瓦、中间是青灰），便是棋盘心（四周平铺一圈板瓦，中间仍然是青灰），很少有大瓦房，开一个很小的街门。这种小院的风格，同京外各县农村中的农户差不多，正所谓"此地在城如在野"了。

　　小院主人如果是一位健壮的汉子，瓦匠、木匠、花把式、卖切糕的……省吃俭用，攒下几个钱，七拼八凑弄个小院，弄三间灰棚住，也很不错。一进院门，种棵歪脖子枣树；北房山墙上，种两棵老倭瓜；屋门前种点喇叭花、指甲草、野菊花、草茉莉……总之，秋风一起，那可就热闹了，会把小院点缀得五光十色，那真是秋色可观，虽在帝京，也饶有田家风味。至于那些盛开的花花草草，喇叭花的紫花白边，指甲草的娇红带粉，野菊花的黄如金盏，草茉莉的白花红点，俗名叫做抓破脸儿，还有那"一架秋风扁豆花"淡紫色的星星点点……这都是开在夏尾，盛在秋初，点缀得陋巷人家，秋色如画了。

　　当然，再有精致一点的小院，这种院子不是北城的深宅大院，而大多在东、西城及南城，"四破五"的南北屋，也就是四开间的宽度，盖成三正，两耳的小五间，东西屋非常入浅，但是整个小院格局完整，建筑精细，甚至都是磨砖对缝的呢……砖墁院子，很整洁，不能乱种花草，不能乱拉南瓜藤，青瓦屋顶，整整齐齐，这个小院的秋色何在呢？北屋阶下左右花池子中，种了两株铁梗海棠，满树嘉果，粒粒都是半绿半红，喜笑颜开。南屋屋檐下，几大盆玉簪，更显其亭亭出尘，边上可能还有一两盆秋葵，淡黄的蝉翼般的花瓣，像是起舞的秋蝶。

　　小院秋色也在迅速的变化着，待到那方格窗棂上的绿色冷布，换成雪白的东昌纸时，那已是秋尽冬初了。

四合院之冬，首先在于它充满了京华式的暖意，也许有人问，暖意还分式吗？的确如此，同样暖意。情调不同，生活趣味也不同。据说欧洲有不少人家，在有水汀、空调房间里，还照样保存壁炉，生起炉火，望着熊熊的火焰、来思考人事、谈笑家常……更有超越于水汀、空调之外的特殊暖意。

古老的四合院，房后面老槐树的枝桠残叶狼藉之后，冬来临了。趁早把窗户重新糊严实，把炉子装起来，把棉门帘子挂上，准备过冬了……天再一冷，炉子生起来，大太阳照着窗户，座在炉子上的水壶扑扑地冒着热气，望着玻璃窗舒敞的院子，那样明洁。檐前麻雀咋咋地叫着，听着胡同中远远传来的叫卖声……这一小幅北京四合院的冬景，它所给你的温馨，是没有任何东西可代替的。

四合院之冬围炉夜话，那情调足以命游子凝神，离人梦远，思妇欷歔，白头坠泪。在狂风怒吼之夜，户外滴水成冰，四合院的小屋中，炉火正红，家人好友围炉而坐，这时最好关了灯，打开炉口，让炉口的红光照在顶棚上成一个晕。这时来二斤半空儿，边吃边谈，高谈阔论也好；不吃东西，伸开两手，静听窗外呼呼风声，坐上两三个钟头也好。40多年前，我曾经留下过一个这样的梦：和一位异性好友，对着炉子默默地坐到十一二点钟，直到她突然说道："哎呀，该封火了！"这时我才如梦方醒，向她说声对不起，告辞出来……如今这位好友远在海峡那边，可能已有了白发了吧？

儿时趴在椅子上，一早看玻璃窗上的冰棱，是四合院之冬的另一种趣事。那一夜室中热气，凝聚在窗上的图画，每天一个样，是山，是树，是云，是人，是奔跑的马，是飞翔的鸽子……不知是什么，也不管它是什么，每天好奇地看着它，用手指画它，用舌头舔它，凉凉的，是那么好玩。现在还有谁留下这样的记忆呢……

早上爬起，撩起窗一看：啊，下雪了！对面房上的瓦垄上，突然一夜之间，一片晶莹的白色，厚厚的，似乎盖了几层最好的棉絮。满院也是厚墩墩

163

·天南海北卷·

的，白白的……在未踩第一个脚印之前，小小的院落浑然一体，等到大人们起来，自然要扫雪了，先打开一条路，或是扫在一起堆起来。如果有几个孩子，自然也堆雪人了。

雪晨外眺，庭院银装，也许雪继续下着，也许雪霁天晴了。

鹅毛大雪，继续纷纷扬扬地下着。四合院的天空，一片铅灰色冻云压住四檐，闪耀着点点晶莹雪花。在暖暖和和的房中，听着雪花洒在纸窗上的声音，是特殊的乐章。如果晴了，红日照在窗上，照在雪上，闪得人睁不开眼，那四合院是另一风光——但不要以为晴天比雪天暖和，"风前暖，雪后寒"，这是北京老年人的口头语。那冷可真够呛，干冷干冷的。

白雪装点了北京四合院，那风光，那情趣，那梦境……年年元旦前，收到一些祝贺圣诞、祝贺新年的画片，常见到大雪覆盖的圣诞小木屋图景，却没有见过一幅雪中四合院的图画，常常为此而引起乡愁。

如果用极少的词语来概括四合院的四时，我苦心孤诣地想了这样四句：冬情素淡而和暖，春梦浑沌而明丽，夏景爽洁而幽远，秋心绚烂而雅韵。

佳作赏析：

邓云乡（1924—1999），山西灵丘人，学者。著有《燕山乡土记》《北京的风土》《花鸟虫鱼》等。

北京城庄严雄伟，皇宫相府、官署衙门数不胜数，但最具北京地域特色的则是普通人家住的四合院。四合院"好在其合，贵在其敞"，关上大门自成一统，完全是一个独立的小天地。文章详细描述了四合院春、夏、秋、冬四季的不同景色和生活场景，散发着浓浓的"京味"。春节掸尘、贴春联、拜年，长夏冷布糊窗、冰桶生凉、搭天棚，秋天满院菊花，冬天围炉夜话，四合院中的生活充满着诗情画意，总是那么闲适悠闲。而关于搭天棚相关行当和典故的介绍，又为文章增趣不少，读来令人兴趣盎然。

思台北，念台北

□［中国］余光中

隐地从台北寄来他的新书《欧游随笔》，并在扉页上写道："尔雅也在厦门新一一三巷，每天，我走您走过的脚步。"一句话，撩起我多少乡愁。龙尾蛇头，接到多少张圣诞卡贺年片，没有一句话更撼动我的心弦。

如果脚步是秋天的落叶，年复一年，季复一季，则最下面的一层该都是我的履印与足音，然后一层层，重重叠叠，旧印之上覆盖着新印，千层下，少年的屐迹车辙，只能在仿佛之间去翻寻。每次回到台北，重踏那条深长的巷子，隐隐，总踏起满巷的回音，那是旧足音醒来，在响应新的足音？厦门街，水源路那一带的弯街斜巷，拭也拭不尽的，是我的脚印和指纹。每一条窄弄都通向记忆，深深的厦门街，是我的回声谷。也无怪隐地走过，难逃我的联想。

那一带的市井街坊，已成为我的"背景"甚至"腹地"。去年夏天在西雅图，和叶珊谈起台湾诗选之滥，令人穷于应付，成了"选灾"。叶珊笑说，这么发展下去，总有一天我该编一本《古亭诗选》，他呢，则要编一本《大安诗选》。其实叶珊在大安区的脚印，寥落可数，他的乡井当然在水之湄，在花莲。他只能算是"半山"的乡下诗人，我，才是城里的诗人。十年一觉扬州梦，醒来时，我已是一位台北人。

当然不止十年了。清明尾，端午头，中秋月后又重九，春去秋来，远方盆地里那一座岛城，算起来，竟已住了二十六年了。这其间，就算减去旅美的五年，来港的两年，也有十九年之久。北起淡水，南迄乌来，半辈子的岁月便在那里边攘攘度过，一任红尘困我，车声震我，限时信、电话和门铃催我促我，一任杜鹃媚我于暮春，莲塘迷我于仲夏，雨季霉我，溽暑蒸我，地震和台风撼我摇我。四分之一的世纪，我眼见台北长高又长大，脚踏车三轮车把大街小巷让给了电单车计程车，半田园风的小省城变成了国际化的现代立体大城市。镜头一转，前文提要一样跳速，台北也惊见我，如何从一个寂寞而迷惘的流亡少年变成大四的学生，少尉编译官，新郎，父亲，然后是留学生，新来的讲师，老去的教授，毁誉交加的诗人，左颊掌声右颊是嘘声。二十六年后，台北恐已不识我，霜发的中年人，正如我也有点近乡情怯，机翼斜斜，海关扰扰，出得松山，迎面那一丛丛陌生的楼影。

曾在那岛上，浅浅的淡水河边，遥听嘉陵江滔滔的水声，曾在芝加哥的楼影下，没遮没拦的密西根湖岸，念江南的草长莺飞，花发蝶忙。乡愁一缕，恒与扬子江东流水竞长。前半生，早如断了的风筝落在海峡的里面，手里兀自牵一缕旧线。每次填表，"永久地址"那一栏总教人临表踟蹰，好生为难，一若四海之大，天地之宽，竟有一处是稳如磐石，固如根柢，世世代代归于自己，生命深深植于其中，海啸山崩都休想将它拔走似的。面对着天灾人祸，世局无常，竟要填表人肯定说自己的"永久地址"，真是一大幽默，带一点智力测验的意味。尽管如此，表却不能不填。二十世纪原是填表的时代，从出生纸到死亡证书，一个人一辈子要填的表，叠起来不会薄于一部大字典。除非你住在乌托邦，表是非填不可的。于是"永久地址"拦下，我暂且填上"台北市厦门街——三巷八号"。这一暂且就暂且了二十多年，比起许多永久来，还永久得多。

正如路是人走出来的，地址，也是人住出来的。生而为闽南人，南京人，也曾经自命为半个江南人，四川人，现在，有谁称我为台北人，我一定欣然接受，引以为荣。有那么一座城，多少熟悉的面孔，由你的朋友，你的同学，同事，学生所组成，你的粉笔灰成雨，落湿了多少讲台，你的蓝墨水成渠，灌溉了多少亩报刊杂志。四个女孩都生在那城里，母亲的慈骨埋在近郊，父亲的岳母皆成了常青的乔木，植物一般植根在那条巷里。有那么一座城，锦盒一般珍藏着你半生的脚印和指纹，光荣和愤怒，温柔和伤心，珍藏着你一颗颗一粒粒不朽的记忆。家，便是那么一座城。

把一座陌生的城住成了家，把一个临时地址拥抱成永久地址，我成了想家的台北人，在和中国母体土接壤连的一角小半岛上，隔着南海的青烟蓝水，竟然转头东望，思念的，是二十多年来餐我以蓬莱的蓬莱岛城。我的阳台向北，当然，也尽多北望的黄昏。奈何公无渡河，从对河来客的口中，听到的种种切切，陌生的，严厉的，迷惑的，伤感的，几已难认后土的慈颜，哎，久已难认，正如贾岛的七绝所言：

客舍并州已十霜，归心日夜忆咸阳。

无端更渡桑乾水，却望并州是故乡。

如果十霜已足成故乡，则我的二十霜啊多情又何逊唐朝一孤僧？

未回台北，忽焉又一年有半了。一小时的飞程，隔水原同比邻，但一道海关多重表格横在中间，便感烟波之阔了。愿台北长大长壮但不要长得太快，愿我记忆中的岛城在开路机铲土机的挺进下保留一角半隅的旧区让我循那些曲折而玄秘的窄弄幽巷步入六十年代七十年代。下次见面时，愿相看妩媚如昔，城如此，哎，人亦如此。

祖籍闽南，说来也巧，偌大一座台北城，二十多年来只住过两条闽南风味的小街：同安街和厦门街。同安街只住了两年半，后来的二十四年就一直在厦门街。如果台北是我的"家城"（英文有这种说法），厦门街就是我的"家街"了。这家，是住出来的，也是写出来的。八千多个日子，二十几番夏至和秋分，即便是一片沙漠，也早已住成家了。多少篇诗和散文，多少部书，都是在临巷的那个窗口，披一身重重叠叠深深浅浅的绿荫，吟哦而成。我的作品既在那一带的巷间孕化而成，那条小街，那些曲巷也不时浮现在我的字里行间，成为现代文学的一个地理名词。莹塘里、网溪里，久已育我以灵感，希望掌管那一带的地灵土仙能知晓，我的灵感也荣耀过他们。厦门街的名字，在我的香港读者之间，也不算陌生。

有意无意之间，在台北，总觉得自己是"城南人"，不但住在城南，工作也在城南。台湾最具规模的三座学府全在城南，甚至南郊；北起丽水街，南迄指南山麓，我的金黄岁月都挥霍在其中。思潮文风，在杜鹃花簇的迷锦炫绣间起伏回荡。当时年少，曾餍过多少稚美的青睐青眼，西去取经，分不清，身是堂吉诃德或唐僧。对我而言，古亭区该是中国文化最高的地区，记忆也最密。即连那"家巷"的左邻右舍，前翁后媪，也在植物一般悠久而迟缓的默契里，相习而相忘，相近相亲。出得巷里，左手是裁缝铺子、理发店、照相馆……闭着眼睛，我可以一家家数过去，梦游一般直数到汀州街口。前年夏天从香港回台北，一天晚上，去巷口那家药行买药。胖胖的老板娘在柜台后面招呼我，还是二十年来那一口潮州国语。不见老板，我问她老板可好。"过身了——今年春天，"说着她眼睛一阵湿，便流下了泪来。我也为之黯然神伤，一时之间，不知怎么安慰才好，默默相对了片刻，也就走开了。回家的路上，我很是感动，心里满溢着温暖的乡情。一问一答之间，那妇人激动的表情，显示她已经把我当成了亲人。二十年来，我是她店里的常客，和她丈夫当然也是稔熟的。我更想起十八年前母亲去世，那时是她问我答，流泪的是我，嗫嚅相慰的是她。久邻为亲，那一切一切，城南人怎会忘记？

对我而言，城北是商业区，新社区，无论它有多繁华，我的台北仍旧在城南。台北是愈长愈高了，长得好快，七十年代八十年代在城的东北，在松山机场那一带喊他。未来的召唤，好多城南人经不起那诱惑，像何凡、林海音那一家，便迁去了城北，一窝蜂一窝鸟似的，住在高高的大公寓里，和下面的世界来往，完全靠按钮。等到高速公路打通，桃园的国际机场建好，大台北无阻的步伐，该又向西方迈进了。

　　该来的，什么也挡不住。已去的，也无处可招魂。当最后一位按摩女的笛声隐隐，那一夜在巷底消逝，有一个时代便随她去了。留下的是古色的月光，情人，诗人的月光，仍祟着城南那一带的灰瓦屋，矮围墙，弯弯绕绕的斜街窄巷。以南方为名的那些街道——晋江街、韶安街、金华街、云和街、泉州街、潮州街、温州街、青田街，当然，还有厦门街——全都有小巷纵横，奇径暗通，而门牌之纷乱，编号排次之无轨可顾，使人逡巡其间，迷路时惶惑如智穷的白鼠，豁然时又自得如天才的侦探。几乎家家都有围墙，很少巷子能一目了然，巷头固然望不见巷腰，到了巷腰，也往往看不出巷底要通往何处。那一盘盘交缠错综的羊肠迷宫，当时陷身其中，固曾苦于寻寻觅觅，但风晨雨夜，或是奇幻的月光婆娑的树影下走过，也赋给了我多少灵感。于今隔海想来，那些巷子在奥秘中寓有亲切，原是最耐人咀嚼的。黄昏的长巷里，家家围墙飘出的饭香，吟一首民谣在召归途的行人：有什么，比这更令人低回的呢？

　　最耐人寻味的小巷，是同安街东北行，穿过南昌街后，通向罗斯福路的那一条。长只五六十码，狭处只容两辆脚踏车蠕行相交。上面晾着未干的衣裳，两旁总排着一些脚踏车手推车，晒些家常腌味，最挤处还有些小孩子在嬉游。砖墙石壁半已剥蚀，颓败的纹理伸手可触。近罗斯福路出口处还有个小小的土地祠，简陋可笑的装饰也无损其香火不绝，供果长青。那恐怕是世界上最短最窄的一条陋巷了。从师大回家的途中，不记得已蜿穿过几千次了，对于我，那是世界上最滑稽最迷人最市井风的一段街景。电视天线接管了日窄的天空，古台北正在退缩。撼地压来的开路机啊，能绕道而行放过这几座历史的残堡吗？

　　在《蒲公英的岁月》里，曾说过喜欢的是那岛不是那城。台北啊我怎能那样说，对你那样不公平？隔着南中国海的烟波，向香港的电视幕上，收看邻区都市的气象，汉城和东京之后总是台北，是阴是晴是变冷是转热是风前或雨后，都令我特别关心。台风自海上来，将掠台湾而西，扑向厦门和汕头，那气象报告员说，不然便是寒流凛凛自华中南下，气温要普遍下降，明天莫忘多加衣。只有在那一刹那，才幻觉这一切风云雨雾原本是一体，拆也拆不开的。

香港有一种常绿的树，黄花长叶，属刺槐科，据说是移植自台湾，叫"台湾相思"。那样美的名字，似乎是为我而取。

佳作赏析：

余光中（1928—），福建永春人，生于南京。诗人、作家。著有散文集《逍遥游》《听听那冷雨》，诗集《五陵少女》《白玉苦瓜》等。

这是一篇饱含深情、感人至深的佳作。作者客居台北数十年，已经成为名副其实的"台北人"，其对这座城市的怀念发自肺腑。时光如逝，作者由一个少年变成老人，台北也由半田园风的小省城变成国际化的大都市。台北的老街区、老住宅、老店铺、老邻居，都成了作者怀念的对象，看似平淡的文字背后却是无尽的乡愁与思念。

　　天下任何名城的魅力，首先都来自它独有的建筑美。这些风格独特的建筑，是城市情感与精灵的化身，是一方水土无可替代的人文创造，是它独自历史生活的纪念碑。据此而言，津地者，小洋楼是也。

　　一百年来，天津有两个截然不同的"文化入口"。一个是传统入口——从三岔口下船，举足就迈入了北方平原那种彼此大同小异的老城文化里；另一个是近代入口——由老龙头车站下车，一过金钢桥，满眼外来建筑，突兀奇异，恍如异国，这便是天津最具特色、最夺目的文化风光了。

　　大众俗称之为小洋楼。

　　小洋楼不仅仅是指一座一座舶来的建筑样式，更是对这独特的城市景观的一种总称。

　　它与老城那边的景观遥遥相对，看上去格格不入，甚至有点势不两立。于是，此地非同寻常的历史就被这种建筑格局鲜明地勾勒出来了。如果你略通一点中国近代史，粗知九个国家曾经在这里争相占地、开辟租界的经过，特别是读过英国人马克里希写于义和团运动期间的《天津租界被围记》，就会明白这小洋楼绝非天津城市发展的历史延续，其中更没有任何文脉上衍传的必然。小洋楼是一种政治强加，也是一种文化强加。它是中国近代史和东西方关系史上的一个悲剧果实。

然而，只有文化上的蠢人才会把这苦果摘掉，一扔了事；或者当做一个历史的蒙羞的私生子，弃之便罢。我们可以否定某一历史，却不能因此铲掉这历史的依据。何况作为历史的遗存，它不单是确凿的物证，还有更广泛的价值。

通常人们认为历史遗产的价值主要是历史价值，又认为历史价值只属于过去。其实历史的价值是一种被认识的价值。而对历史的认识都是为了现实与未来。那么历史价值最终是一种现实价值和未来价值。

对于历史遗物，你从历史角度研究它，就会认识到它的历史价值；你从文化角度观察它，就会发现它的文化价值；你从审美角度端详它，还会找到它独有的审美价值。

这价值就是财富，历史留下来的财富。

小洋楼中最深厚的价值，还是它的文化价值。从它昔日的社会身份来看，它属于上层社会所拥有。由于小洋楼的地带——租界的权力独立于皇权之外，它便成了中国政治生活中一个优越的、神秘的、深邃难测的空间，重大事件的后台，世外桃源与世间桃源；那些形形色色特殊人物的种种幕后与隐私，填满了这里的各种各样曲折而美丽的建筑里。这些在今天看来只不过是千奇百怪的房屋，其中许多都是近代史上举足轻重的棋子。不管是事件遗址，还是那些名人宅邸。然而至今我们对它们却是所知甚微。如果谁能叫这些小洋楼开口说话，说不定近代史的一些段落要重新改写。可是如果它们闭口不语，你可以走进这些楼里去用心倾听——

历史建筑所保留的是一种历史空间。由于这空间犹存，历史就变得不容置疑。徜徉其间，历史好像忽然被有血有肉地放大了。过往的生活形态仿佛随时都能被召唤回来。那些在史书中空洞的叙述，到了这里便全都神奇又丰盈地复活。你会从发现到一些独特的细节中，一下子感受到逝去已久的历史人物的某种个性。甚至连昔日的精神也能实实在在地触摸到呢。历史遗物并非历史的遗骸，而作为历史的生命而存在。

事物的文化价值大多是在它成为过去时才表现出来的。事物在成为历史时不是变小，而是变大了。这因为事物的文化价值远远大于它的本身。

比如你仔细观察19世纪末的小洋楼，也就是西方人在天津最早修建的那批房子——比如望海楼教堂、紫竹林教堂、大清邮局等，就会发现，其中不少建筑在风格上具有中西相杂的成分。但这绝不表明天津本土对外来文化的主动迎取与接受，而是说明当时（即早期）西方入侵势力的有限。因而使得承建这些房屋的中国人，不自觉地把自己的审美习惯表现出来。可是到了1900年前后，西方势力急剧加强，这一阶段兴建于租界的房屋，则听命于它们那些唯我独尊的洋主人，一概是各国建筑的原样照搬了。

于是，各个租界的建筑都成了不同占领国的象征。旧中街（今解放路）由于串连式地穿过几个租界，街两旁的建筑便分段呈现出法、英、德等几个国家不同的面貌来。这些建筑就一下子把西方建筑史的不同国家与不同时代的风格琳琅满目地推入津门，这便是天津小洋楼又别称"万国建筑博览会"的由来。

然而，本世纪20年代以来，政局多变，各种身份显要或特殊的人物，从各地来到天津租界这块"超然世外"的空间里建造住宅别墅。这些延续着租界风格建造的小洋楼却不再严格遵循外来的样式规范，而是依从它们中国主人的口味与习惯，并信由中国的设计师们随心所欲地改造，致使各国租界晚期建筑彼此之间的区别变得模糊。一种津地所独有的小洋楼风情便悄然形成。

它突出的代表是俗称五大道的街区。低矮的尺度宜人的楼房与花木掩映的庭园，在荫影重重中构成幽静和舒适的环境。严实而不透空的围墙增添了这些住宅的安全感与私密性。这一切显然都是那些莫测高深的房屋主人所必需。至于建筑样式的千形万状和异国情调，则是为了满足那个时代对外来文化的好奇与奢侈。于是外来文化被改造和中和，成为近代天津城市历史文化的一个象征。

　　一方面是入侵者的文化强加，一方面是对随之而来的外来文化的改造。这表现了本土文化雄厚强劲的背景与巨大的融合力。从历史角度看。天津小洋楼是西方入侵的一目了然的证据；从文化角度看，它却是本土文化一个奇异的创造。进而说，是在被动历史背景下主动的文化创造。正是这一创造，使独特的历史被独特的文化记载下来。因此说，小洋楼是天津城市标志性的文化财富。

　　刻下，此地文化人正是从这一认识出发，在《天津老房子·旧城遗韵》图集出版之后，再次组织历史、文化、建筑、博物馆等界学者，对现存小洋楼做全面和彻底考察，同样是穿街入巷，足迹遍及城区。并将重要建筑甄选列表，然后邀集本地摄影名家四十余人，有序地展开拍摄。历经秋露春风，夏暑冬寒，前后整整一年。摄影家们为摄取一帧精美照片。伺得最佳光线，常常一连多日守候景物面前，方有所获；若不能满意，复再返工；此中辛苦，不想亦知。今秋收尾算来，总共摄取照片一万五千余帧！这足以表现此地摄影家的文化意识与责任精神。对于文化，我喜欢责任二字；肩负责任之作，要比那种诉说一己悲欢的小东西的分量重得多，也高远辽阔得多。但这次遗憾的是，图集篇幅有限，载入者不足十分之一，割爱甚巨。然而能够有如是规模，记录历史，展示文化，亦当感到高兴！文化人的幸福之一，常常是被自己的一种奉献行为而感动。

　　在考察与拍摄中，深感津地小洋楼的浩瀚丰富，精美非常。此地人生活其中，往往对小洋楼熟视无睹，便编者相信读者看过此图集，一定会如对他乡！单一扇门，一根柱，一面墙饰或一个迷人的楼顶，就极尽华美，千姿万态，绝无雷同。小洋楼的历史不是一个悲剧的历史吗？哪来这样的创造的想象与激情？为此，学者们另有深思。小洋楼的文化，由于过去为种种偏执与浅薄之观念所囿，学术界涉及甚微。此次研究文章应是期待已久的学术收获。

　　津地小洋楼的历史与文化脉络纵横交错，庞杂繁冗。为了使读者读来明了，本图集的编排方式是：文章方面从历史源流做纵向阐述，图片方面从建筑类别做横向展示。故此，分做上下两集。上集为公共建筑，包括行政、金融、工商、教育、宗教等方面；下集为住宅，即名宅与民居。所谓名宅，一是名人故居，二是要人住所，三是建筑奇品。上下两集都有大量的各类建筑细部的展现，力图显示津地小洋楼之绚丽多姿和无穷精华是也。倘若读者为此感到惊异，乃至自豪，并视小洋楼为珍宝，编者便心满意足了。

前年冬日一个聚会上，一位年轻干练的企业界人士到我面前，说他对我保护城市历史文化的主张颇为赞同，他深知我乃一介书生，编辑出版这样昂贵的图书如举千钧之鼎，便主动提出襄助于我。此图集便是他实践自己诺言的结果。倘没有这位泰丰集团总裁冯兆一先生及其各界知己，尤其是副市长王德惠先生的全力支持，读者至今只能在报端去听我那些无力的文字呼吁而已。

然而从支持者身上，我欣喜地看到他们对小洋楼文化价值的认同。一旦文化人的深谋远虑转化为渐渐宽泛的社会呼应，清明的文明之光便由地平线升起。城市的历史文化形成于过去，认识于现在，施惠于未来。我想，当后人流连于历史文化空间之中，一定会称赞我们这代人文化的远见。

历史属于过去，也属于将来；小洋楼既属于历史，更属于未来。无论其历史价值、文化价值、审美价值，乃至旅游的价值，都会在未来源源不断地显示出来，并作用深远，无可估量。历史的价值在文化中发酵；文化的价值在未来发酵。一旦发酵，则是必成意蕴无穷之好酒也。于是，这里要再次提及我曾经说过的一句话：

每一代人都有一个神圣的使命，就是把前人的创造留给后人。

丁丑年深秋日于醒夜轩

佳作赏析：

冯骥才（1942—），浙江慈溪人，作家。著有小说《义和拳》《三寸金莲》，散文集《珍珠鸟》等。

天津作为北京的出海门户、北方的商业中心城市，以曲艺、戏曲等民族文化的聚集地著称于世，而其在近代历史中由于特殊境遇所遗留下的小洋楼建筑，则是其城市文化的另一个重要组成部分。文章记述了小洋楼的形成历史，从历史价值、文化价值等几个方面论述了小洋楼的重要性和特殊意义，对天津文化界、企业界人士重视保护、保存小洋楼，发掘其历史文化价值的行为进行了介绍和肯定。小洋楼建筑本身是精美的，而其背后则承载着特定的历史和文化，如果读者有机会去天津，看洋楼忆历史品文化，也是一大乐事。

拼贴北京

□ ［中国］刘心武

　　已经写过很多次北京，2000 年还由上海文艺出版社出版了一本图文并茂的《刘心武侃北京》，难道还有可写的？当然！北京之所以说不尽，首先是因为它本身历史悠久变化巨大，尤其今日的北京，由静态北京转型为了动态北京，无论是笔、键盘还是口舌怎么忙个不迭，也还是赶不上它那令人眼花缭乱的"摇身一变"。再，北京之所以说不尽，也是因为我这个定居北京逾半个世纪的老市民的生命体验日日增酽，我觉得自己仿佛成了一只永能抽出新丝的老蚕。

　　还要写北京！但这回打算完全任由思绪的飘逸，随手写来。"后现代"理论有"同一空间中不同时间并置"一说，亦即以拼贴方式作为叙事策略，好！就拼贴一个我感受到的北京！

　　北京的魅惑力常常深藏在若干细节里。

　　比如羊角灯。在北京内城西北什刹海水域附近，有一条羊角灯胡同。那是一条非常典型的小胡同——不长，不甚直，两边的四合院都不甚峻丽，直到二十世纪七十年代以前还是黄土路面。为什么叫羊角灯？是否明、清时期这里有生产羊角灯的作坊？或者是有专营羊角灯生产销售的商人在此居住？为什么是羊角灯呢？这种灯的样子像羊角？那形状多么奇怪！是用羊角做的吗？怎么个做法呢？后来我有回在枕边翻《红楼梦》，在第十四回里读到这样的描写："凤姐出至厅前，上了车，前面打了一对明角灯，大书'荣国府'三个大字……"胡同里的老人告诉我明角灯就是羊角灯，那么，从《红楼梦》里的这种描写可以知道，这种灯的体积可不小，否则上面无法大书府名。再后来又从《红楼梦》第七十五回发现有这样的描写："当下园之正门俱已大开，吊着羊角大灯。"我翻的是庚辰本，但在通行的一百二十回本子里，第十四回的描写里"大书'荣国府'三个大字"被篡改为"上写'荣国府'三个大字"，而第七十五回的描写则篡改为："当下园子正门俱已大开，挂着羊角灯。"瞎改的前提，一定是觉得羊角制作的灯上纵然可以写上描红般的大字，却绝不可能在灯体上"大书"，不可能是"大灯"；改动者怎么就不细想想，倘若真是仅如羊犄角本身那么大的灯，怎么能与贵族府第省亲别墅的正门相衬？而且，那样窄小的灯内空间，也很难安放点燃的蜡烛呀。

北京有句土话：叫真儿。也有人写作"较枝儿"。就是对事情认死理，对似乎是枝节的问题也要研究个底儿透。这种群体性格仍存在于今天的北京市民里。

我曾这样想象过，在玻璃远未普及的情况下，也许是有一种把羊角高温融化后，再让那胶质形成类似玻璃的薄片，然后将其镶嵌在竹木或金属框架上，于是便将那样的灯称作羊角灯。在一个初秋的傍晚，夕阳仿佛在什刹海里点燃了许多摇曳的烛光，我在湖畔向一位曾经当过道士的葛大爷提起这事，说出自己的猜测，结果先被他责备："哎呀，可千万不能胡猜乱想呀。"后听他细说端详，才把羊角灯搞清楚。原来，那灯的制法，是选取优良的羊角，截为圆筒，然后放在开水锅里，和萝卜丝一起闷煮，待煮软后，用纺锤形楦子塞进去，用力地撑，使其整体变薄；如是反复地煮，反复地撑——每次换上鼓肚更宽的木楦，直到整个羊角变形为薄而透明的灯罩为止；这样制作的羊角灯罩的最鼓处直径常能达于一尺甚至更多，加上附件制为点蜡烛的灯笼，上面大书三寸见方的字，提着或挂在大门上面，当然都方便而得体。

我感谢葛大爷口传给我这关于北京旧风俗的知识。但他那期望旧有的风俗都能原封不动地予以保留的心态，我却并不能认同。有一回他在鼓楼与钟楼之间卖风味小吃的地方遇上了我，见我正在那儿津津有味地吃一盘灌肠，竟把头摇得像拨浪鼓一样。他认为那灌肠的颜色不对，本应是玫瑰红的，怎么成了浅褐色？我告诉他原来那种颜色是放了食物染料，有副作用，去掉有好处，他说那这还能叫灌肠？他还认为只有用那种铜把下面镶着象牙或骨头制成的双齿叉戳着吃灌肠才对谱，现在一律用筷子夹着吃太离谱！卖灌肠的汉子高声对他说："如今谁花那么多钱投那个资？再说想置办那样的叉子也没见有地方供应！老爷子，别捏酸假醋穷讲究啦！来一盘尝尝是真格儿的！"他竟仍把脑袋当拨浪鼓摇，背着手一径走了。那也是我跟葛大爷最后的一面。如今这座城市离老谱的事儿真是太多太多了。葛大爷能眼不见为净，也好。

许多外地人感叹，北京胡同的名称真有味道，有的真是优美极了，比如百花深处——今天尚存；杏花天——可惜已经消失。但对这些觉得优美文雅的胡同名字表达欣赏时，务必不要轻易发出"古代北京人给胡同取名字是多么注意推敲呀"这类的感叹，因为事实的真相是，明、清时期北京人给胡同取名字其实多半是很不注意推敲的，制酱作坊所在就叫酱房胡同，存卖劈柴所在就叫劈柴胡同，形状像裤裆就叫裤裆胡同，存粪的胡同就叫粪缸胡同，而狗多需打就叫打狗巷……这是最主流的取名法。到辛亥革命以后，这才有人出来加以矫正，办法是尽量谐音而使用字雅化，如劈柴胡同改为辟才胡同，裤裆胡同改为库藏胡同，粪缸胡同改叫奋章胡同，打狗巷则改为大格巷等等；有的改得应该说非常成功，如烂面胡同改为烂漫胡同，大墙缝胡同与小墙缝胡同改为大翔凤胡同与小翔凤胡同，打劫巷改为大吉巷等等；有的改法则未免有些个胶柱鼓瑟，如把明代一度与宦官魏忠贤合伙误国的客氏（皇帝的奶妈）住过的奶子府改为遒兹府，把闷葫芦罐胡同改成蒙福禄馆胡同……体现出北京人爱面子的特性不是随时代衰减倒是随时间愈坚。

　　我一度对胡同今名后面被遮蔽住的原名极感兴趣，但探究得多了，却觉得既扫兴又败趣。现在再有老北京向我指出，我对某某胡同名字的欣赏是误读，极愿将那胡同的"真名实姓"给予点破时，我会将食指竖在唇边，然后哀求他说："难道就不能让我保留几分美丽的误读吗？像什刹海边的鸦儿胡同、大金丝套胡同和小金丝套胡同、真如镜胡同、藕芽胡同……"我就愿以它们目前的名字来放纵自己的想象。说实在的，别的地方我不敢说，像北京这种性格的空间，对其适度地误读不仅不是坏事，而且甚至可以说是一种必要的审美姿态。

　　我在1980年10月写成的中篇小说《立体交叉桥》开篇便是其中角色的叩问："有什么变化呢？"然后我写到他的失望——他所期待有所变化的东单十字路口，尤其是西北角把口的丑陋建筑，三十年来直到他那天凝望时仍没有拆改。我在1998年出版了《我眼中的建筑与环境》一书，这本建筑评论与环境随笔集的第一部分是评论长安街上的三十五座建筑，其中第三十五座基本上就是《立体交叉桥》那个角色所看到的简陋的菜市场，其门面顶部使用了一点云形手法，呈现出一种略有变化的弧形轮廓线。这本书到2001年已经第四次印刷，但那张本是写实的东单菜市场照片已经成为历史照片，现在从王府井大街南口到东单南大街南口的整片地方，是一线硕大而高档的建筑，名称叫新东方广场，其中包括五星级大饭店，大型商场，写字楼和豪华住宅。入夜，这座立面由银色合成金属与淡灰色玻璃幕墙构成的现代派建筑顶部以略带橘色的强光营造出梦的境界，配置在建筑物前面的喷水池则喷溅出仿佛由碎玉珍珠构成的水柱与水帘，无论是对之凝望还是行走在那庞然大物面前，都会令一些单个的生命倍感自己寒酸渺小。如果《立体交叉桥》里的那位角色现在置身于这样一个空间里，他会对这巨大的变化产生什么想法呢？是欢呼"啊，这正是我所期望的变化"，还是茫然疑惑："啊，难道我需要的是这种变化么？"

　　长安街另一边西单十字路口的变化更是全方位的，我仅仅半年没去，前些天去到那里，简直无论站在哪一角朝哪一个方向望，都几乎完全认不出来了。概而言之，是一点点葛大爷所浸泡过并且熏给我的那种老北京的味儿全没有了。四望基本上全是高楼大厦，虽然有的用了一点民族化的亭檐素材，但其占据主流的建筑语汇却是西方现代派或后现代派的。在东北角的文化广场中央有玻璃金字塔，让人马上想到法国巴黎卢浮宫广场的玻璃金字塔，只不过小许多也瘦许多罢了。西北角是美籍建筑家贝聿铭设计的中国银行总行，他简直就是把给香港设计的那座中国银行大厦截成三段移到北京摆放这个路口而已，这样地对待北京的空间，是功还是过？

我们都知道上海这些年变化很大。但上海历史很浅，它一出生便定位于"洋场"。它的变化其实更准确地说是恢复与展拓。北京是古都。这不仅是中轴线上还完整地保留着紫禁城、景山、钟鼓楼，内外城无数街道胡同与名胜古迹都还蕴含着古都风貌的空间。在这个空间里弄出那么多的洋味儿，而且还不是古典的西洋味儿，主要是些西方现代派与后现代派的洋味儿，难怪引出了争论：这究竟是发展，还是破坏？

我对北京的变化心情是复杂的。我居住在北京安定门外护城河边。北京内城有九个门，直到清末甚至民初，这些城门的分工是很明确的，正阳门是皇帝专用，其他如朝阳门是进粮车的，阜成门是进煤车的，东直门是进木材车的，西直门是进载水车的，德胜门是进出兵车的，崇文门是进酒车的，宣武门是出刑车的，那么安定门是专门用来通行什么车的呢？粪车。一点不错，记载分明，很多年里，城里厕坑里掏出的粪便，由粪车从安定门运出，也并不运到很远的地方，像我现在所住的高层居民楼，以及附近若干相似的居民楼，包括一些盖得很华美很气派的写字楼和商厦，以及生意总是好得不得了的麦当劳、肯德基快餐店，所在的地皮几十年前大体上都是粪厂。所谓粪厂，是一种行业，把城里的粪用粪车运到这种地方以后，把车里的粪卸下摊开，利用阳光将其晒干，然后再搜集到一起，卖给种粮食、果树、花木的农民作为肥料。那时候一出安定门便会有一股厚重的粪臭迎人而来，刺鼻熏衣，沾附难除，所以人们能不从那里过就一定不从那里过。那时如果是住在安定门外，一定是最穷最没有办法混得最惨的人。

我还没有把安定门外当年的真相讲完，几位年轻邻居就捂着鼻子大声喊："别说了别说了！"但是当一位外地人听说我住在安定门外护城河边时却恭维我说："呀，我去过那地方，又繁华又美丽，你这人真有福气啊！"

我从安定门住处的阳台望出去，北京城东、南、西三个方位的天际轮廓线历历在目。三面都有高楼大厦的剪影，东部尤其密集。入夜，远近的霓虹灯光灿烂闪烁。这座城市的生活方式正在发生越来越大的变化，一批又一批的城市居民陆续享受到了抽水马桶，粪厂的历史已经结束并被许多忽略遗忘。对这样的变化我怎么能不拍手称快呢？

也不能说以往的安定门外一无是处。安定门外曾有一处满井。据明末《帝京景物略》一书载："出安定门外，循古濠而东五里，见古井，井面五尺……井高于地，泉高于井，四时不落，百亩一润……井傍，藤老藓，草深烟，中藏小亭，昼不见日。"到清朝乾隆时期，《水曹清暇录》一书也还这样记载："……井高于地，泉平于眉，冬夏不竭。井旁丰草修藤，绿茸葱。士人酌泉设茶肆，游者颇多。"但到晚清的《天咫偶闻》一书里，就已经变成"白沙夕起，远接荒村，欲问昔日之古木苍藤，则几如灞岸隋堤，无复藏鸦故迹矣。"一位祖辈定居安定门内的老北京张大哥跟我说，在上世纪六十年代北京城墙以及安定门等城楼都还大致完好时，他曾在安定门外找到过满井遗址，那里已经搭满了小房子，成为低收入人家的居住点，在一块空地上有口井，井口很高很大，盖着大石板，有位老奶奶跟他说那井叫满井，他从石板缝朝下扔石头，过了约半分钟，听见一种仿佛闷嗽的声音传了上来，说明那井虽然已经绝对不满了，里头毕竟还是有水。

但现在满井连遗迹也荡然无存了。我曾试着顺护城河往东走了不止五里路，试图寻找到哪怕是一丝丝关于满井的踪迹，可是我看到了价格近一万元一平方米的商品房，看到了大型的建材商场，还有婚纱摄影店，以及一家郁金香洗脚屋……就是没有什么满井。我遇到一位穿着浅绿彩绸衣，手持水红色舞扇的老大妈，显然她是要赶赴河沿绿地参加老年秧歌队的健身活动，我跟她打听满井，她和颜悦色地回答我："马……什么？普里马斯特超市么？

咳，这边没有，您得——"我没听她说完便道谢跑开。

像满井的消失，以及人们对它的遗忘，这样的变化，能不令我遗憾与惆怅吗？

北京已经赢得 2008 年奥林匹克运动会的主办权。为此提出了一个响亮的口号："新北京，新奥运。"奥运会诚然是新的，北京为什么必得争新弃古？这是某些文化界人士提出的问题。

刷新北京的努力不是仅仅停留在口号和计划上，而是在紧锣密鼓地加以实施。在北京大北窑一带，原来已经修建了相当高耸的国际贸易中心、嘉里中心等现代派建筑，如今则进一步启动了 CBD 即北京中央商务区的宏大工程，那里将高楼林立，并可望出现耸入云霄的超高级摩天楼财富大厦，以体现中国真的已经自立于世界民族之林。CBD 曾被一些传媒昵称为"北京的曼哈顿"。美国纽约"9·11事件"发生后，这种提法才淡化以至消匿。曾有文化界的朋友打电话来，希望我在他们拟就的一份意见书上签名，以阻止这种令"北京不再是北京的"计划实施。我没有参加签名。这些年我乐于自由表达个人独立见解，不想贸然卷入任何群体性的，尤其是具有情绪性的粗糙表态。我看到了报纸上登出的资料，还从电视上看到了 CBD 总体设计的三维动画，据说那设计刻意避免了曼哈顿的缺失，摩天楼之间保留了开阔的绿地，甚至摩天楼本身也还在平台上设置了绿化带；而且财富大厦等主体建筑是请德国名设计师精心设计的，采取了新简洁主义的手法，很新潮，也很实用。但我的印象却只觉得刻板乏味。抛开那还是不是北京的问题，即使拿到一片空白的地方建造，似乎也还是没有太多视觉上的冲击力与心理上的亲和力。当然，也许功能性很到位。

大北窑毕竟离天安门广场已有数公里远，而国家大剧院可就在广场旁，紧挨着人民大会堂和中南海。现在所实施的设计方案是法国建筑师安德鲁的。他设计的外观看去像个透明的大水泡。有更多的文化界人士对此忧心忡忡，甚至是痛若切肤，为此我一天之内接到过五次电话，要求我在表示反对的信件上签名，还接到厚厚的资料，是提供给我用以写文章抨击那个"大尿泡"

的。北京的城市面貌以及相关的人文精神真的跌落到了我们为此迫着发出最后的吼声的危急关头了吗？奇怪的是，当我看过所有相关资料后，我却很欣赏安德鲁的设计。古老的文明需要注入新鲜的血液。我想到了如今还健在的前门箭楼。这座箭楼是在二十世纪开头时被"八国联军"轰毁后又重建的，重建时并没有"照本宣科"，帮助重建的德国建筑师加大了楼体总体积，在楼身添加了大理石平台栏杆，在楼窗上方添加了拱形檐饰，在楼肚上则添加了体积巨大的装饰性部件，后两项添加物具有与中国古典建筑语汇相异的西洋趣味，但是人们很快接受了这座箭楼，以至到今天许多中国人以为明、清时的前门箭楼就是这么个模样。我讲不出很多的道理，只是觉得安德鲁的设计能给古老的北京增色，就像上海浦东的金茂大厦给上海大大地增色了一样，或许那增色添彩的程度还会大大超过。

于是我对北京实施中的 CBD 和国家大剧院的相反态度被一位文化界朋友斥为"机会主义"。在北京的城市发展问题上我没有什么主义。但我对北京的深厚感情促使我抓紧一切机会促进它在传统与现代之间求得和谐之美。

北京很大，很丰富。从 1999 年秋天起，我在东北郊农村一处开辟了一间用于休憩与写作的书房，因为是在温榆河边，所以把它称为温榆斋。今年夏末秋初我有意沿着离我最近的温榆河漫游，并且画了不少水彩写生。我这才发现离城不过二十多公里的温榆河畔还能找到若干自然植被丰茂的富有野气的河段，这真让我欣喜。只是温榆河水的气味不好，有些河段的气息恶臭难闻。但是已经有了很具体的治理计划，将关闭一百多处市区通过来的排污口，并全面进行清淤。治理后的温榆河流域两岸将有宽达二百米的人工绿化带。人工绿化措施当然要拍手欢迎，但我最关心的还是对既有自然植被生态的维护滋养。昨天我到了一处隐秘的河湾，是一位小村里的小伙子带我从杂草树丛中摸过去的，一群花喜鹊从芦苇丛里蹿飞而去，蒲草的长叶仿佛美女的秀发在微风里摇曳，还有些蒲棒没有熟裂化为飞絮，村民唤作"人儿菜"的野蓼开出串串红紫的花穗，据说它初春的嫩芽用开水焯熟凉拌起来非常可口；河湾里的绿萍忽然荡动起来，原来是一对小野鸭大大方方地游了过来；蜻蜓掠过我们身前，身体上有醒目的蓝色斑点；粗大的榆树旁蜉蝣成团搅动，快活地撞在我们脸上，享受着它短暂的生命……从我们所在的地方，看不到房屋，看不到电线杆，一点城市的迹象也没有。这难道也是北京？啊，有一种非自然的声音渐渐逼近，紧跟着蓝天里出现了银色的飞行物，那是飞机，天竺机场，也就是目前北京唯一的国内兼国际民用航空港就在附近，大概离这个小河湾顶多也不过三公里。我找块石头坐下来，打开画夹子，并且用唱歌般的调子说："这也是北京……"

佳作赏析：

刘心武（1942—），四川成都人，当代作家。有短篇小说《班主任》，中篇小说《如意》，长篇小说《钟鼓楼》，散文集《儿尔赛喷泉》等。

北京是一座历史悠久的古都，但随着现代化进程的迈进，这座古老的城市也在逐渐发生着变化。一些新式建筑拔地而起，一些旧建筑已永久消失。对于这种变化，有些人赞成，有些人反对，有的人心中有留恋，也有迷茫。刘心武的这篇《拼贴北京》将一些人对古都新貌的复杂态度和矛盾心情生动的表现出来。作者在北京生活了几十年，许多历史轶事、民俗典故信手拈来，许多新变化、新建筑也了如指掌，一个新旧交替、亦古亦新的北京城被完整地"拼贴"出来，对于我们深入了解和重新认识北京有着很大的帮助，文中提出的一些问题也发人深思。

方言古语

□〔中国〕王为政

　　敝乡江苏丰县，属徐州市，处苏、鲁、豫、皖四省交界之地。这是一块古老的土地。古老到什么程度？《旧通志》云："先有徐州后有轩（轩辕黄帝），唯有丰县不记年。"如果此说可信，那么至少在4000多年之前便已有"丰"这个地名存在了。有据可查的历史是：春秋战国时，丰始属宋，后被宋王偃定为国都。周赧王二十九年（公元前286年），齐、楚、魏灭宋，丰隶楚。秦时，丰为沛县一乡，称"丰邑"。秦末，丰与沛分设，始为县，属泗水郡。汉开国皇帝刘邦、相国萧何、御史大夫周昌、绛侯周勃、燕王卢绾，皆为丰人。《史记·高祖本纪》开头便点明："高祖，沛丰邑中阳里人"，到高祖十二年南击英布还归过沛，"高祖曰：'丰吾所生长，极不忘耳。'"《史记》集解："李斐曰：'沛，小沛也。刘氏随魏徙大梁，移在丰，居中阳里。'孟康曰：'后沛为郡，丰为县。'"楚汉相争时，丰县与整个徐州地区均为刘项逐鹿的战场，《水浒》中有民歌云："九里山前古战场，牧童拾得旧刀枪。顺风吹动乌江水，恰似虞姬别霸王。"唐诗人白居易曾任徐州刺史，到过这里，"徐州古丰县，有村名朱陈。"宋诗人苏轼在知徐州时也曾写道："我是朱陈旧使君，劝农曾入杏花村。"悠悠古风，留下无尽余韵。

在这块古老的土地上生活的人民，世世代代不仅延续了漫长的历史，而且在方言中至今保留着许多古语，若加以发掘整理，对于历史学、语言学、民俗学研究似不无用处。本文试将记忆中较深刻的略举一二。

始作俑者，其无后乎

《孟子·梁惠王上》："仲尼曰：'始作俑者，其无后乎！'为其象人而用之。"《中国成语大辞典》(上海辞书出版社 1987 年 8 月第 1 版，下同) 的释义是："俑：木制或陶制偶人，用于殉葬。开始用俑殉葬的人。比喻首开恶例的人。"至于为什么以俑殉葬是"首开恶例"？又有二说。一说是：孔夫子仁而爱人，认为以人形俑殉葬有损人的尊严。另一说是：孔老二坚持奴隶主的"礼"，坚持用活人殉葬，认为以俑代之则破坏了"礼"。两说差别甚大，且不去管它，反正"始作俑者"是"首开恶例的人"就是了。

在今天的普通话里，"始作俑者，其无后乎"已经仅仅在书面语中使用，而日常口语中谁还说这样的话？偏偏在我的家乡是个例外。我们那里，如果谁带头做了坏事，连不识字的老翁、老妪和学前儿童都会指责他"作俑"，极其贴切、熟练地运用这个成语典故，尽管他们并不懂得这个典故本身。我幼时在家乡听"作俑"听得耳熟，只是不知该如何写，也不知典出何处。后来读到"始作俑者，其无后乎"，才恍然大悟，迎刃而解，"作俑"就是"始作俑者，其无后乎"的缩语，这是毫无疑问的了。

一蹴而就

《中国成语大辞典》对"一蹴而就"的释义是："蹴：踏。就：成功。踏一步就成功。形容事情轻而易举，一下子就能完成。"《简明古汉语词典》(云南人民出版社 1985 年第 1 版，下同）对"蹴"字的释义是："①〔动〕踩，踏。例高台芳树，飞燕蹴红英（秦观词）。②〔动〕踢。蹴球尘不起，泼火雨新晴（白居易诗）。"

这些解释大体都说得过去。但如果详究这个"蹴"字，总觉得用"踏"来解释"一蹴而就"，动作太大，还不够"轻而易举"；以"踩，踏"来解释飞燕对花瓣的"蹴"，似也不够轻柔，过头了一些；"蹴球"自然可以解释为"踢"球，但那连尘土都不惊动的"蹴"，似乎也不便称"踢"。中国是足球的故乡，我们今天看足球赛，仍可看到带球的动作，并未把球踢起，只是用脚使之在地上移动，称为"踢"合适吗？还是"蹴"来得贴切。

在我的家乡，"蹴"是一个常用字。假如你用脚毫不费力地、轻而易举地把一物移开，普通话里叫什么？其他地方的方言里叫什么？没有一个合适的字，北京人只好用"踢""蹬""踹"，但都不够准确。我家乡用"蹴"，把"轻而易举"的意思体现得十分准确而形象。只不过，在读音上，不是读作 cù，而是读作 qǔ，这是方言之中的方音。

万剐凌迟

如果你买了一条活鱼，烹调之前，首先要剐鳞、剪鳍、开膛，这道工序叫什么？北京人叫"拾掇鱼""收拾鱼""修理鱼"，顶多说"剖鱼"，这已经很"文"了。其他地方的人，我还没有听到有更精彩的说法。

我们家乡叫"迟鱼"，这个"迟"字怎么讲？当是"凌迟"之意。《简明古汉语词典》："〔凌迟〕先分割犯人的肢体，再割断其咽喉。古代刑罚。"这种刑罚便是俗语所称"万剐凌迟"。《简明古汉语词典》对"剐"的释义与"凌迟"完全相同。在现代社会，我们已经看不到凌迟那种野蛮、残酷的刑罚，但人们对于鱼却仍然如此。试想，一条活蹦乱跳的鱼在手，人毫不怜惜地持刀剐鳞、剪鳍、开膛，全不管鱼的垂死挣扎、鲜血淋漓，岂不正是"凌迟"的古刑再现吗？这个"迟"字用得非常准确、非常古老又非常富有活力，我相信这样的语言是不会死的。

未成年而死曰殇

《简明古汉语词典》解释"殇"字的第一义即为"未成年而死",可是这个"殇"字,在现代除了书面语偶然出现,在口语中已基本消失了。以北京人为例,如果哪家的孩子未成年而死,人们谈起,也只说"死了""没了""无常了"之类,而没有人文绉绉地说"殇"。

可是在我的家乡至今用"殇"字。说起夭折的孩子,便是:"唉,殇了!"即使是大字不识的老奶奶也这么说,使你怀疑自己是在和古人对话。其实,她说的是百分之百的口语,只不过同时又是古语罢了。

麻叶层层檾叶光

苏轼在知徐州时,曾于谢雨道上得《浣溪沙》五首,其一曰:

> 麻叶层层檾叶光。谁家煮茧一村香?隔篱娇语络丝娘。
> 垂白杖藜抬醉眼。捋青捣麨软饥肠,问言豆叶几时黄?

此首写徐州农村初夏景象,极富生活气息。其时新茧初成,农妇煮茧缫丝,满村飘香。而庄稼尚未成熟,青黄不接,百姓乃以青麦充饥,并眼巴巴盼着豆叶早黄,其景其情,呼之欲出。现在要说的是"麻叶层层檾叶光","檾"(音 qǐng)为何物?《宋词选》(上海古籍出版社 1962 年第 1 版,1978 年新 1 版,1978 年 3 月湖北第 1 次印刷)注"檾,麻类植物,可供搓绳织布之用。它的叶子像苎麻,可是薄一点。"这个解释基本正确。是我幼时常见的植物,它高约一米多,主干挺直,叶有长柄,叶片肥大,略似泡桐。说"叶光",是和麻叶的表面的粗涩相对而言,其实叶并不那么光,表面有绒毛,摩之有薄绒般的手感。夏季开黄花，夏末秋初结实，为半球形，侧面有瓣状起伏，顶端呈放射状，儿童喜欢用它蘸了紫桑椹的汁去盖"印"，印出一个美丽的圆形图案。成熟之后，农民把它连根拔下，捆成束，埋在浅水的淤泥中，待发酵腐烂，取出漂净，那洁白的丝就可用了，搓缰绳、井绳和生活中用的各种绳子，连办丧事时"披麻戴孝"，披的也是檾而不是麻。我少年时代离开家乡之后，在别处再没见到这种植物，和别人说起，人家似乎见所未见，闻所未闻，常用的字典里甚至查不到"檾"这个字。然而这个字还活着，活在故乡的土地上，活在故乡人的口语中。苏学士不愧为"朱陈旧使君"，他笔下的故乡风物，勾起我亲切的记忆，并且印证了方言中的古语。

这里附带还要提及"挼青捣麨软饥肠"一句。《宋词选》对此句的解释是"把青麦炒成的干粮来充饥。挼青，摘新麦。捣麨，碎麦炒的干粮。"这里有两个问题可以讨论。其一，"挼"字，《简明古汉语词典》的释义为："用手握住条状物，向一端滑动。"这是正确的，所以，"挼青"不可以简单地解释为"摘青麦"。其二，尚未完全成熟的青麦，内部尚呈稠糊状，无法磨成面粉，也无法捣碎。我家乡农民的做法是；将青麦放在石磨中碾轧，轧成略似粉条的不规则的条状物，即可生吃，或者直接将麦穗在火上烤熟了吃。或许苏学士那个时代，还有用石臼捣烂了再炒的办法，但绝无捣碎的可能。

炙手可热

北京的夏天，暑热袭人。北京人对此怎么讲？"呼热的！""跟蒸笼似的！""火烧火燎的！"如此而已。在我的家乡，人们则说："炙得慌！"

《简明古汉语词典》对"炙"的释义是："①〔动〕烤肉使熟。例饮醇酒，炙肥牛（古乐府《西门行》）。引申为熏灼。例焚炙忠良（《尚书》）。②〔名〕烤熟的肉。例残杯与冷炙，到处潜悲辛……"这两种解释都可以和"火烧火燎"直接挂上钩，而我们家乡人却不说"火烧火燎"而用了一个炙字，意义准确又简明扼要，窃以为十分可取。

这厮恁地无礼

《水浒》中人物动辄骂道："这厮恁地无礼！"《简明古汉语词典》对"恁"字的注音释义，一读 nèn，为代词，"那"意，为副词，"如此，这样"意；一读 nín，为代词，"您"意。在我的家乡，"恁"字是常用的，前一种意思确如上述解释，如："你咋恁不讲理！""这本书恁好！"读音为 nèng；但后一种说法就成问题了，"恁"字不作第二人称的尊称（您），而是第二人称的复数（你们），读音为 nén。比如"你们家""你们学校"，称为"恁家""恁学校"，"你哥哥"可称为"恁哥"，即使谈话的对方只是一个人，也照样用这个复数，没有道理可讲，只是约定俗成。北京话也有相似的例子，如"们"（我们），既可作复数，也可作单数，"这是我的"，明明是单数第一人称，北京人却说成"这是们的"，听的人都明白，也是约定俗成。最近在某报见到有人写文章说到"恁"字，举我的一位同乡为例，说他对人总是尊称"恁"，并解释为"您"，这是误解了，我家乡的方言中根本没有"您"这个字和这个意思，无论对多么尊贵的人，一律称"你"，也可称"恁"，但绝不是"尊称"，如果要表示尊敬，那就需要在"你"之后再加上"老人家"三字，这三个字连读很快，外地人听不大清楚。

佳作赏析：

王为政（1944—），江苏来县人，当代画家。作品有《王为政画集》等。

中国地域辽阔，各地方言差异极大，有些方言中则保留着一些古语，对于我们了解和研究汉语汉字的发展、演变和中华民族发展史有着极大的帮助。这篇文章就记述了江苏丰县的一些方言古语，其中许多古语都是我们所耳熟能详的，但对于其本义以及现在的正确用法就不一定清楚了，而这篇文章正好为读者补上这一课。文章通俗易懂，兼具知识性和实用性，看似枯燥的语言学知识在作者笔下生动有趣，是一篇不可多得的科普佳作，对于我们了解灿烂的中华文化很有帮助。

西皮流水

□〔中国〕高洪波

北京人有一好：唱京戏。

有位小说家专门研究过这无伤大雅的业余爱好，总结出两个字，叫做"找乐"，后来以此为题写成一部颇著名的小说，把北京人唱京戏的种种心态描摹个够。

我经历过几次这种"找乐"的场面，觉得其中很有些耐人寻味的东西，似乎在"找乐"之外，还应该多一点什么，究竟是什么？我也说不清道不明。

有一次是在浴池里，热气腾腾的水蒸气闷得人昏沉沉的，冷不丁地亮出一嗓子"西皮流水"，挺地道的马派，脆、俏，吐字利落，待热气略微消散，才见到一位朋友正面对墙角，头微颔，臂略抬，一脸庄重，全副身心地介入了诸葛孔明借东风时的角色。

更妙的是这位朋友唱完、换气的当口，四周竟冒出好几声"好"来。于是他又接着唱，这回是《甘露寺》的乔玄乔国老，劝孙权留神，别杀大耳刘备，尤其一段"西皮流水"有味道："他有个二弟汉寿亭侯，青龙偃月神鬼皆愁，白马坡前诛文丑，在古城曾斩老蔡阳的头。他三弟翼德威风有，丈八蛇矛惯取咽喉，鞭打督邮他气冲牛斗，虎牢关前战温侯，当阳桥前一声吼，折断了桥梁水倒流。"剩下的是替赵子龙、孔明的吹嘘，乔玄整个是"长他人志气，灭自己威风"，但好在他是"国老"，孙权也不敢把他怎么着。可这段"西皮流水"确实如潺潺流水，韵味叮咚，令人不能不叫一声"好"。马派的唱腔甜润流畅，做派潇洒飘逸，由于在浴池里，大家一律赤身裸体，所以除了唱工之外，别的无法欣赏，这位票友的做派如何只能待考了。

自从听过浴池清唱之后，我竟不知不觉也爱上了京戏，尤其喜欢老生唱段。北京一家音乐书店里售的有《京剧须生十大名家》的录音盒带，便买回来时时欣赏，听谭富英的《洪羊洞》、杨宝森的《击鼓骂曹》、李少春的《野猪林》端的是一种极惬意的享受。尤其李少春饰的林冲，词意清新，加上他宽厚醇正的嗓音，把个英雄失意的心态表达得淋漓尽致："彤云低锁山河暗，疏林冷落尽凋残。往事萦怀难排遣，荒林沽酒慰愁烦。望家乡，去路远，别妻千里音书断，关山阻隔两心悬。"可谓字字血声声泪，声情并茂，动人心旌！

京剧是中国的国粹，又是老北京的骄傲，外地人若非爱之弥深者，一般体味不到京剧的妙处。有一次我携小女儿到日坛公园赏秋，穿过修竹茂林在一处大亭子里看到了一群"找乐"的人们。他们中间的两位老人，斜倚在栏杆上，左腿上垫块手帕，手帕上柱立把京胡，脚下踏只小方凳，分明是两位极合格的琴师。二人调好弦，头一点，胡琴就清清亮亮地响了起来，他们拉的是过门，刚一结束，人群中自动走出一位中年汉子，皮夹克，扎着抢眼的紫红领带，洋气十足，但一开口，却是言派的《捉放曹》，讲究的是脑后音。这汉子似乎与二位老人极熟，唱上几句，还嗽嗽嗓子，吐口痰，然后再旁若无人地接着唱。周围观众很多，评头品足者更多，我仔细端详一下，发现俱是四五十岁的人，有的轻声随唱，有的用手打着节拍，有的闭目点头，似进入到陶醉的状态。总之，这显然是一群京剧的知音，而且不甘寂寞，每个人都要拣自己喜爱的段子唱一唱，实践一下艺术的理论。

人们在大亭里唱着、聊着，互相调侃、逗闷子，唯有两位琴师一丝不苟地执行着自己的职责，他们是这群"找乐者"的领袖，是京剧艺术沙龙的核心。听着京胡悠扬高亢的旋律，你不能不为这一古老艺术的魅力所折服，同时更为公园中的这群戏迷所倾倒。我相信只要在这大亭里尽兴高唱了自己喜好的京剧唱段之后，准能得到一种宣泄的快乐，郁闷和忧愁也一定不复存在。

北京时髦的一些酒吧里，目前流行"卡拉OK"，自告奋勇到麦克风前去唱歌者，大有人在，也正是这种业余歌手支撑了"卡拉OK"的生意，遂成为一种时尚。但与公园里、浴池内的京剧清唱家们相比，我似乎更喜爱后者，他们更接近自然、更贴近艺术。或者说，这是一种古老的艺术升华之后的余韵流响，有着民俗民风民族的心理积淀。甭管怎么说吧，只要在北京居住，你就不能不喜欢上京剧，尤其是干脆利落的"西皮流水"。特别当你在秋风飒飒的公园里，踏着沙沙作响的落叶黯然神伤时，一声高亢的京胡，两句脆俏的唱腔，确有遏云裂帛的音响效果，让你心神为之一爽。

不怕您笑话，我如今也常常吼上几嗓子，虽然还不敢到公园或浴池里去显摆，可自我娱乐是足够用了。您想想，林冲在雪地里跟跟跄跄走着，还唱着不屈服的抗争之歌，"雄心欲把星河挽，空怀雪刃未除奸"，咱们体验一下英雄的心态，也不失为一种人生乐趣不是？！

佳作赏析：

高洪波（1951—），内蒙古开鲁人，作家。著有《人生趣谈》《柳桃花》《文坛走笔》等作品。

中国的戏曲艺术历史悠久、剧种繁多、流派纷呈，而京剧因为影响最大、流传最广被称为"国粹"。正如这篇《西皮流水》所呈现的，京剧是一门在北京很有"群众基础"的古老艺术，不仅戏园剧院，即使澡堂、公园也是许多票友们演唱、交流和切磋的场所。听戏首先是在"找乐"，这是一种娱乐活动。不仅如此，剧中呈现的故事情节反映着社会百态，一些经典唱段往往是特定情绪的宣泄，如能静下心来欣赏，自有另一番体验和乐趣。人生如戏，戏如人生，古老的艺术中往往蕴含着深刻的人生经验和哲理，值得细细品味。

说北京话

□ ［中国］肖复兴

一般人认为北京话就是爱带儿字音；要不就像电视剧的侃爷一样能侃，把个稻草说成金条。这实在是对北京话的大大误解。

我敢说，全国各地方言之中，唯北京话最为丰富多彩，它的形象、厚实、一语双关、俏皮、幽默，尤其是后一点，大概是没得比的。这不是自夸，是和北京特殊的历史，特殊的政治、经济、文化位置分不开的。现代北京话中仍能找到秦汉魏晋唐宋元明朝代的古词；还能找到不少少数民族的语词。比如"嗷糟"（心烦或不净）、"水筲"（水桶），就分别是元明两代的古语。"您"北京人爱称呼的这个词，就是出自蒙古族，"大夫"则来自女真族。同时，北京作为古都，既有上至皇帝的宫廷语言，又有下至五行八作的市井语言，使得北京话雅俗兼备，相互融和。比如"待见"一词，喜欢之意，原是指太监引领臣下去见皇帝，被带着见皇帝，是项荣光的事。而"来劲"这个词则来自妓院。只不过如今人们分不清哪个来自玉宇琼宫，哪个来自下里巴人罢了。这句话最后的"罢了"一词，其实也是从满语演变而来的。这在《红楼梦》

195·天南海北卷

一书中常可以看到。

北京话，实在是历史长时间冶炼、北方多民族多方交融的结果。后一点对于北京话的形成、发展，在我看来更为重要。自辽金元至清，北京一直处于少数民族政权统治之下，语言不可能不受到少数民族语言的影响。明初迁都北京城之后，随迁而来的江淮一带的官员、随从至百姓，无形中使得北方语言和中原语言大融和，呈现语言杂交，使之更为丰富也更富于新鲜的活力。这种活力进入清代，使得北京话演变成更现代的北京话。一部《红楼梦》就是用这种北京话写成的，即使到现在，《红楼梦》里的北京话离我们并不遥远，我们读起来并不费劲。

细琢磨地道的北京老话，能看出北京人的智慧，说出话来，仿佛看得见、摸得着，非常形象，十分给劲。

比如说讨价还价，北京人说是"打价"。一个"打"字，将价码拟人化。以后北京话出现的"宰人"，价太贵坑人，其实都是从这根筋上繁衍出来的。

比如说盯着，北京人说是"贼着"，贼读平声。如贼一样不错眼珠一样瞄着你，那是什么劲头？

比如说办事稀松，北京人说"不着调"，连调门都着不着的主，你还能指望他把事情干成了？

比如天刚黑，北京人说是"擦黑"，刚和黑擦个边，这分寸劲！

比如说白费事，北京人说"瞎掰"；说别扭，北京说"窝心"；说顺便，北京人说"带手儿"；说不爱回家，北京人说"这人没脚后跟"；说隐瞒，北京说"蒙席盖井"；即使北京人吵架，不说"这事没完，我不服你"，而是嚷嚷一句"姥姥"……

当然，随着时代的发展，有些北京话，小时候我们还说，如今已经不大讲了。比如"淘换"（寻找）、"杀口"（味道）、"霸咋"（乱踩）、"转影壁儿"（躲藏）、"蹭棱子"（软磨硬泡）、"拍花子"（拐卖儿童）……语言就是一条河，冲走一些、沉淀一些、流失一些、泛着无数簇新而有生命力的浪花，流向一片新的天地"潮随平野阔，月涌大江流"，许多北京话已经不知不觉地流向全国，为各地人运用，只不过没有人再去意识罢了。比如假招子、猫腻儿、巴结、外快、栽跟头、套近乎、找茬儿、倒腾、胡㖞……原来实实在在都是地地道道的北京话。

也有一些外地人不用或少用的，一眼就能看出来的北京话。那是北京的味儿。每一个地方，都有这样的语言，使得这个地方让人说起来、听起来，有了色香味特殊的感觉。二百五、二五眼、倒饬、敢情、皮实、少兴、数落、压根儿、眼力见儿、撒丫子、嘎杂子琉璃球、说话噎人、干活溜嗖、背书不打奔儿、神聊海哨胡抡……只要这样的话一说出口，一准能认定是北京人。说这样话最地道的，要数北京人艺的老演员，或者胡同深处晒太阳的老头老太太。这样的话北京有了色彩，有了历史和现实光影交错的感觉。

现代北京话，应该说是清入关之后，满人和汉人共同创作的结晶，舒乙先生曾说："满人很有语言天赋，对北京语言的形成有很大的作用。"这话讲得很有道理。舒乙先生就是满人，他的父亲老舍先生更是用地道的老北京话写了那么多北京风味的小说，对满人语言有过搜集、研究和创造。当代学者曾经专门研究现今仍流行的北京话中满语词，指出如好生、糟改（贬低、侮辱）、悄没声儿、不碍事、偏（吃饭）、牙碜、外道、关饷（发工资）、打发、哈拉（味道变坏）、各色（特别）、拉虎（干事不灵）、敞开、乍乎、巴不得、肴拉、央格（求人）、瞎勒勒（说话）……——都是满语。而今年轻人爱说的"牌儿亮"（脸蛋漂亮）、"帅"（身材好、气质好），恰恰也是满人的创造。（见爱新觉罗·瀛生著《北京土语中的满语》一书）

意大利哲学家克罗齐指出，语言的出现，"不再是机械的、人为的或发明的东西，而是创造性的活动和人类精神活动的第一次肯定。"那么，语言的创造和发展，则更是我们创造性的精神财富。别误会北京话只会带儿字音；别鄙夷北京话只会造就侃爷。

一九九四年三月二十二日于北京

佳作赏析：

　　肖复兴（1947—），北京人。著有长篇小说、中篇小说集、报告文学集多部，有《肖复兴自选集》三卷出版。

　　这是一篇充满京腔京调、生动有趣的"京儿文"。作者是地道的北京人，写的又是"北京话"，文字风格又充满"京味儿"，读来妙趣横生。作者开篇先对一些人对北京话的误解作了澄清，然后指出北京话儿的几个显著特点：形象、厚实、一语双关、俏皮、幽默。文章回顾了北京话形成的特殊原因、历史脉络，论述了当代的发展与创新，用大量实例展现了北京话儿的生动形象和显著特点，读来感觉亲切自然。结尾再次就一些人对北京话的误解作了否定，与开头首尾呼应，使得文章结构完整，天衣无缝。文章的语言风格和写作手法都值得好好学习体会。

长沙：城与名人

□〔中国〕韩作荣

忧患与别离

　　长沙作为屈贾之乡，屈原、贾谊的"伤心"处，楚湘文化初始便带有一种悲壮、忧郁的色彩，也透露出中国最早的知识分子骨子里的参政意识和修身、格物、齐家、治国、平天下的抱负和雄心。屈原的《离骚》，篇名就是"遭遇忧患""离别的忧愁"之意。这位楚王朝的远房宗室、左徒，自称为古帝颛顼的后代，以香草、美人、明玉为喻，将自己刻画成"与天地兮同寿，与日月兮同光"（《涉江》）的艺术形象。屈原是位政治诗人，其诗也是政论性极强的"政治抒情诗"。《九章·惜往日》中的"受命昭以昭时"，"明法度之嫌疑"，便是直写楚怀王让屈原制定"宪令"，修明法度、举贤授能的政治变革。

　　屈原，这个身上披着江离和白芷，把秋兰连结成串作为饰物的人；赞颂唐尧、虞舜、夏禹诸先贤，鄙视桀、纣恶行的人；痛斥党人、奸佞，绝不与之同流合污的人；"长太息以掩涕兮，哀民生之多艰"的人；求绳墨与规矩之正道，宁死也不苟合求容的人；愤懑历兹，悲叹生不逢时，用柔软的蕙草揩抹眼泪，泪却滚滚而下沾湿了衣襟。

《离骚》的艺术成就，是创造了前所未有的浪漫主义的艺术形态，开创了楚辞，竖起了诗歌新的里程碑，其"神高驰之邈邈"，于高空下望，仆从伤悲，马也裹足不前。然而，去不忍，归故国而无"美政"，他只好投水而死了。《离骚》阔大恢宏，波澜起伏，气象万千。可中外诗史中第一个自杀的诗人，给了我们什么启示？

"不忍"离去，却彻底离去了。

首先是政治家，然后才是诗人；政治家的愿望与诗人的理想合一，这是儒家人生哲学赋予中国诗人的一大特色。正如有论者指出的，"政治家的身份与诗人的身份的奇妙结合，正是多数中国诗人的突出形象。诗成了发泄官场失意的工具，成为历史的政治活动失败的安慰。""正变美刺、咏史述志、吊古怀旧、官场酬往、交游赠答"，所谓国家不幸诗家幸，痛苦、悲哀、离乱，成了诗的养料。诗，常常成为灵魂的避难所，幻想治国、平天下的诗人从不拷问自身，照样活得潇洒风流。

可屈原自杀了，在一个"礼崩乐坏""争于气力"的血肉杀夺的时代，他向天发问，提出170多个"什么与为什么"，他的伟大，便是敢于问"天"，这是对一切道德——历史价值根据的质问。在儒学的一重世界里，天道即人道，天人合一，"天"不言，君王代天立言，实际上，屈原向"天"发问，已体现了他对信念的怀疑，绝望，对现实的绝望，对自身生命的绝望。在《悲回风》之中，这"临乎绝望"之音，"将沉渊之绝笔"，"心绠结而不解兮，思蹇产而不释"，整个信仰的生命被猛然抛入虚无的深渊、过去的信念和理想不再可信，而深渊的彼岸又是荒漠和虚无，诗人无路可走，不得不自杀。

屈原之后的贾谊，被贬后被称为贾长沙，亦是一位"政治家"。上《治安策》批评政治；写《过秦论》分析秦之成败得失；侯罪长沙，写《吊屈原赋》，以屈原的遭遇比况自己，抒发胸中愤懑。其著名的写猫头鹰的《鵩鸟赋》，在文学史上颇有价值，为骚体诗发展为汉赋的代表作，系"出风入雅大文章"，其中仍充满着对人生、社会的理想和哲思，自己怀才不遇的不平情绪和不妥协的精神。

《楚辞》中和政治关系不大的，为屈原整理、加工的民间创作《九歌》，这些祭祀鬼神用的乐歌，《湘君》《湘夫人》，以深刻的关心和同情歌唱这一对湘水配偶神，彼此热烈相爱而终无缘会合，写得悲怨缠绵，如泣如诉，颇有艺术魅力；《少司命》职在掌管子嗣和儿童，这位一手仗剑，一手抱着幼儿的美丽女神，充满了人性和爱；《东君》为太阳神的乐歌，是对光明的憧憬；《山鬼》则又是一个善良美丽的女性形象，爱情的真挚热切、率直缠绵，读来清新而幽艳……

长沙人中真正所谓看破红尘，执著于艺术者，要数唐代的和尚怀素。怀素为酒徒，常喝得酩酊大醉，放荡不羁，超逸脱俗，曾将用坏的笔集成一堆葬在山下，做成坟丘状，号称"笔冢"。寺院里种有万株芭蕉，和尚便在芭蕉叶上写字，称寺庙为"绿天"。酒酣兴起，常常提笔而出，无论墙壁、器具、衣物、或别人穿着在身的衣衫，碰到什么，挥笔就写。"其草书潇洒超逸，并无狂怪习风，行笔从容不迫，有如庖丁解牛，平淡天真中枯润交错，似全无法度，却极具法度、挥洒从容，游刃有余，真个是人也逍遥，书也逍遥，其笔意只能领悟，却无法摹仿。"

谈屈原、贾谊、怀素，让人不能不想到南宋词人辛弃疾。想起辛弃疾，不能不想到那气似奔雷，雄深雅健的辞章——"醉里挑灯看剑，梦回吹角连营"，以及"溪里卧剥莲蓬"的无赖小儿。

辛弃疾锐意抗金，持论劲直，不为迎合，以气节自负，以功业自期，绝不尸位素餐，庸庸碌碌，虽受投降派压制，仍雄心勃勃。孝宗淳熙六年，调任潭州知州兼湖南安抚使。期间整顿乡社，弹劾贪官，浚筑陂塘，兴办教育，影响颇大的事，是他在长沙"奏乞别创一军，以湖南飞虎为名。军成、雄镇一方，为江上诸军之冠。"

辛弃疾选择五代马殷所建营垒的故基，创建新营，限期一月完成。时值秋雨连绵，所需20万片瓦无法烧制，于是他便下令两天内每户献瓦20片，给钱 100 文，20 万片瓦如期凑齐。垒营所需石材量大，他则调集全城囚犯，到长沙城北驼咀山开凿，按罪轻重定量，凿石量多质好者可以赎罪。囚犯拼命取石，所需石材也如期凑齐。营垒筑成，则募步兵 2000，马兵 500，皆壮健勇武之士。辛弃疾又派人到广西购战马 500 匹。骏马强兵、兵器精良，并加以严格训练，飞虎军士气旺盛，骁勇善战，大有辛词"壮岁旌旗拥万夫"的气势。此军维持了数十年之久，金人称为"虎儿军"，十分畏惧。

或许因弃疾豪爽、尚气节，识拔英俊，在词家争斗秖纤，珠圆玉润、四照玲珑之时，辛词却胸有万卷，笔无点尘，激昂排宕，不可一世，其不平之鸣，随处辄发的英雄语，抚时感事，磊砟英多，"决不作妮子态"，其词虽也间作妖媚语，也是豪迈中见精致。所谓"词人合一"，词豪，是其胸襟磊落雄豪所致。

然而，屈原投水，贾谊年仅 33 岁便忧伤成疾而死，怀素又把自己给了酒和艺术，人已与冢中的笔无异。辛弃疾呢？任湖南安抚使仅一年，便被调离，其痛楚惜别，曾写下"盈盈泪眼""日暮行云无气力，立尽西风雁不来"的忧伤愤懑之句。

或许，这些早年致力于经邦治国、兵马戎机的艺术家，以其忧国忧民的作品和身体力行的政绩，孕育了湖湘文化最早的胚胎，亦养育了一个民族的精神。

湘人精神

湖南近代史上曾出现了一大批政治家、军事家。

毛泽东、刘少奇、彭德怀、贺龙、罗荣桓、任弼时、林伯渠、李富春、陶铸、胡耀邦……这些党和国家的高级领导人、无产阶级革命家几乎尽人皆知。

1955 年授衔的十大元帅，湖南有 3 位（彭德怀、贺龙、罗荣桓）；十员大将，湖南人占了 6 位（粟裕、黄克诚、陈赓、谭政、肖劲光、许光达）；57 员上将，湖南人有 19 位（王震、邓华、甘泗淇、朱良才、苏振华、李涛、李志民、李聚奎、杨勇、杨得志、肖克、宋任穷、宋时轮、陈明仁、钟期光、唐亮、陶峙岳、彭绍辉、傅秋涛）；100 多名中将，湖南人有 45 位。

著名的革命先烈，还有蔡和森、何叔衡、邓中夏、郭亮、毛泽民、毛泽覃、杨开慧、黄公略、王尔琢、左权、段德昌、向警予……

旧民主主义革命中，湖南则涌出黄兴、蔡锷、宋教仁、陈天华、禹之谟、马益福、刘道一、刘揆一、杨毓麟、焦达峰等一大批民主革命的领袖人物和革命英雄。

至于魏源这样杰出的思想家，谭嗣同、唐才常这样的维新志士，是用智慧和鲜血点亮了照彻暗夜的薪火。

清末出现了曾国藩、左宗棠、胡林翼、罗泽南、彭玉麟、曾国荃、郭嵩焘等挽救清朝危机的"中兴名臣"。曾、左位至军机大学士，彭玉麟位至兵部尚书。整个湘军系统中，位至总督者 15 人（其中有 4 位非湘籍，但为曾国藩保举的原湘军幕宾李鸿章等）；位至巡抚者 14 人；位至布政使、按察使、提督、总兵、参将、副将、州、府道员的不可胜计。

对此，正如毛泽东的老师杨昌济所指出的，"湘省士风，云兴雷奋，咸、同以还，人才辈出，为各省所难能，古来所未有……自是以来，薪尽火传，绵延不绝。近岁革新运动，湘人靡役不从，舍身殉国，前仆后继，固由山国之人气质刚劲，实亦学风所播，志士朋兴。夫支持国势原不限于一地之人，然人才所集，大势所趋，亦未始无偏重之处。"

和副市长颜克初谈及湖南人士鼎盛的原因，他也讲：用穷来解释，恐解释不通，国内有更穷的地区；用富来解释，也解释不通，有比湖南更富的省份；用好斗来解释，也不准确，好斗者湘人远逊于边地民众。说来说去，只有一个解释，是历史和文化的作用，究其原因，应首推源远流长的楚湘文化的熏陶。颜克初告诉我，随便找一个不识字的湘南老宿，他会从三皇五帝一直谈到慈禧太后，说得头头是道。湖南人聪明，他父亲早年曾讲过一个故事：说的是唐代向朝廷纳粮，由澧水下洞庭，经水路到京城，由于历时太长，皇粮成了霉米，于是湖南人便想出了只纳钱、不纳粮的主意。可这样的大事如何向皇帝开口？湖南的新科状元便在皇帝每日必经的路口用蜜糖写了"澧州粮米可免"6个字。皇帝出恭，看路旁蚂蚁堆成了字，便随口念了出来，语音刚落，暗隐在侧的状元便跪下谢恩。这传说真实性如何且不论，但湖南人的聪明才智从这传说中便可见一斑。

人是文化的存在。马克思称人是"社会条件的总和，世界历史过程的总和"，而历史的真正主体是精神。不仅工业是"人的本质力量的打开了的书本"，社会形式、艺术和科学也是如此。

人创造了文化，文化又造就了一代代人。文化的具体体现，或许该称之为渊博、宽阔的容纳、学识和创造力。代表一个地域的文化特征，则集中表现在人的精神品质。

1920年，中国新文化运动的先驱陈独秀曾写就《欢迎湖南人的精神》一文。文中说："湖南人的精神是什么？'若道中华国果亡，除非湖南人尽死'……湖南人这种奋斗精神，却不是杨度说大话，确实可以拿历史作证明的。二百几十年前的王船山先生，是何等艰苦奋斗的学者！几十年前的曾国藩、罗泽南等一班人，是何等'扎硬寨''打死战'的书生！黄克强历尽艰难，带一旅湖南兵，在汉阳抵挡清军大队人马；蔡松坡带着病亲领子弹不足的两千云南兵，和十万袁军打死战；他们是何等坚毅不拔的军人！"

说起来，拼斗之惨烈、气贯霄汉，用血与火照亮历史，撼人心魄者，要数宋末知谭州、湖南安抚使李芾的壮烈殉难了。

德祐元年七月，元大将阿里海牙率数万大军南下，长沙城的宋军已外调征战，城内空虚。李芾临时募兵不足3000。九月，城被围困，李芾亲冒矢石，与诸将分兵死守，城中百姓亦纷纷助战。日久，矢尽粮绝，李芾令百姓集羽扇造箭，抓雀捉鼠充饥。将士受伤，芾亲临抚慰，元兵派人招降，当场诛杀以示坚贞，部属皆同仇敌忾，誓作殊死战。

城死守百日余，援兵不至，危在旦夕。长沙人尹谷得知元兵已登城，便积薪扃户，举火自焚。邻人来救，但见尹谷正冠端笏危坐于烈焰中。李芾得知，感叹不已，洒洒祭奠。当日正是除夕，李芾留宾佐会饮，众人皆悲愤刚介，誓与长沙共存亡。随后，李芾召来帐下部属沈忠，给他一些银两，令他处死自己一家。沈忠无奈，怀不忍之心先将李芾全家人灌醉，然后逐个杀之。共一十九人，李芾也从容就戮。沈忠放火焚烧了知潭州府熊湘阁，再回家杀了自己的妻子，继而跑到火场，放声大哭，自刎而死。城破之后，与李芾协力守城的安抚司参议杨霆则跳水自尽，妻妾奔救无及，也一道殉情。其时在岳麓书院读书的数百学子，与元兵搏杀，破城。后大部分都献出了生命。

近代史中，最令人尊崇者，当首推谭嗣同，这位长沙浏阳人，是为中国近代革新事业而流血牺牲的第一人。其"我自横刀向天笑"的伟大献身精神，曾鼓舞了千百万爱国志士。戊戌变法失败后领导自立军反清起义的首领唐才常是他的密友；以反袁护国、"再创共和"而彪炳青史的蔡锷，是他在长沙创办的"时务学堂"中最年幼的学生。

谭嗣同虽对光绪帝抱有很大希望，幻想通过皇帝的支持实现自上而下的改良，以避免剧烈的社会动荡。但其骨子里充满了对君主制的憎恶。曾言："誓杀尽天下君主，使流血满地球，以泄万民之恨"，直斥"君为独夫民贼"，他把一切封建皇帝视为"大盗"，把历代为封建统治服务的思想家皆骂为"乡愿"，认为正是这些"大盗"与"乡愿"互相利用，互相勾结，才形成了一张"尽窒生民之灵思"的封建天罗地网。他认为天地万物，无不处在变化日新之中——"天不新，何以生？地不新，何以运行？日月不新，何以光明？四时不新，何以寒暑发敛之迭更？草木不新，丰缛者歇矣；血气不新，经络者绝矣；以太不新，三界万法皆灭矣。"

谭嗣同在戊戌变法中以鲜血和生命实践了自己的誓言。他认为："各国变法，无不从流血而成，今日中国未闻有因变法而流血者，此国之所以不昌也。有之，请自嗣同始！"并以"有心杀贼，无力回天，死得其所，快哉快哉"的凛然气概，慷慨赴死。

梁启超称谭嗣同为"中国为国流血第一烈士"，并指出："谭浏阳之《仁学》，以宗教之魂，哲学之髓，发挥公理，出乎天天，入乎人人，冲重重之网罗，造劫劫之慧果，其思想为吾人所不能达，其言论为吾人所不敢言，实禹域未有之书，抑众生无价之宝"，不愧是"晚清思想界"的一颗"彗星"。

戊戌变法，湖南是唯一积极推行光绪帝新法诏令的省份。正如毛泽东早年所指出的，"谭嗣同熊希龄辈领袖其间，全国无出湖南之右。"变法失败，唐才常1900年在两湖地区发动自立军起义，又惨遭失败而壮烈牺牲，"是役自男爵、道员至诸生，死者千数。"一些著名烈士，皆为谭嗣同所办时务学堂的高材生。此悲壮的一幕，开启了辛亥革命的先声，湖南的大批维新志士，很快与康有为、梁启超决裂，投身于以孙中山、黄兴为代表的民主革命的旗帜之下。

自立军起义失败10年之后，辛亥革命终于在两湖地区首先爆发和成功，绝非偶然！这与湖南源远流长的优秀思想文化传统有着密切的联系。

关于湖湘学派

梁启超曾指出，"最近三十年思想界之变迁，虽波澜一日比一日壮阔，内容一日比一日复杂，而最初的原动力，我敢用一句话来包举他，是残明遗献思想之复活。"

集残明遗献之精华，将楚湘文化湖湘之学推至极致者，是王船山（1619～1692年）。船山名夫之，字而农，号姜斋，早年在长沙岳麓书院就学，后隐居家乡衡阳曲兰石船山下，故称船山先生。这位明朝遗臣，清之逸民，著有《读四书大全说》《周易内传》《春秋世论》《读通鉴论》《宋论》《庄子解》等，著书凡四十年而终。据曾国藩极力搜集刊刻的《船山遗书》计，共320卷之多，也并非船山的全部著作。王船山和黄宗羲、顾炎武被称为清初三大儒。刘人熙称："其为学，旁搜远绍，浩瀚闳深，取精百家，折衷一是。楚人士称之曰'周子以后，一人而已。'天下之士宗之曰：'孟子以后，一人而已。'"谭嗣同亦认为"五百年来学者，真通天下之故者，船山一人而已"，称其思想"空绝千古"。历史学家侯外庐也认为，王船山的思想，"蕴含了中国学术史的全部传统"。清末民初之际，知识界没有不知道王船山的人；这就难怪清政府也不得不答应湘军首领们的愿望，让船山享受"从祀文庙"的殊荣。船山当时在读书人的心目中，成了诸葛孔明一样羽扇纶巾的智慧化身。清末科举废除八股文，改考经义策论，船山的《读通鉴论》《宋论》成了学子攻读的范本。洋务派后期领袖人物，担任过湖广总督、军机大臣的张之洞，在题船山草堂楹联时，是这样写的——

自滇池八百里而下，潇湘泛艇，岣嵝寻碑，名迹访姜斋，风月湖山千古；
孕衡岳七二峰之灵，挥麈谈兵，植槐卜相，雄才张楚国，文章经济一家。

所言已非仅是"旷代之师"的学者，而是"挥麈谈兵""植槐卜相"，大略"雄才"的政治家、军事家形象。事实上，从清末民初的历史来看，凡研究船山学者，没有不与政治、军事沾边的。

湖湘学派，作为宋代重要的，自成体系的理学学派，源于北宋湖南道州人周敦颐的《太极图说》（此说亦为程朱理学、陆王心学之源）。

周敦颐把"无极"作为世界的本体，提出了从无到有，阴阳对立、五行相生、变化无穷的宇宙生成说。对湖湘学派的形成、发展、影响深远。之后，"足开湖湘之学统"的胡宏，则"力行所知，亲切至到，析太极精微之蕴，穷皇王制作之端，综事理于一原，贵古今于一息，指人欲之偏以见天理之端，综事理于一原，贵古今于一息，指人欲之偏以见天理之全，即形而下者而发无声无臭之妙。使学者验端倪之不远，而造高深之无极。"

胡宏最著名的弟子张栻，是南宋抗金名相张浚的儿子。张栻遵父命求学于胡宏，"遂得湖湘之传"，归长沙，在妙高峰下创建城南书院（今长沙第一师范校址），后主教岳麓书院。适时朱熹来书院讲学，大批学子来聆教，所乘马匹一时间竟将岳麓书院前的池水喝干。

湖湘学者主张在日用伦常和经邦济事的活动中，去察识心性义理，形成了把心性哲理和经世致用结合起来的湖湘学风。胡安国以《春秋》为"经世大典";胡宏主张"理欲同体","圣人不绝欲",只不过天理与人欲作用不同;张强调"知行互发",以及湖湘弟子留心经济之学,无不是这一学风特色的具体体现。王船山把天、道、心、性奠定在气、物、情、欲等感性存在的基础之上,抑制了理学走向空疏、虚诞的严重弊端,适应并推动了实学思潮的发展。

船山以气为本的哲学思想体系,近代各家都从中汲取了自己所需的养料。曾国藩等理学经世派从船山理学思想中吸收了儒家伦理内核以及"明体达用"的学术思想特色。谭嗣同则汲取了其理学思想中的精深哲学体系的形式,服膺其"道不离器""理欲同体"的哲学命题。杨昌济则继承了王夫之的"行可兼知"的思想,提出"力行尤要"的主张。

船山学说中经世致用的实学倾向,深受近代各家各派推崇。湘军集团的治理军队、兴办洋务,便是这种实学的具体体现。而船山学说中的浓厚的民族主义意识,其"华夷之辨"的议论,反满的激烈言论,对近代民族意识的激发起到了重要作用。

在说到湖湘文化、湖湘学说对近代湖南人才群体的影响,我们不能忽视岳麓书院的作用。

这座香樟护道,始建于宋太祖开宝九年的宋代四大书院之冠,坐落于岳麓山下已历千年。宋真宗赐书的"岳麓书院"四字门额曾使书院名声大振。宋代全盛期曾有"道林三百众,书院一千徒"的民谣,可见学子之众。书院曾经兵毁重建。清代康熙以"学达性天"四字赐给书院,乾隆亦赐"道南正脉"匾额。

书院的前厅、正厅两边壁墙之上,刻有四个大字:忠、孝、廉、节,每字高 1.6 米,宽 1.2 米,手书石刻,相传为朱熹手迹。两廊的正面刻有乾隆年间御史欧阳正焕所书"整齐严肃"四字,形略小于朱熹字。前厅后有文昌阁,旧制书院生员凡及第者,均题名于阁内。湘水校经堂,为道光十六年湖南巡抚吴荣光所建。六君子堂,为祭祀创建或修复岳麓书院最有劳绩者。半学斋,为五开间一进的旧式房屋。"半学"两字取自《尚书·说命篇》："惟教半学"一语，意为半教半学，教学相长。此斋为历代书院山长、高等学堂领导者居住之所。

书院是幽静的，院中石头铺地，庭前古木参天，树皮上敷满苔青色，不时有鸟声从枝叶间透出来，让人感到确是个极好的读书处。于静谧中，我想到书院的历史，尤其是近代史中湖南的那些著名人物，几乎都是从这里走出去的，而湖湘之学，大抵也是在这里薪尽火传，影响了整个中国的命运。这书院，也该是"动极而静""静极复动"，动静"互为其根"，致使人世间"万物生生变化而无穷焉"吧。

湖南近代的几个人才群体，曾就读于岳麓书院、城南书院者，先后有贺长龄、贺熙龄、陶澍、魏源、曾国藩、胡林翼、左宗棠、罗泽南、郭嵩焘、曾国荃、刘长佑、唐才常、沈荩。谭嗣同虽没有直接在书院就读，但其师欧阳中鹄深受湖湘文化影响，尤崇拜王船山，后还有毛泽东的老师杨昌济光绪二十四年肄业于岳麓书院。

毛泽东青年时代受杨昌济的教育、引导，对哲学有浓厚兴趣，他注意经世致用，倡导实践躬行，湖湘文化的三大要素：推崇理学、经世致用、伦理践履，在青年毛泽东身上都有着明显的体现。城南书院，即毛泽东就学的长沙第一师范的前身。1916年，毛泽东曾寄居岳麓书院读书。1918年6月再次寓居书院主编《湘江评论》，被查封后，1919年，毛泽东又在书院半学斋主编《新湖南》。

无湘不成军

说船山史论是一部军事理论经典，从军事战略角度论及，是不差的。在湖南，"士乃嚣然喜言兵事"，"无湘不成军"，几成传统和特殊的社会风气。

对于船山的史学宏论，"于历代兵事谋之甚详。湘人服膺其书、多明将略戎机，遂能削平大难。"湘军的领导人物，郭嵩焘、彭玉麟、罗泽南等，在组建湘军之前就被穷论古今兴亡，讲求经邦治国的《读通鉴论》《宋论》所吸引。而被杨昌济称之为实践船山理论的实行家曾国藩，刊刻《船山遗书》与湘军镇压太平天国战争高潮同步进行。320 卷遗书，曾国藩亲自校阅了 117 卷，为了校对讹字，"乃复查全书，辩论经义者半，校出错讹者半。"

从曾国藩的日记看，其钻研船山史论，均在征战形势危急，前途未卜的时候。据同治元年的记载：

10 月 27 日："阅王而农先生《通鉴论》数首，论先主、武侯、鲁子敬诸人者。"

10 月 28 日："阅王而农《通鉴论》杨仪、杨资诸篇。是日接李世忠咨，九洲贼势浩大，深以为虑。"

10 月 29 日："阅《通鉴论》何晏等篇。是日闻贼窜江北之信，又闻季弟病重、宁国粮路未通，为之忧灼，不能成寐。"

接下来 11 月载有几乎每日必读的记载，多在"二更末""二更三点"夜间研修。而曾国藩很多精彩的军事思想，如"以全军破敌为上，不以占城池土地为意""多用活兵""少用呆兵""隔而不围""围而不打"等，也正是这个时期提出的。同治五年，曾国藩围剿捻军，又一次陷入"制敌无术""深为忧灼之境"时，又开始认真披阅《读通鉴论》，是年七月六日始，至八月初三"凡三十卷阅毕"，并马上接阅《宋论》，毕，又回头重温《读通鉴论》。

船山在"两论"中曾经指出农民战争的"败亦走，胜亦走，无所不走"之灵活机动的战术，打得湘军、淮军晕头转向，穷于应付。但曾国藩很快认识到捻军"如蚁旋磨，忽左忽右""多打几个圈圈"的特点，总结出捻军作战的"四长三短"。正如曾国藩所说，"读史之法，莫妙于设身处地"，他把自己摆进去，审时度势，寻求用兵治国的方法。

曾国藩治下的湘军，以"扎硬寨，打死仗"闻名。曾文正的"多条理、少大言""不为圣贤，便为禽兽""莫问收获，但问耕耘"说，被梁启超誉为"其一生得力在立志，自拔于流俗"，"历百千艰阻而不挫屈；不求近效，铢积寸累，受之以虚，将之以勤，植之以刚，贞之以恒，帅之以诚，勇猛精进，坚苦卓绝。"其"非有入地狱手段，非有治国若烹小鲜气象，未见其能济也。"

曾国藩每次扎营，都以罗盘定方位，查各营所掘壕沟，用竹竿量验。每营都步行亲量，看是否已掘自一丈五尺。曾还亲点各营兵勇之名，并每日传见百夫长数人，了解军情，记载其答问、批评。并察言观色，辨识部下的品质、才能。其日记载有他对一些人的印象，如：朴实；眼圆而动，不甚可靠；语次作呕；明白安详，拙直、长工之才；等等。曾国藩知人善任，通过这种谈话的方法，识别提拔了一大批能征善战的名将。如刘松山原来不过一名"长夫"，后为统帅大军的名将。

曾国藩明确主张："用兵之道，在人而不在器。"他在与其心腹幕僚赵烈文论军事时说："胜负不在形而在气，在屡败而无伤，亦有一蹶而不振，气为之也。"左宗棠同样强调指出，"盖练兵之要，首练心，次练胆，而力与技其下焉者也。"与孙子兵法、与船山所论如出一辙。

对于古称"天堑"的长江天险，船山曾指出，江东之险，并不在眼前的浩浩大江，"江东之险在楚、楚之险在江与汉上流"此为"得失之枢"。湘军与太平军决战，故先拼夺武汉，"于武汉设立重镇，则水陆东征之师，恃武汉为根本，大营有据险之势，军士无反顾之虞。军火米粮，委输不绝，伤痍疾病，休养得所。"

湘军攻克九江之后，安庆争夺成为湘军与太平军生死存亡的关键。曾国荃率领湘军精锐，团团包围安庆，深沟固垒，挖筑双层长壕，外层拒援军，内层困守敌。太平军为解安庆之围，在英王陈玉成、忠王李秀成率领下，在湖北连破黄州、德安、孝感、随州、云梦、黄梅、蕲州等地，直扑武汉；在江西连破吉安、瑞州、吉水、新淦、永丰等地。曾国藩自己身陷祁门，几次险遭被俘杀身之祸，但他始终咬紧牙关，不分安庆之兵，不撤安庆之围。他以打死仗，"打掉门牙和血吞"的拼死之心，咬住关键处，历时一年多的血战，安庆攻克，太平军自此陷入难以挽回的困境。此后，李秀成虽攻占了江浙大片土地，并再破江南、江北大营，却仍然无补于安庆失守后的战略大局，太平天国终被镇压。

曾国藩之后，左宗棠曾率部分湘军精锐，于1876至1878年，讨平了从浩罕入侵的阿古柏，收复了祖国新疆的大片河山。1881年，曾纪泽以左宗棠的武力为后盾，经过艰苦卓绝的外交斗争，又从沙俄手中索还了伊犁。左公所写"大将筹边人未还，湖湘子弟满天山。新栽杨柳三千里，引得春风度玉关"之诗，其情其景，颇得后人敬仰。其收复新疆之周密筹划、精细运算，制定的"层递灌运""缓进急战"战略，灵活机动地调整发挥，左公归复新疆之"五年计划"，率如其言，可谓成竹在胸。

1884年爆发中法战争。左宗棠、彭玉麟全力支持湘军宿将王德榜，配合老将冯子材，取得震惊中外的谅山——镇南关大捷。此役导致法国茹费里内阁的垮台。左宗棠73岁高龄，亲赴福建前线督师，指挥防务，先后遣王待正和湘军水师名将杨岳斌，乘木帆船冒险偷渡台湾海峡，增援孤岛血战中的台湾军民，其反侵略，护卫国土的神圣，终为湘军增添了一段光荣的历史。

左宗棠年轻时即自称"亮白"，以诸葛亮自居，后又自称"文章西汉两司马，经济南阳一卧龙"，委实有些自夸，且自视甚高。可"历古以来，书生戎马，而兵锋所指，东极于海，西尽天山，纵横轶荡，未有如宗棠者也。"确也展现了非凡的军事才能。

谭嗣同、梁启超的学生，中国近代最著名的青年军事家蔡锷，曾认真研究了曾国藩、胡林翼的军事思想。1911年蔡锷在云南任协统，为训练官兵，辑录了影响极广的《曾胡治兵语录》。"语录"分为十二部分：一将才，二用人，三尚志，四诚实，五勇毅，六严明，七公明，八仁爱，九勤劳，十和辑，十一兵机，十二战守。每一部分前面，蔡锷都加了按语，画龙点睛地指出要点，并结合中外军事理论的发展变化，分析、研究，提出自己的观点和见解。

蔡锷所辑《曾胡治兵语录》，曾是黄埔军校的主要军事教材。正如周恩来所说：蒋介石办黄埔，"是以《曾胡治兵语录》及《拿破仑传》为之先的。"

毛泽东很小就熟悉许多湘军的掌故，他的名字"润之"，就是湘军二号人物胡林翼（胡润之）的字。而毛泽东在湘乡东山学堂读书时，就批读过《曾文正公全集》。朱德早在云南讲武堂就深受蔡锷影响，并在蔡锷的直接领导下，参加过云南起义和反袁护国两次革命战争，被任命为护国军旅长。

说起来，大批湘军将领多是从"一介书生""布衣寒士"而投笔从戎的，其"司马九伐之威""踔厉中原、震水陆，剑西域，戈横南交；东挞瓯粤，北棱辽海"，以殊勋生拥位号，死而受谥者数百人。而成千上万出身农民、受过战争锻炼的湘军中下级军官和士兵，却在湘军解散后纷纷加入哥老会。正如《湘军兵志》所言："再过二十年，辛亥革命，哥老会与同盟会联合，就把清皇朝推翻了。当年曾挽回过清皇朝国运的湘军，如今竟然做了清皇朝的掘墓人。"

我写这篇文章的时候，电视台正播放《三国演义》电视连续剧。这让我想起船山对诸葛亮的评析。船山认为，诸葛亮三分天下，东联孙吴，北伐曹魏的《隆中对》，在刘备到处飘零，无立足之地时，是正确的抉择。蜀汉数十年立国之基由此而定，而最终不能战胜曹魏的原因亦由此而生。蜀恃险而言，但荆州兵利于水，一出宛、洛而气馁于平陆；益州之兵利于山，一剑阁出秦川而情摇于广野。以有险可恃而应对无方，姜维之败，乃是必然。船山认为唐朝只懂用战争实现和平。宋秦桧之和与岳飞之战未尝不可配合起来，"相辅以制女真"。而岳飞却把这两种方式尖锐对立起来，一味排斥和谈，结果反而造成主和派的得势，岳飞也未免失之偏激。"战与和，两用则成，偏用则败，此中国制夷之上算也"。其论确别开生面，言人所未言。

佳作赏析：

韩作荣（1947—），黑龙江海伦人，当代作家。代表作品有《城市与人》《圆的诱惑》等。

一方水土养一方人，特殊的地理位置、历史渊源塑造了具有鲜明特色的湖湘文化。长沙城作为湖南省会，人杰地灵，名人辈出，再加上历来是兵家必争之地，从古至今上演了无数可歌可泣的悲壮故事。屈源、贾谊、怀素、辛弃疾，均有经天纬地之才，但都怀才不遇，于是寄情诗词，忧患、悲壮成为湖湘文化的主基调。到了近现代，以湘人曾国藩为代表的中兴名臣，以谭嗣同为代表的维新人士，以毛泽东为代表的革命家、政治家、军事家，无不身怀救国救民的宏愿，以大无畏的舍身精神，力挽狂澜，为民族和国家的独立、繁荣、富强作出了巨大贡献。湖南历史上的湖湘学派闻名全国，湘人的勇猛善战令敌人闻风丧胆。这一切的一切，构成湖南鲜明的地域特色、风土人情和文化传统，在全国独树一帜。文章以长沙和湖湘为基点，谈古论今，旁征博引，文风大气磅礴，读来令人酣畅淋漓。

一个南方人眼中的哈尔滨

□〔中国〕张抗抗

有一年妹妹从杭州到哈尔滨出差，在哈尔滨住了几日。

临走时我问她对哈尔滨印象如何。满心希望她会给我一个惊奇的赞叹。

她撇了撇嘴，说：我真难以想象，你怎么在这种地方住了那么多年。

评价只此一句，再无下文。她做编辑，喜欢简练和含蓄。

惊奇留给了自己。惊奇地想起自己十几年前刚到哈尔滨时，也对那些先于我们来到这儿的南方人说过同样的话。然而那时就有人回答我：哈尔滨这个城市的奥妙，看你怎么去品味和理解。如真在这儿住下来，没准儿就不想走了呢。

一晃就在哈尔滨断断续续地住了十几年。我不敢说我已了解了哈尔滨。但我想写以下的文字，寄给我妹妹以及其他来过和没来过哈尔滨的人。

衣

都说哈尔滨的姑娘漂亮。作为南方人便有些说不出的嫉妒。

确实名不虚传。也许是松花江的水养人，哈尔滨姑娘的个儿高挑，皮肤粉白；随便在街上走，瞧哪个都惹眼。即使偶尔肤色有所欠缺些的，也定是用时下广告中最引人注目的面霜，将面孔抹得白雪公主一般。那白里透红、粗而不糙的丰腴，令黑黄单薄的南方姑娘望尘莫及。哈尔滨小伙便更"帅"，似乎未出娘胎就已规划过尺寸，又像是输入了篮球或滑冰运动员的基因，个个挺拔健壮，白脸再加上两撇黑黑的小胡子，风流潇洒中添了几分野性，绝对的北方男子气概。

刚到哈尔滨时，夏天去松花江沿，眼睛就缭乱起来。江堤沙滩游船满世界的五彩缤纷。还是八十年代初，哈尔滨姑娘的"布拉吉"就在江沿悄悄摆动了。后来眼见着一年年的"泛滥"——任是香港广州最新式最时髦的服装，坐着飞机就直奔哈尔滨而来。长裙短裙马海毛镶珠子的大毛衣配裙子的短毛衣牛仔裤加 T 恤衫……即使是价钱昂贵，哈尔滨人连舌头也不会咂一下的。如想知道今年服装的流行趋势，只需在哈尔滨的大街上遛一趟，再赶着模仿，也还是领导新潮流。

所以哈尔滨的服装销售业挺发达。广州有什么哈尔滨就有什么。而广州没有的，哈尔滨也有。哈尔滨如今北靠苏联，东临日本、韩国，再加上满族蒙族赫哲族的民族特色，这四通八达的优势，别的城市就只好相形见绌。

都说哈尔滨人穿衣服"洋气"，可有衣服还看你会不会穿。

冰天雪地之中，哈尔滨姑娘照俏不误。长呢裙短筒靴外加一件鲜艳的长大衣，那个窈窕细巧，竟比南方还南方。寒风飞雪中挤车上班，风姿绰约却绝不感冒。那围巾系得也是另具一格，四四方方的一块绸巾，就能变着法子围出花样来：一边罩住头发，两个角斜着交叉，在颈子一侧打上一个结——这种围法在别的城市敢说找不着一个，是哈尔滨人的专利。

年轻人追求时尚，因而美中不足的是缺少哈尔滨人的服装风格。要想从服装中了解哈尔滨的文化和历史，眼光就得投向中年以上。

哈尔滨中年以上的女人爱穿旗袍。这个地方本应是旗袍的策源地，所以无论是绸缎是呢子是布料是长袖低开衩还是无袖高开衩，只要是哈尔滨的女人穿在身上，看着就顺溜就自然就正宗就生辉。好像旗袍就属于哈尔滨。这个感觉确立之后，即使在别的城市，若是有一件旗袍鲜艳地从街角移过来，恍惚就以为自己是在哈尔滨。

哈尔滨男人的骄傲主要表现在头顶上。享有天下一绝：帽子。既然身在寒带，帽子讲究些很是顺理成章。前些年流行贝雷帽，毛线编织的各种面料裁剪的——女人们很为男人的脑袋费了一番心思。于是开起会来，台下一片赤橙黄绿青蓝紫竞相争妍，式样之丰富别致亦如展销会。那帽子很得男人珍爱，一冬轻易不摘，总说冷，一直戴到春，忍一夏，秋风乍起，便早早地又戴上了。这几年流行或者说"复辟"俄罗斯大礼帽，优质呢面料、宽边，镶有各色缎带，再配上一件厚呢子长大衣，果然就绅士风度起来，很翩翩的，像是早年翻译片中的某个角色，冬天下大雪的日子，台阶上走来这么一位，轻轻掸着帽子上的雪花，微微喷着酒气——嗬，绝对的俄罗斯风味。

从马斯洛健康人格的五个需要层次出发来看哈尔滨人对服装的爱好，是否可见其中重要的一层：荣誉感的需求。

食

一般来说，南方人对于北方，最不敢恭维的，便是食物。日常的饭菜之粗糙和匮乏，随意和简便，常常是南方人宣泄不满的话题。

在哈尔滨住得久了，渐渐地，就觉得口味有了变化。变化自然是在潜移默化之中，诸如炒菜不放葱炝锅，就觉得菜不香；吃饺子没有蒜泥，就不算是吃饺子；喝酒若是不拌凉菜，那酒也没滋没味儿。有一天突然发现自己的口味"南腔北调"起来，就不得郑重其事地对南方人声明说：其实，北方菜有北方菜的味道呢！

哈尔滨红肠，是哈尔滨家庭餐桌上常见的一道冷盘。那红肠外面皱皱着有如树皮，切开却是鲜嫩的粉红色，缀着一星半点雪白的凝脂，肥而不腻，吃着有熏肉的香味；干肠细如手指，极长，因而卖时便将其盘成一卷或切成段，吃时无需蒸热，切片就可入口，全没有广式香肠的甜俗，也不知用何配方制作，香味极怪，含义颇深，又韧又硬，可嚼性较强，费时琢磨，却余香满口，回味无穷。

哈尔滨的酸黄瓜是极地道的。罐头瓶里必有洋葱芥末籽和几片不知什么树皮，咬一口酸脆。有过比较，非哈尔滨出的酸黄瓜绝不可买。烧鸡也是极入味的，且外观焦黄油亮，形象颇佳。还有配餐的面包，正宗的俄罗斯"大列巴"，枕头般大小，一个足有五斤重。

由此曾总结，哈尔滨人十分重视冷盘凉菜，多从俄国引起，系舶来品。地理条件所决定，不可算作本地特产。但后来发现，冷盘中有一种中式凉菜，竟成为我最喜欢的东北菜。那凉菜冬天用新鲜的大白菜丝萝卜丝干豆腐丝，夏天用黄瓜丝粉皮青椒，煽好细细的肉丝，再浇上葱姜蒜末香菜辣椒末酱油醋，最后大刀阔斧地搅和一阵，即成。鲜凉爽口，价廉物美，吃得满头冒汗，却爱不释嘴，欲罢不能。试着给家中南来北往的客人显露过几次，手艺照老哈差远，却也是杯盘狼藉、一抢而空。

哈尔滨热菜的特色比凉菜稍逊。名声在外的是猪肉炖粉条，即使再升一格也是一锅烩之类。其实一锅烩，也是大有可为——比如酸菜汆白肉，就烩得不同凡响。酸菜丝儿必须是"蹁"过几层的，刀功须极细，肉必须是肥瘦搭配的五花，还必须有筋筋道道的冻豆腐宽粉条辅助，炖出满满一砂锅，寒冬腊月的，腾腾直冒热气，那是个什么气氛！我至今只要在冬天回到哈尔滨，总是死乞白赖对我的老邻居说：我要吃酸菜汆白肉。

近几年哈尔滨的涮羊肉也逐渐盛行。哈尔滨称为"吃锅子"。那锅子也与别处不同，锅里是必须有一只螃蟹垫底的，至于远道而来的螃蟹是否新鲜且另当别论。然后是羊肉猪肉牛肉统统"一锅端"上，如有鱿鱼猪肝蛤蜊什么天南海北的新鲜玩意儿则多多益善来者不拒，餐桌上必得如往常待客冷盘炒几十道落成个宝塔状才算甘心作罢。其汤味之复杂或者多元，可谓独创的"哈尔滨浓汤"，充分体现出哈尔滨人兼收并蓄、融汇贯通的口味与宽容胸怀。

如是在一家专营锅子的餐馆，客人只须往桌边一坐，两个彪形大汉抬着一只煤气罐咚咚直奔你的座位，然后将煤气罐塞进桌下，拉出一根管线，接通桌上的煤气盘，哧地划一根火柴，火苗轰然而起，锅里的水旋即沸腾，便有系着白色三角头巾的姑娘排成一队，送上大盘大盘的生肉蔬菜——那情形何等壮观。那个时刻我总是为哈尔滨人蓬蓬勃勃的生命热情所感动、所鼓舞，哈尔滨人活得多么洒脱多么痛快呵！

所以哈尔滨人买菜，不用篮子而用筐。冬天的大白菜土豆自不用说，就是夏天的黄瓜西红柿豆角，也成堆成堆地摊在街上的菜站，主妇们便成筐成筐地往家买。我有一次在集市买菜，因是偶尔做饭，又没有冰箱，只能各样买一点儿，弄得小贩大为不解。顺便买一小块姜，那卖菜的瞪了我一眼，说：就这么点儿，咋卖呀？给你得了！

住

还在哈尔滨念书的时候，我就在星期天或是节假日，自己一个人，徒步走过大街小街的许多地方。无论冬天还是夏天，无论是那些赭红色的"洋葱头"大圆屋顶建筑、拜占庭式的东正教教堂，还是太阳岛上形状各异的玩具似的别墅，中央大街光滑的石子路，都使我深深入迷。

我曾久久地徘徊于大直街与中山路交叉的那个巨大的转盘道口，寻找那座今天已永远地留在哈尔滨人的记忆和遗憾中的美丽的教堂遗迹。在我的想象和憧憬中完成它昔日的灿烂与辉煌。

然而更吸引我的，是街边道旁那一座座普通的苏式民居——绿色的木围栏，一棵矮矮的丁香或是樱桃树，隐隐地露出雕花的木屋檐、刷着油漆的门斗和阳台……那房子的一角总有一个宽大的玻璃房间，几乎是三面透亮迎光，里面摆满过冬的花草，据说称为花房。

这些精致的小楼许多年来大概已是几易其主，而哈尔滨的大部分市民都已住进了公寓楼房。虽然住房的外观与其相距甚远，但室内的装修和陈设，却保留了苏俄文化的影响。

我在几年前搬进作协分配给我的单元房时，房间的墙壁都已按照哈尔滨人的习惯，分别贴上了浅蓝、淡绿和银灰的壁纸。在接近天花板的画径线上方，每个房间都印有不同的几种图案，或如水波、或如树叶、或如花卉，勾出一种古典的雅致与宁静，如置身于一个小小的宫殿，一抬眼便能享受艺术的情趣。我留神观察了几家的墙，竟然没有一家的图案是重复或雷同的，这在南方的城市，定是一个时髦的新事物。在哈尔滨，却是一个连"文革"中都没有被破坏的传统。

由于寒冷，门窗都是双层的。在两层玻璃之间，撒上些干燥的锯末。过冬前在窗缝门缝上仔细地糊好纸条以免透风。那纸条为免室内的热气洇湿，必得贴在外面的，相传为东北三大怪之一。然而开了春却有了麻烦，将门窗一一拆封，因是双层，我需擦洗的玻璃无以计数。

家家的地板都是极干净的，进门必换鞋，无论街上怎样的泥泞，家里总是温馨又舒适。一般卧室小小的，有一张大大的铁床。那铁床的床栏镀"金"包铜，精光铮亮的，还饰有精美的鸟形或天使的铜雕，让人觉得哈尔滨人睡觉，很庄严。

家具也和南方有很多不同，哈尔滨人重视喝酒，所以那只厚重的酒柜必占一席之地。最不可缺少的是家家必备的一张大拉桌——椭圆形、黑或烟色，架着六根粗壮的桌腿，待客或合家团聚时，将桌子中央活动的长板拉开，便是一张其大无比、气派非凡的长餐桌子。任是吃锅子吃饺子还是喝老白干，都可痛痛快快地铺张。那桌子平日不用时，盖上绣花或是钩花的台布，蹲在屋角，如一头大象。

哈尔滨的冬季长久，于是家家都爱养花。下雪的日子，从窗玻璃朦胧的冰凌中，隐隐透出一枝鲜红的绣球、一朵明艳的扶桑，那情景何等动人。到了夏天，满城的波斯菊、瓜叶菊、金盏花迎风摇曳，还有从白色的门廊上垂挂下来的啤酒花绿色的瀑布，终令人心荡神怡。

行

春天的哈尔滨风大，走路得侧着身子，免得灌一口冷风，呛着。

夏天的哈尔滨风凉，走在江沿，走在街心，步履轻快，很惬意。

秋天的哈尔滨人走得行色匆匆，要作各种过冬的准备，挺忙乎。

冬天的哈尔滨人走得小心翼翼，满地的积雪被行人的脚步压成了冰，四处溜滑。整个哈尔滨犹如一个巨大的溜冰场，一不留神就会摔个屁股墩。唯有上学的孩子，嘻嘻哈哈地专拣有冰的地儿走，一只脚往后一蹬，双脚一并，就从冰道上"出溜"过去，想必比走路的速度快上好些。人行道上，便留下一小轱辘一小轱辘灰白色的印迹。

冬天的哈尔滨人爱说：冻脚。今天走着上班，冻脚不冻脚，是气温的标志。以前的棉靰，厚厚的毡底，虽暖却笨。如今都爱美，城里没人穿那玩意儿，都是薄薄的棉皮鞋，啥也不当。但宁可冻脚。反正走一走，就暖和。别看零下几十度的，走急了，还出汗。

冻脚的机会主要在等车的过程。冬天的公共汽车开得慢慢吞吞，汽车也怕打滑。也跟个人似的，冷得哆嗦，车门就永远也开不大。上下的乘客，便像麻袋里的土豆似的，一个个往外蹦。好在都久经考验，尽管身子臃肿些，手脚还灵便，互相挤一挤，比如加热，彼此没有怨言。售票员更是彪悍强健，竟然就能在拥挤不堪的车厢里挤上一个来回，一边挤一边挨个乘客扒拉，抑或就熟人似地拍你的肩膀杵你的后背，很是尽职地让你买票。你惶惑地企图躲避，而车窗上满是冰凌，望出去灰蒙蒙，犹如一个闷罐，你甚至无法知道自己已经到了哪一站。所以冬天之"行"难有愉快的记忆。

只有一次，靠车窗的座位上坐着一个年轻的母亲，带着她的小孩，那孩子先是对着窗玻璃哈气，然后从被裹得严严实实的羽绒服中伸出胖胖的小手，用手指在哈过气的白霜上抠了一个小小的孔，那个孔恰好容得下一只眼睛，孩子就从这个孔里，张望着外面的世界。我恍然明白哈尔滨人在严寒中行走，是有许多窍门的。后来也如法炮制过几回，其乐无穷。再后来就发现还有人在冰凌上刻字，比如：不冷。

行路难，哈尔滨的出租汽车业便出奇地发达。无论冬夏，满大街呼呼跑着的小汽车，招手即停，开门就上，停车付钱，下车走人。那车脏兮兮的又旧，多是私营，司机收费倒不漫天要价，你问他多少，他满不在乎地听着流行歌曲说：你看着给吧。既慷慨又亲切。哈尔滨人想得开，遇有生病看戏送站什么的难事就说：打的。很港派的。于是公共汽车那部分不方便，就让"打的"给弥补了，行路便也不难。

到了夏天，哈尔滨人就鲜活蓬勃起来。太阳一落，街头舞曲悠扬，男男女女就在门前的空地翩翩起舞，这般随意的露天舞会，这般的热烈和浪漫，敢说别的城市绝无。到星期天，说走，就上太阳岛，太阳岛的野游是哈尔滨人每年隆重的节日，于是啤酒红肠酸黄瓜松花蛋铺满杨树林间的草地，收录机的音乐回荡在太阳岛的上空，白色的沙滩上闪烁着五彩缤纷的游泳衣——好一个绚丽的哈尔滨之夏。

有一次从北京去哈尔滨，一上火车，满车厢的东北乡音。前后左右的乘客，都穿得漂亮。我对面的一对小夫妻，自费去北京旅游回哈尔滨，她很响亮地宣布说：咱哈尔滨人不攒钱，有钱就花，这叫会生活。

所以我认定哈尔滨是全中国最有个性、最有特色的城市之一。

所以我认为自己这个杭州人早已名不符实——我是半个哈尔滨人。

佳作赏析：

张抗抗（1950—），浙江杭州人，女作家。著有短篇小说集《夏》，中篇小说集《北极光》，长篇小说《情爱画廊》，散文集《橄榄》《地球人对话》等。

哈尔滨作为我国北方的大城市，一直以冰城闻名。作者以一个南方人的视角，分别从衣、食、住、行几个方面概括了哈尔滨的特点，令人耳目一新。

这些或呈现哈尔滨的特殊历史，如颇具异国情调的苏式民居；或反映哈尔滨的气候特点和地域特色，如御寒的双层门窗，中年妇女的旗袍和男人的帽子，冬天整个城市变成溜冰场；或反映哈尔滨的风土人情，如一般人家必备的酒柜、买菜论筐、公交车售票员的剽悍和出租车司机的慷慨，无不体现着东北人特有的豪爽之气。正如作者所言，这是中国最有个性、最具特色的城市之一，散发着特有的魅力，令人向往。

『北佬』看杭州

□〔中国〕张抗抗

　　终于有一天我无意中发现，自己待在北方的年头，累计已有二十三年。

　　二十三年听起来就比较可怕，差不多可以说是一个人的半生。连我自己也不明白，怎么就会在那些个完全陌生的地方住了这么多年。这个数字，甚至已经超过了从我在杭州出生长大，历经童年少年直到那一个闷热的夏天，挤上火车离开杭州站的整整十九年。

　　事实变得十分明朗：作为杭州人的十九年，和作为北佬的二十三年之比——故乡杭州不得不退出它多年来占有的统治地位。在正宗的杭州人眼里，我早已被确定为一个北佬；而在我自己，也恍然觉得如果继续自称为杭州人，不仅有假冒伪劣产品之嫌，而且不安不忍。既然是我最终决意放弃了一劳永逸的归期而选择了候鸟的方式，我踏入杭州的土地，心里便把自己作为一个远方的来客。

　　多年前初到北方的日子，曾有些很见过了世面的当地土著，表示友好地对我说：

你从杭州哪地儿来？那地儿我去过，夏天那个热呀，活活的就喘不上来气儿，没处躲没处藏的。冬天那个冷呀，被窝就像是个冰窖似的。洗的衣服，半拉月也不干，就是干了穿在身上，也潮乎乎的总是湿不拉儿。吃饭吧，看着菜挺多，左一盘右一盘的挺花哨，可一吃就见底儿，怪费劲地吃半天，没吃饱，怎么吃也吃不饱，你说这叫什么事儿。还有那满大街晾的背心裤衩子，人就从那尿片底下穿过来穿过去，赶是人脑袋顶着尿布走了。最绝的是一清早，楼底下一片刷刷声，那动静准把人吵醒，探头看人干嘛呢，你知道那是干嘛，一人一只木桶，正刷呢，那味儿！打听半天才明白，原来那是尿盆，白天黑夜都搁在屋里，叫什么马，马桶。也真是，尿盆怎么就姓马……

在那个年龄，虽是豪情满怀，小心眼里却还揣着对故乡的依依惜别之情。听到居然有人敢对杭州如此不敬，当即忍无可忍地与人争辩，面红耳赤地誓死捍卫。费了半天口舌，那人冲我同情地一笑，很是谅解地回答说：

行啦，那地方真要是好，你们干嘛还上这儿来？要我看，你们来这儿就挺不错，不说别的，冬天屋里有暖取，不长冻疮……

时隔二十余年，我在杭州一个阴郁的冬夜里与朋友们聚会，滚烫的黄酒仍然没有激起我的热情。从窗外的小巷里突然传来一阵粗蛮怪诞锣鸣似的吼声，还带着长长的拖腔，像是沿街的叫卖声，又像是高亢的绍兴大板，与江南的温柔很不协调。我问：这是什么？朋友说，她在喊一句话。喊什么呢？我怎么一点儿也听不懂。她喊：门窗关好，东西拿进，火烛小心。每天都喊吗？当然是每天都喊，你忘了这是杭州城里的传统，她一叫，人真的去收衣服，只有等她这一声喊过之后，一天才算是过完了。

我随口说：可真噪音啊。怎么好像农村似的，我看你们杭州也是越来越倒退了……

话音落下的瞬间，我听见了"你们杭州"那几个字。那会儿连我自己也很吃惊。我谈论杭州时已经完全自觉地把"我"排除、分离在杭州之外；我看杭州之漠然就像是每年每年我匆匆到过的一座座与我毫不相干的城市。在我心里竟然和杭州已有了这样的距离，我忽然觉得一种莫名的悲哀。那一刻我开始实实在在地对自己承认：我真的是一个北佬了。

　　作为北佬，自然首先憎恨杭州的冬和夏，却偏偏总是年年纠缠着春节。湿润的雪花里有一个不很奢侈的梦，只想享受一次江南金色的油菜花和天竺山里漫坡绚丽的映山红。于是，于是这个春天善解人意地收敛了清明的雨水，只留一湖含而不露的薄雾，环绕住若明若暗的群山。山水彼此映照着如诗如梦的层次，不似北方的坦荡一眼能看透。就连报春的杜鹃花也藏得极深，兴冲冲踏入灵隐山里，踩倒遍地筷子般直立着毛茸茸的山蕨菜，才见一丛丛如火如血的映山红从山腰的松林下冒出来，湿漉漉的花蕊喷吐着林间的精气。我等这一天等了很久；这一天我们采花采得热烈又疯狂。这一天拥着满怀的彩云飘然下山。想起多年前的一个春日，曾用装了清水的花瓶，插满一瓶含苞欲放的野杜鹃，托人坐火车千里万里地带去北京。那花苞隔了夜就迫不及待地绽开，惹来长安街上一路惊诧的目光和询问……

　　西山香山万寿山，却没有这令我的书桌熠熠生辉的烂漫映山红！

　　过了几天阿虹来说，你采了花去后，山上忽然就一朵映山红也没有了……

　　也许它们等我就等了很久，终究北大荒的鞑子香不能代替老家的野杜鹃。

　　便格外珍惜这个积攒了多年的春天，好带回去为北方的冬天解闷。

　　北佬游春去人多热闹的名胜，"北佬"却知道春在人迹稀少的林深处。有幸在屏风山改稿的那几日，算是重新领略了杭州的妙处。那山不高却如绿屏矗立，公路蜿蜒由密林中穿行。山道弯弯，路边忽见株株香樟蔽荫。屏风山人说，当年修路，有心人就修出这个香樟湾；再往前走，丛丛桂树翠冠锦簇，叫做桂花湾。面迎山崖巨石，是为石壁湾；快到山顶时，一个急转弯，路边骤然闪出两株灿灿的樱花，花期正盛，娇艳的花瓣沉甸甸拂过车窗，似有似无的沁香散了一车，我想这该是樱花湾。再抬头时，一座翘角飞檐的巨大建筑物在山尖巍然升起，如一座绿色的城堡。屏风山疗养院二分院便置身于群山绿树环抱之中，背后为大王峰，竹林婆娑松涛如海。

　　古色古香的城堡以浅褐色的岩石垒成，三层楼高的石壁上，嵌满爬山虎深褐色的老藤。尚未发芽的藤条没有绿叶的遮拦,清清晰晰地钩出龙飞凤舞的踪影,充满历史感。粗藤如井绳、细藤如发辫,盘根错节地在整面石壁上镶出气势磅礴又千姿百态的图案。远远望去,俨然是一幅精致典雅的九龙壁。不几日,便有一朵朵薄似蝉翼的赭红色叶片,从老藤上不动声色地钻出来,阳光下犹如一只蜻蜓扇着翅膀落满窗台。据说,屏风山的爬山虎在全杭州也屈指可数,是谓屏风山一绝。到了夏天,在二楼阳台上泼上泉水,任清水顺着宽大的台阶和石门顶上缠绕的青藤滴滴流淌,真有些水帘洞的情趣呢。

山前有亭,可眺望缓缓东去的钱塘江;山后有石阶,傍晚时闲散着往下走去,偶尔可觅见灌木丛中飞起一只秃尾巴野鹌鹑,树梢上蹿过一只黑花松鼠;石阶渐渐平缓,清纯的暮色中有一方方宁静的茶园,涌来恬适的新绿,间或夹着一片澄黄鲜亮的油菜花地,与夕阳分不出彼此;九溪的水便从翠绿与金黄交错的林子里闪闪烁烁地流过来,像是一抹贴地的轻风,传扬着很久很久以前你熟悉和依恋的气息……

从山中回到城里,城市就变得嘈杂变得拥挤变得俗不可耐。也许世界上没有一个地方,把城市和湖泊、建筑与自然、世俗与审美以及琐碎与空灵,像杭州那样用一条条短锁链连结的湖滨,将两者截然分开。那道无形的界碑延伸了许多个朝代,于是饮用着钱塘江和西湖水得以繁衍的杭州人,就有了雅俗之间疲于奔命的遗传基因。他们说一种咬文嚼字似乎还有些做作的带有南宋官话遗风的方言,他们说:明朝到平湖秋月去耍子。然后一家人起早踏着三轮板车演杂技一般穿越破旧狭窄的街巷,经过六公园和昭庆寺广场这一片雅俗共赏的过渡地带,就进入了令人赏心悦目的天堂风景区。桃红柳绿间他们用其他城市的居民不可模仿的悠闲步态,走过白居易大诗人当年任杭州太守时下令修建的白堤;他们在岳飞墓前对着永远跪着的秦桧像,一遍遍忿然念出那文人墨客才有兴趣的诗句:青山何处埋忠骨,白铁无辜铸佞臣。他们饶有兴趣地徜徉于碑廊或印社之间;在六和塔顶茫然望大江东去而念天地之悠悠。秋来成群结队去满觉垄赏桂而冬至则三三两两游孤山探梅,什么天外天、楼外楼、花港观鱼、龙井问茶,什么小瀛洲、放鹤亭、双峰插云、曲院风荷……置身于西湖山水之中的杭州人但凡开口，是绝对的历史悠久绝对的文化气息浓厚。那个时刻杭州人自我感觉绝对完美无缺，斜睨着那些个傻里傻气东张西望惶惶问路的外地观光客，眼里自然就流出无须掩饰的鄙视，对比之后心里有了充分的满足，于是幸幸福福地回家去。只是，再经过一遍那封锁线似的湖滨长街时，张望马路对岸的城市风景，开始疑惑那份所谓的自豪感，有些虚空有点不够踏实。

果然回到闹市陋巷，就有污秽的噪音充斥于耳：有被吵架围观的人群阻拦的汽车喇叭震天响；可见到什么卖鱼桥什么棺材弄的地名标志；有油烟和公共厕所混杂的异味阵阵飘来……面对实在的人生，杭州人便把刚刚从西湖沐浴来的温文尔雅，毫不吝惜地留在了断桥的那一头……当然一旦如果必要，谁都可以越过那并不存在的边界，随时去湖里"文化"一下的。在这样泾渭分明的隔绝和割裂中来回跳跃，杭州人就生活得很是模棱两可。

所以要谈文化，作为杭州人的骄傲，最终还是落实在食文化上更为朴实。也可说是"实惠"的那个"实"。其实要按中国的四大菜系而论，杭州菜入不了大流派，也就是博采江南各家之长，创下几道脾性独特的风味。

本人虽然身为"北佬"，对杭州菜仍有偏好，尤喜香酥松脆的油炸响铃、肥嫩鲜美的清蒸鳗鱼、玛瑙翡翠般一白一绿的龙井虾仁、肥而不腻的东坡肉。至于杭州名菜叫花鸡、西湖醋鲤鱼什么的，也不过只是吃个名声，吃不出什么名堂。倒是几种家常小菜，却是百吃不厌、常吃常新的，即便走到天涯海角，也是刻骨铭心，时时无端就思之心切，如闻其香，不仅垂涎三尺，而且肝肠寸断。比如荠菜冬笋肉丝、油煎臭豆腐、凉拌马兰头、雪里蕻豆腐、油焖春笋、炒螺丝、香葱鲫鱼……看来口味这个东西是天下第一顽疾，改得了乡音，改得了服饰，却难改饮食的积习。二十三年在北方，常以做南方菜为一大嗜好或是室内娱乐。幸亏老公总算是所谓的上海人，十几岁随父进京，虽是天南海北的兼收并蓄，却还留着南方的口味，吃的问题就没有矛盾。于是有人从杭州来京，家里便托带些诸如此类的土产，圆我的杭州梦。那个时刻就有些为北佬感到惭愧，北佬原来生活得多么粗糙多么简单呵。杭州人把知味观和奎元馆搬到北京，全无知音一个，没出半年，那杭州的温柔与甜蜜却全窜成生冷咸辣的京味了……

恍然明白自己所以能够热爱北方，也许恰是因为恪守了一个杭州的厨房，在心里自以为是在改造着北佬，这内在的杭州人就做得很是有滋有味。

所以杭州城在历史前行的洪流中，首先诞生或者说最为牢固的改革成果，是遍布大街小巷的个体户餐馆。那餐馆的门面都小巧玲珑，样式多是东西合璧，比如荷兰加一点南宋。一家比一家辉煌别致。有生猛海鲜的，就养在门檐下的玻璃柜中，也是装饰。推门进去，洁白的桌布鲜花空调一应俱全，还有西施般水灵灵的杭州妞，轻轻踩着童话般的彩色扶梯，引你到楼上雅座。最与其他城市的个体餐馆不同的是，杭州的个体餐馆绝不声嘶力竭地里外拉客，那老板都是笃笃定定地相信自家的生意，牌子已经做出，全靠愿者上钩。东西都是货真价实，如若味道好，上钩不上当，回头再来。

外地的客，港台的客，就说到底还是杭州人有文化，吃也吃得文明。

都感慨杭州发展个体餐馆，真是顺理成章、名止言顺。价格虽比国营餐馆略略高些，但服务却是可心可意的。你说：来一只红烧鳝段，鳝要比大拇指粗些的——果然那鳝肉就不老不木的正好；你说：莼菜汤里不要肉丝，放几只开洋罢——果然汤就合你的口味。醉虾究竟是醉个意思还是醉得不省人事，全由你自己欢喜。

曾在东坡路上一家叫做"开明楼"的餐馆吃过一回，二楼的墙上挂着沙孟海老先生为罗老板写的横联，很提神的。老板和气诚恳，菜也美味精致。过些天，有朋自远方来，说去哪里，自然还是"开明楼"。单的是那楼名，也挺有档次的不是？

却也因此有些担心，杭州人的聪明与智慧，不会就此白白消耗在食文化上了么？你看那杭州人一大早拎着篮子去买菜，然后不厌其烦地收拾整理再精雕细刻地制作为成品，最后一家人团团围坐津津有味细嚼慢咽地化作人生的全部乐趣。北佬虽然也热衷于吃喝，却是大刀阔斧、饱食一顿管个十天八天。不似杭州人日复一日，乐此不疲；年复一年，无休无止。好像杭州人除了工作以外就琢磨吃，工作赚了钱便用来吃，即使"食在杭州"不够格，也可说是"杭州在食"了。

终于下决心向杭州的好友透露了我的忧虑。人家似笑非笑地一乐，说：

杭州人不是这样会吃，那聪明与智慧从哪里来呢？

对于这一逻辑，我不能苟同。否则等于承认北佬的智商低下。不过中国有句成语，叫做：地灵人杰。以此推理，杭州既然已有天堂的美称，可见杭州人必然是比较优秀的。在这个肯定的前提下，经过多年的观察与研究，我在一个春日的下午，恍然大悟地发现，杭州人的聪明与智慧，很可能同喝茶有关。

如果到杭州人家里小坐或是长谈，无论熟客远客，一落座，主人便有清茶奉上。再穷的人家，别的招待没有，茶却是必不可少的。杭州人沏茶，即使客人再多，也决不用茶壶，那样清清爽爽的绿茶，如闷在茶壶里，就白白糟蹋了西湖龙井。做出了几百年的规矩，明明不是龙井，也必用带盖的蓝花瓷杯，一人面前一只，一只杯里一手把茶叶，甩得很慷慨。客人坐了一刻就走，茶不及抿过一口，那杯茶也就倒了，决不吝啬。不像北佬，那把茶叶恨不得砌上一壶喝上一天的。就连我这"北佬"也觉得杭州人喝茶，喝得太奢侈了些。怪不得茶叶价格连年上涨。

杭州人在家里喝茶，显然喝得极不过瘾，或者说，因缺少环境的助兴而不够雅不够"文化"。于是也不知从白居易还是从苏东坡时代起始，杭州就诞生了许多茶室。需要重点说明的是：这"茶室"必须同北方或是江南小镇的"茶馆"严加区分。既是"室"，便是"雅"的代称，绝不似"馆"那样三教九流的大众化。所以杭州的茶室一概统统建在西子湖畔那些楼台亭阁、山水林泉的好去处。其中最为出名的，莫过于玉泉、虎跑茶室，据说用刚从石缝里滴答出来的矿泉水，沸煮沏茶，无须加盖，只三两分钟，杯中一湖碧波荡漾，那嫩绿的叶子如小舟微微起伏，船头竖一杆小旗，船尾立一柱茸缨枪。喝茶的人坐藤椅围一圆桌，以瓜子话梅佐茶，从容不迫慢慢品尝。家人友人谈天说地，情人窃窃低语，如此廊前树下一坐坐到太阳偏西，那茶也已淡而无色。这才算是真正喝过茶了。优哉游哉起身打道回城。

这本是天下也难寻的杭州茶道一景，却让北佬来看，就看出些破绽。

首先那粗笨的青瓷杯，每只押金三元五元不等。据说是因为丢得太多不得已而为之。丢者，坦率说便是被窃，试想有哪个外地人，会不远千里地偷这易碎又笨重的瓷杯带回家呢？有句话说，近水楼台先得月，下面的结论就不便直说了，留与杭州人自省。其二，几乎每一只杯子都是杯口残破，缺把者、裂纹者比比皆是，送到嘴边却担心龙井底漏或是钱江怒潮。看来杭州人喝茶过于热烈竟把茶杯啃出缺口？杭州人抗议说是外地人所为，尤其北佬生性粗蛮是重点怀疑对象。其实平心而论，谁喝茶也不至喝坏茶杯，唯一可信的解释，只能是茶室服务员清洗茶杯时野蛮操作，杯杯相撞，活活地撞出那些茬口，却嫁祸于人。其三，所有的茶室一律不配有流动冲茶的服务，只在茶室中央放一只保温桶，或是发放热水瓶，让顾客自己进行"售后服务"。更有花港蒋庄露天茶室，连桌椅都要顾客自己搬运。服务员小姐婷婷玉立一旁，冷面如霜。这等世界闻名的旅游城市，"义革"遗风如此顽固，实在令人啼笑皆非。

1991 年杭州落成了中国第一家也是唯一一家茶叶博物馆。建在龙井附近一个叫双峰大队的茶园里。茶博的建筑和展室的设计都还新颖别致，内容从茶叶的种植到制作到全国茶叶的种类分布到喝茶的艺术最后一直到茶具堪称丰富，何况用眼欣赏了茶叶接着还可在茶博的茶室用喉舌考察茶叶。价钱也许贵些，茶叶总比外头的好些，这无疑是个诱人的享受。那一天，我们几位朋友来茶博的门口是下午三点钟，却不料小姐已经开始扫地——不卖了不卖了快下班了！她的声音毫无商量余地。可明明大门口写着四点半关门。

作为杭州文化象征的所谓茶博就让人大大扫兴。

"北佬"本因景仰杭州的茶道而多次光顾茶室，所到之处却屡屡窥见了杭州人倒在后门口的"茶脚"，使我从此对杭州人的茶叶文明很有了些疑问。而且还进一步想，如果真是喝茶喝成这样的精明与懒惰，情愿做北佬。

于是走在街上，目光里就有了许多挑剔。

那年春节回杭州，只记得满大街的男人，几乎人人身穿一件黑色的皮夹克；女人则十人有九人穿着一种色彩鲜艳的大花长毛衣。远远望去，就有了意想不到的效果——甲壳虫与蝴蝶联谊会。今年春，外面世界的时尚有了调整，刚刚开始流行超短裙，杭州城里已是超短裙满天飞，且不管腿长腿短体形胖瘦，一律的超短，一律的黑色。且不知港台或是西方流行的超短裙，因当地女子自己开车、打的、坐地铁，并不会带来行动的不便有很大关系。而国内女子骑自行车，杭州犹盛。穿着超短裙骑车，迎面过来，难免对路人有不甚雅观的显露。可以说再是开放的国家，公共场所仍然必须讲究尊严和文明礼貌。可悲的是国人追赶时髦心切，顾不得那些真正应该讲究的细节，也不考虑自己的条件，只唯恐不被大众的消费认同，而失去了（或从来没有）自己的审美标准。在我看来，杭州女子的服装从来都缺乏自信。北看上海南学广州，一阵风从东刮到西，丝绸之都终是从未有丝绸之乡的光彩照人和飘逸风流，仿来仿去，既无风格亦无个性，终于把自己弄得不伦不类完事。

杭州人无论多么优雅，却不懂得潇洒为何物。

这些年来来去去，冷冷看着杭州城里一轮一轮一波一波的热闹，看着杭州人面对太阳的灿烂笑容和面对月亮的麻木不仁，一点点体会到杭州的陌生和遥远。明明懂得如此谈论我的故乡，也许就有了背叛的嫌疑，心里却仍然黯黯地失望下去。

飘然在千年赞誉中的杭州人，却是从来少有杭州人的自我冒犯和自我检省——我妹妹去日本留学，写信回来的结论是：天下之大，还是杭州最好。我临走时去舅舅家告别，邻居的一清洁女工对舅妈说：她怎么还在那种地方？你看我，宁可扫厕所，也要回杭州。但凡去过北大荒的杭州知青，被正宗的杭州人蔑视着，心里存下了永远的自卑。杭州反被杭州所累，也是一种悲哀。如同缩小的中国，盘踞在祖先的荣耀和遗产之上，被所谓悠远的历史和文化封闭并围困，年复一年地沉淀下腐叶淤泥，陶醉于一潭死水之中……

便斗胆担着骂名，试着跃居西湖之上来看看杭州。毕竟在遥远的英国大辞典条目上还须填一个出生地杭州，毕竟还有至亲至爱的家人和真挚坦诚的朋友老师同学与我息息相关。我说出关于杭州的真话，从此可在杭州人心目中成为一个无可救药的北佬。

而在北佬眼中，我依然是一个南方人，一个永远的杭州人。

佳作赏析：

与其他描写自己故乡或故地的文章不同，张抗抗的这篇《"北佬"看杭州》并不是一味地在那里歌颂赞美，或抒发自己的留恋、怀念之情，而是以一个久居外地的杭州人的眼光重新审视自己的故乡。作者力图站在客观、第三方的角度来写杭州，有褒有贬，发人深思。

杭州作为中国著名的古都和旅游城市，其优美的风景和悠久的历史文化世界闻名，对于这些，作者从来不吝赞美称颂之词；杭州人饮食之精美、喝茶之讲究，也颇值得大书特书。但不必讳言，在这优美风景和悠久文化背后，也有许多不尽如人意甚至令人厌恶的习惯、问题，作者对此都一一指出甚至提出批评，并没有因为自己是杭州人就有所遮饰和掩盖。俗话说：爱之深，责之切。正是因为热爱自己的家乡，才会将这些问题公之于众，为了是能够引发人们的思考，促进问题的解决。作者这种实事求是的态度令人钦佩，其对家乡的热爱之情也跃然纸上，令人感动。

晋 祠

□ [中国] 梁衡

出太原西南行五十里，有一座山名悬瓮。山上原有巨石，如瓮倒悬。山脚有泉水涌出，就是有名的晋水。在这山下水旁，参天古木中林立着百余座殿、堂、楼、阁，亭、台、桥、榭。绿水碧波绕回廊而鸣奏，红墙黄瓦随树影而闪烁，悠久的历史文物与优美的自然风景，浑然一体，这就是古晋名胜晋祠。

西周时，年幼的成王姬诵即位，一日与其弟姬虞在院中玩耍，随手拾起一片落地的桐叶，剪成玉圭形，说："把这个圭给你，封你为唐国诸侯。"天子无戏言，于是其弟长大后便来到当时的唐国，即现在的山西作了诸侯。《史记》称此为"剪桐封弟"。姬虞后来兴修水利，唐国人民安居乐业。后其子继位，因境内有晋水，便改唐国为晋国。人们缅怀姬虞的功绩，便在这悬瓮山下修一所祠堂来祀奉他，后人称为晋祠。

晋祠之美，在山美、树美、水美。

这里的山，巍巍的如一道屏障，长长的又如伸开的两臂，将这处秀丽的古迹拥在怀中。春日黄花满山，径幽而香远；秋来，草木郁郁，天高而水清，无论何时拾级登山，探古洞，访亭阁，都情悦神爽。古祠设在这绵绵的苍山中，恰如淑女半遮琵琶，娇羞迷人。

这里的树，以古老苍劲见长。有两棵老树，一曰周柏，一曰唐槐。那周柏，树干劲直，树皮皲裂，冠顶挑着几根青青的疏枝，偃卧于石阶旁，宛如老者说古；那唐槐，腰粗三围，苍枝屈虬，老干上却发出一簇簇柔条，绿叶如盖，微风拂动，一派鹤发童颜的仙人风度。其余水边殿外的松、柏、槐、柳，无不显出沧桑几经的风骨，人游其间，总有一种缅古思昔的肃然之情。也有造型奇特的，如圣母殿前的左扭柏，拔地而起，直冲云霄，它的树皮却一齐向左边拧去，一圈一圈，丝纹不乱，像地下旋起了一股烟，又似天上垂下了一根绳。其余有的偃如老妪负水，有的挺如壮士托天，不一而足。祠在古木的荫护下，显得分外幽静、典雅。

这里的水，多、清、静、柔。在园内信步，那里一泓深潭，这里一条小渠。桥下有河，亭中有井，路边有溪，石间有细流脉脉，如线如缕；林中有碧波闪闪，如锦如缎。这么多的水，又不知是从哪里冒出的，叮叮咚咚，只闻佩环齐鸣，却找不到一处泉眼，原来不是藏在殿下，就是隐于亭后。更可爱的是水清得让人叫绝。无论多深的渠、潭、井，只要光线好，游鱼、碎石、丝纹可见。而水势又不大，清清的波，将长长的草蔓拉成一缕缕的丝，铺在河底，挂在岸边，合着那些金鱼、青苔、玉栏倒影，织成了一条条的大飘带，穿亭绕榭，冉冉不绝。当年李白至此，曾赞叹道："晋祠流水如碧玉，百尺清潭泻翠娥。"你沿着水去赏那亭台楼阁，时常会发出这样的自问：怕这几百间建筑都是在水上漂着的吧！

然而，最美的还是祖先留给我们的古代文化。这里保存着我国古建筑的"三绝"。

一是圣母殿。这是全祠的主殿，是为虞侯的母亲邑姜所修的。建于宋天圣年间，重修于宋崇宁元年（一一〇二年），距今已有八百八十年。殿外有一周围廊，是我国古建筑中现在能找到的最早实例。殿内宽七间、深六间，极宽敞，却无一根柱子。原来屋架全靠墙外回廊上的木柱支撑。廊柱略向内倾，四角高挑，形成飞檐。屋顶黄绿琉璃瓦相扣，远看飞阁流丹，气势雄伟。殿堂内宋代泥塑的圣母及四十二尊侍女，是我国现存宋塑中的珍品。她们或梳妆、洒扫，或奏乐、歌舞，形态各异。人物形体丰满俊俏，面貌清秀圆润，眼神专注，衣纹流畅，匠心之巧，绝非一般。

二是殿前柱上的木雕盘龙。这是我国现存最早的盘龙殿柱。雕于宋元祐二年（一〇八七年）。八条龙各抱定一根大柱，怒目利爪，周身风从云生，一派生气。距今虽近千年，仍鳞片层层，须髯根根，不能不叫人叹服木质之好与工艺之精。

三是殿前的鱼沼飞梁。这是一个方形的荷花鱼沼，却在沼上架了一个十字形的飞梁，下由三十四根八角形的石柱支撑，桥面东西宽阔，南北翼如。桥边栏杆、望柱都形制奇特，人行桥上，随意左右，如泛舟水面，再加上鱼跃清波，荷红映日，真乐而忘归。这种突破一字桥形的十字飞梁，在我国现存的古建筑中是仅有的一例。以圣母殿为主的建筑群还包括献殿、牌坊、钟鼓楼、金人台、水镜台等，都造型古朴优美，用工精巧。全祠除这组建筑之外，还有朝阳洞、三台阁、关帝庙、文昌宫、胜瀛楼、景清门等，都依山傍水，因势砌屋，或架于碧波之上，或藏于浓荫之中，揉造化与人工一体。就是园中的许多小品，也极具匠心。比如这假山上本有一挂细泉垂下，而山下却立了一个汉白玉的石雕小和尚，光光的脑门，笑眯眯的眼神，双手齐肩，托着一个石碗，那水正注在碗中，又溅到脚下的潭里，却总不能满碗。和尚就这样，一天一天，傻呵呵地站着。还有清清的小溪旁，突然跑来一只石雕大虎，两只前爪抓着水边的石块，引颈探腰，嘴唇刚好埋入水面，那气势好像要一吸百川。你顺着山脚，傍着水滨去寻吧。真让你访不胜访，虽几游而不能尽兴。历代文人墨客都看中了这个好地方，至今山径石壁，廊前石碑上，还留着不少名人题咏。有些词工句丽，书法精湛，更为湖光山色平添了许多风韵。

这晋祠从周唐叔虞到任立国后自然又演过许多典故。当年李世民就从这里起兵反隋，得了天下。宋太宗赵光义，曾于太平兴国四年（九七九年）在这里消灭了北汉政权，从而结束了中国历史上五代十国的分裂局面。一九五九年陈毅同志游晋祠时兴叹道："周柏唐槐宋献殿，金元明清题咏遍。世民立碑颂统一，光义于此灭北汉。"

晋祠就是这样，以她优美的身躯来护着这些珍贵的历史文化。她，真不愧为我国锦绣河山中一颗璀璨的明珠。

佳作赏析：

梁衡（1946—），山西霍州人，当代作家。代表作品有散文集《夏与秋思》《只求新去处》《名山大川感恩录》等。

这是一篇描写山西晋祠风景、赞颂祖国大好河山的佳作。文章结构清晰、层次分明，开头先点明晋祠的地理位置和历史渊源，然后开始具体描写晋祠的风景和建筑。作者将晋祠风景的美概括得十分准确：山美、树美、水美，而对于古建筑则重点提及三绝：圣母殿、木雕盘龙、鱼沼飞梁，这都在我国现存其他古建筑中都已很难见到。不难看出，晋祠是一个将自然风景和人文历史文化完美结合的一个地方，这也就不难理解作者在文章结尾发出的由衷赞叹：她，真不愧为我国锦绣河山中一颗璀璨的明珠。

挪威的欢乐时光（节选）

□［挪威］温塞特

　　挪威人把二月开始的那个古怪季节叫作"早春"。那时太阳连日从纤无点云、一碧如洗的高空照射下来；每天清晨，整个大地结上了一层闪闪耀眼的霜花。过不久，屋檐便滴滴答答化起水来了。太阳舐去了枝头的积雪，人们便可以看见白桦树梢头上开始变成亮晶晶的褐色，白杨树的树皮上也出现了一片预兆春天的浅绿。

　　道旁篱边，积雪还堆得高高的，田野里雪块照在太阳底下像是堆堆白银，滑雪板压出的小辙，错综交叉，显得格外清晰。成群的雅鹊衔着细枝在天空飞翔，已经逐渐开始在修筑去年的旧巢了；他们的聒噪不时划破了冬日的宁静。

　　太阳一下山，气候便变得刺骨寒冷。白天的回光还在逗留着，像燃烧着的残焰，沿了覆着丛林的山脊逶迤直达西南。一抹苍绿的光亮在地平线上迟迟不灭。早晨，屋檐上挂着长长的冰柱，接近中午，闪闪的水滴便落下来了。白昼也一天比一天更长更亮了。

对孩子们和年轻人说来，这是一年里欢天喜地的日子。

孩子们从学校回家来，匆匆咽下了饭食——他们要到山里去练习滑雪。他们不捱到第一批星星在天空中闪烁，是不会回家的。吃过晚饭，他们就在长长的山路上滑雪，先从山上沿着有无数急转弯的路溜坡滑行，然后一下子穿过市镇。在这些道路上滑行是件险事，因为路上车辆络绎不绝——有轿车、公共汽车和载重卡车——特别是这些山路都要横穿大街，大街又是直达山谷的唯一要道。母亲们除了提出警告外，简直无能为力："真得小心一些才是！"孩子们呢，却直截了当地说用不着对他们提这个！没有人为了玩溜坡连命都不要的。

这批孩子究竟在什么时候怎样温习功课并做习题简直难以想象。看来他们多少总还是做的，因为他们在学校里所得的分数并不见得比上学期来得差。也许在滑雪的季节里，老师们特别宽大一些。冬季里，每个学校都有一次滑雪比赛，孩子们可以跟着他们的体育老师到森林里去作滑雪旅行，就算是上体育课。而且早上进学校之前把功课"掠过"一遍还是来得及的，因为用滑雪板或是瑞典式的"推踢雪橇"只花五分钟工夫就可以到达学校。

"推踢雪橇"是瑞典的发明，没有几年就在挪威大为风行。如果妈妈有事出门，安特斯说要把她"推踢"到镇上去，这句话听来很不礼貌；再说蒂雅每天早晨在太阳下"推踢"杜拉好长一段路，听来也很奇怪。蒂雅没法逼着杜拉戴上太阳眼镜，因为杜拉一有机会便把这副眼镜扔在路边积雪里。

常常会发生一些意外事故。滑雪道和路面逐渐磨成坚实的冰块，如今摔一跤可真受不了。全乡好多人家都有孩子躺在床上，他们不是摔了跤用热水焐在膝盖上，便是头部受了轻微的震荡。奇怪的是倒不太有人跌得过分厉害。在那些为各个滑雪俱乐部占用的山头上，那里才是真正进行训练的地方，当然，他们会把新鲜的雪运来垫上，也不会让跳台下面的雪地变得结实发硬，但是森林里的坡道却很可怕，许多这样的坡道是用来高速滑行的。幸而每当这些坡道几乎不能再滑行时，往往就会连下几天大雪使情况改变——所有的滑雪道又柔软得像天长鹅绒般的了。

对成年人来说，这也是个愉快的时光。太阳一天天晒得厉害起来，窗台上的盆栽也有它们自己的春天。挪威人在漫长的冬日里，用出色的窗台盆栽来安慰自己。屋子里充满刚出芽的洋水仙和郁金香的清香。那些用不着开灯就可以吃晚饭的日子总叫人兴高采烈——即使第二天碰上吃鱼，不得不开灯，大家还是快活的。

三月总是比二月冷得多，时常有阴暗多雾的天气，偶尔还有咆哮的大风雪，一下就是 三四天。但是"三月不算太坏，把道路扫清一半"这虽是句老话，却说得合乎情理。三月没有过完，道路靠南的一边，一条黑土带准定会显露出来。

每天，汉斯至少要晚一个钟点才回家吃晚餐，从头到脚都浸得湿淋淋的，还带一些马粪的味儿。他和同伴们永远经不住在车辙里挖运河的引诱，每到了中午，处处的车辙里都浸满了积水。他们在这些车辙里造水坝，随后就踩进水去试试深浅！

"眼前你可不许再到荷尔姆水塘去，汉斯，"妈严厉地说。汉斯站住了，他正拿起乐器盒子预备去上音乐课。"你听见吗？"

"噢，听见的，我再也不去那儿了，"汉斯哀愁地抬头盯着妈。"自从上次看见那个可怜的女孩子在那儿滑冰之后，我再也不去了。她扑通一声掉进了水里，可怜的家伙……"汉斯深深叹了口气，这口气好像是从他的灵魂深处发出来似的。

"什么？她怎么啦？"

"噢，我想她现在还在塘底里，"汉斯用冷冷的声音说，"她再也爬不上来了。噢，她大喊大叫，妈，我活着一天就忘不了。上次我到恩格尔太太家去，就是那一回看见的。"

"可是，什么，你居然没有想办法去——"妈又说下去，简直吓坏了。以后她又比较平静地继续说："为什么你不去救她？到底是怎么一回事啊？荷尔姆水塘任何地方都还没有你腰深。汉斯，汉斯，你真不该到处乱窜，讲这种故事！这是扯谎，汉斯！"

"是吗？"汉斯问，觉得奇怪。"我以为只有你问我做了什么淘气事，我胡扯一通才算说谎呢。"

"是啊，当然——那是最坏的谎话。可是你到处去讲那些你瞎编排的故事，让人信以为真，这也还是说谎。"

"是吗？"汉斯又问。"不过，妈，你告诉我们你和伦希尔德姑姑、西格妮姑姑小时候的事情，不也是说谎吗？"

"我绝对没有说过，汉斯。除了真有其事，我是不乱说的。"

"你们还是小姑娘的时候，真的坐了轮船到丹麦去，还进过哥本哈根的戏院吗？"汉斯又问，深深感到怀疑。

"当然是真的。你知道你外婆的父亲那时住在那儿，我们在假期里去探望他。外祖母的哥哥在哥本哈根，是他带我们到皇家戏院去的。"

"我从来没有坐过轮船。"汉斯看来有些不高兴地说，"我也只到过一次戏院——那次我们看到《勒格诺王和阿斯劳》。安特斯说这出戏实在没有意思。"

"要是复活节我们到奥斯陆去，如果那时演的戏对孩子们合适，你可以去看戏。"

"放心好了，绝不会有的。"汉斯说，活像一个不存一丝幻想的人。"但是，妈，你写小说的时候，你不就在书里编排一些故事吗？那么，你就在说谎，不是吗？"

"至少我们是靠这些书维持生活的，"妈敷衍着，接着不得不笑了起来。"大家都知道书里的话并不是真的，不过是说事情该是那样的就是了。"

"那么我想我也可以学着写些好书，"汉斯轻松地说，"因为我可以想出许多故事来，我能吗，妈？"

"日后再看吧。现在快走——已经是五点零五分了。你不许到荷尔姆水塘那里去，不许去蹦水，听见吗？""但是，妈，刚才你自己还说那儿水不深，不会淹死人。"汉斯笑了，在妈还没有机会说什么之前，便冲出门外溜走了。

四月，山谷里积雪当真融化了。菜园背面山坡上枯萎的草坪露了出来，那一小块光秃秃的土地一天比一天大。花园里去年圣诞节使用过的滑雪跳台，现在只剩下两堆脏雪。这里，那里，任何一处雪化了的地方，妈会找到手套、帽子和围巾——每次她到花园去散步看看雪绣球和水仙有没有出芽，都能拾到一些东西。

安特斯和她一起去散步，他喜欢花，也喜欢他家的花园，只要不差他干这干那。但是把小沟旁第一朵蓓蕾初放的鲜艳的款冬花，和小溪对岸赤杨林边第一批白头翁花带回来给妈的，总是安特斯。

山谷里遍响着流水的玲琮。溪沟里春水泛滥。夜里天气还是冰凉的——流过花园的那条小溪拂晓前就抑低了它的声音，溪边的薄冰刚结上就为流水冲碎。早上，放出去的狗立刻冲向小溪去喝那股带泥的流水，在湿漉漉的枯草上打滚，奔向花园尽头的那株大白桦树，向那些住在枝头的喜鹊吆喝——喜鹊也毫不示弱地还嘴叫着。但是在深山里，还留着一条完整的滑雪道，到复活节，就有一批新来的游客涌向山上的施舍。每星期天早上，安特斯一大清早便不见影儿了——他上了山，在那些留有残雪的滑雪道上滑行。

有天早上3点钟，果园里的苹果树间充满了红翼画眉婉转而又嘹亮的歌声。天空泛出淡淡金色的曙光，亮得有如白昼。红翼画眉不过是路过这儿——一旦能在森林里觅得食物，它们便飞走了。在屋子附近过冬的山雀，靠圣诞节留下来的干草束过着悠闲的生活，现在也一对对飞出去闲游，帝——帝——都，帝——帝——都地唱着，在鸟屋里穿进穿出，寻找它们做窝的地方。有天，花园里化了雪的地方飞来了几百只鸟，是到这儿来等候他们的配偶的——这一类的雌鸟总要比雄的晚一星期从南方飞来。妈和蒂雅把干谷撒给它们吃，还把猫关在屋里。但是要在春天把猫关在屋里，真是说来容易做来难。

农民都说栗色猫善于捕鼠不会捉鸟。对雪雪福说来真是再对不过的了。但是雪雪福装得仿佛世上再没有比猎鸟更引不起它的兴趣的事了。有一天它突然失踪，不再回来。孩子们认为它是出去求爱的。最后消息传来，说是伦特农场的雇工开枪打死了雪雪福。他看见这只猫正在谷仓后面大嚼伦特太太养的几只小鸡。那么，看来雪雪福倒是个伟大的猎人。只是它机灵得永远不在家边猎食，却到别处去作掠夺的远征。

"至少，它死得真像一只雄猫，"安特斯说。

但是汉斯却为雪雪福掉了眼泪，妈也觉得不安，生怕杜拉会因失掉心爱的猫伤心。

每天，在这个小镇里，可以越来越清晰地听得激流的怒吼。沿河一带笼罩着一条白绸似的烟雾，绕到大街的桥下，这阵烟雾便像细雨似的洒在行人的身上。

有天星期日中午，安特斯从山间滑雪回来，帽子里兜着蓝色的白头翁花和紫罗兰。

"那里，这些花多得数不过来，妈……为了滑雪，我们天天都在堆雪，但是看起来，今天很可能是今年最后一次滑雪了。"他叹息着。接着又兴奋地说，"妈，从今天起再过一个月就是五月十七的节日了。"

"你现在还不去做功课吗？"她看他一吃完饭就预备再出去，便提醒他。

"没有功夫。我还得跑着去。今天委员会要开会。"

"委员会开会？"

"文娱委员会，当然呐——就是我参加的委员会。功课晚上我会找时间做的。"

猪尾巴可以打圈圈，这就是说猪大了；孩子可以在委员会里服务，这就是说孩子大了。据说汉斯和他的朋友们，奥尔·恩列克和马格尼也在这个委员会里，虽然看来他们除了自己并不代表任何人，主要的工作是计算他们的储金——这笔钱已经一星期比一星期少了下来，可是他们有个大计划，准备在十七那天大大改善一下财政情况。

"你知道，到五月十七你可以有半个克朗的零用钱，汉斯，"妈提醒地说，"这笔钱足够你到马伊伦去玩一次。"

"奥尔·恩列克可以拿到一个克朗……是他奶奶给的，"汉斯低声低气地说，一脸的痛苦。

"奥尔·恩列克真运气。"

"你想十七那天，奶奶会来吗？"

"我一点儿消息也没有。"

汉斯对奶奶不来过节显得伤心透了。

最后，有天晚上雨来了，一连下了三天毛毛雨，静悄悄地一直下个不停。

"妈，"汉斯洋洋得意地说，"我想这真像大家说的一样，现在我能够听见——听见草在生长。"

啊，这轻柔美妙的雨声！春雨带来了泥土的气息，大地冒出了一大片嫩绿的叶子……

"是啊，真格的。如今我们能够听见草在生长了。"

到第四天，太阳出来了，傍晚前，白桦树上全布满了像鼠耳样茸茸的金色蓓蕾。再隔一天早上，这些蓓蕾便变成小小的叶子，那些树耸立在那儿——一片新绿。汉斯跟妈出去摘些白桦的嫩叶和银色的白头翁花，来装饰星期天的餐桌。

"妈，把去年你讲给我听的故事再说一遍吧，就是那个说裤子改成大衣的故事。"

"天啊，难道我讲过这个故事吗？那是西格尼姑姑小时念的一本书里的。"

这个故事是一位父亲讲给他两个女儿克尔丝汀和爱尔茜听的，解释五月十七这一天的意义。为了举例说明，他向爱尔茜提到她那件用旧裤子改缝的大衣。爱尔茜一点也不喜欢这件大衣，穿来总不合身；虽然妈妈已经在那块原来另作别用的材料上花尽了心力。街上的孩子一见她穿，便嚷着"裤子改的大衣，裤子改的大衣。"到那一天爱尔茜有了一件专门给她新缝的大衣，那真是她一生最快乐的日子了。

温塞特（1882—1946），挪威女作家。生于丹麦凯隆堡。1928年获诺贝尔文学奖。代表作品有《劳伦斯之女克里斯丁》《埃乌顿之子奥拉甫》等。

这是一篇充满诗情画意和童真童趣的美文。作者以时间顺序为线索，用生动的笔触、形象的语言详细描述了挪威二月早春和四月春天的不同景色，北欧的田园风光令人陶醉。不仅如此，作者还对生活在这里的人们的日常生活作了生动描写，重点是一些孩子快乐的课余活动，充满着童真童趣，尤其是一位母亲与孩子的几段对话，现场感极强，充满浓浓的亲情，读来倍感温暖。

塞纳河岸的早晨

□ [法国] 法朗士

在给景物披上无限温情的淡灰色的清晨，我喜欢从窗口眺望塞纳河和它的两岸。

我见过那不勒斯海湾的明净的蓝天，但我们巴黎的天空更加活跃、更加亲切、更加蕴蓄。它像人们的眼睛，懂得微笑、愤慨、悲伤和欢乐。

此刻的阳光照耀着城内为生计忙碌的居民和牲畜。

对岸，圣尼古拉港的装卸工忙着从船上卸下牛角，而站在跳板上的搬运工轻快地传递着货物，把货物装进船舱里。北岸，梧桐树下排列着出租马车和马匹，它们把头埋在饲料袋里，平静地咀嚼着燕麦；而车夫们站在酒店的柜台前喝酒，一面用眼角窥伺着可能出现的早起的顾客。

旧书商把他们的书箱安放在岸边的护墙上。这些善良的商人长年累月生活在露天里，任风儿吹拂他们的长衫。经过风雨、霜雪、烟雾和烈日的磨炼，他们变得好像大教堂的古老雕像。他们都是我的朋友，每当我从他们的书箱前走过，都能发现一两本我需要的书，一两本我在别处找不到的书。

一阵风刮起了街心的尘土，有叶翼的梧桐籽和从马嘴里漏下的干草末。别人对这飞扬的尘土可能毫无感触，可是它使我忆起了我在童年时代凝视过的同样的情景，使我这个老巴黎人的灵魂为之激动。

我面前是何等宏伟的图景：状如顶针的凯旋门、光荣的塞纳河和河上的桥梁、蒂伊勒里宫的椴树、好像雕镂的珍品的文艺复兴时代的罗浮宫、最远处的夏约岗；右边新桥方向是令人肃然起敬的古老的巴黎，它的塔楼和高耸的尖屋顶。这一切就是我的生命，就是我自己。

要是没有这些激励我、赐我活力的东西，我也就不存在了。因此，我以无限的深情热爱巴黎。

然而，我厌倦了。我觉得生活在一座思想如此活跃，并且教会我思想和敦促我不断思想的城市里，人们是无法休息的，在这些不断撩拨我的好奇心、使它疲惫但又永远不能使它满足的书堆里，怎么能够不亢奋、激动呢？

佳作赏析：

法朗士（1844—1924），法国作家。1921年获得诺贝尔文学奖。代表作品有《希尔维斯特·波纳尔的罪行》《黛丝》《克兰克比尔》等。

这篇《塞纳河岸的早晨》为我们描绘了一幅巴黎早晨塞纳河两岸紧张又繁忙的工作景象：明净的蓝天下，阳光照耀着整座城市。装卸工和搬运工在忙碌着，出租马车在梧桐树下等着顾客，旧书商正在摆放书箱，凯旋门、塞纳河、蒂伊勒里宫、罗浮宫……壮丽的景色和雄伟的建筑令人激动，而最能打动作者心弦的还是这座城市里活跃的、无处不在的思想。作者用不多的文字就将巴黎灿烂的物质文明和活跃的思想文化呈现在读者面前，为我们认识这座世界名城打开了一扇窗户。

沙漠

□〔法国〕安德烈·纪德

啊！多少次黎明即起，面向霞光万道、比光轮还明灿的东方——多少次走到绿洲的边缘，那里的最后几棵棕榈枯萎了，生命再也战胜不了沙漠——多少次啊，我把自己的欲望伸向你，沐浴在阳光中的酷热的大漠，正如俯向这无比强烈的耀眼的光源……何等激动的瞻仰、何等强烈的爱恋，才能战胜这沙漠的灼热呢？

不毛之地；冷酷无情之地；热烈赤诚之地；先知神往之地——啊！苦难的沙漠辉煌的沙漠，我曾狂热地爱过你。

在那时时出现海市蜃楼的北非盐湖上，我看见犹如水面一样的白茫茫盐层。——我知道，湖面上映照着碧空——盐湖湛蓝得好似大海，——但是为什么——会有一簇簇灯心草，稍远处还会矗立着正在崩坍的页岩峭壁——为什么会有漂浮的船只和远处宫殿的幻象？——所有这些变了形的景物，悬浮在这片臆想的深水之上。盐湖岸边的气味令人作呕；岸边是可怕的泥灰岩。吸饱了盐分，暑气熏蒸。

我曾见在朝阳的斜照中，阿马尔卡山变成玫瑰色，好像是一种燃烧的物质。

我曾见天边狂风怒吼，飞沙走石，令绿洲气喘吁吁，像一只遭受暴风雨袭击而惊慌失措的航船；绿洲被狂风掀翻。而在小村庄的街道上，瘦骨嶙峋的男人赤身露体，蜷缩着身子，忍受着炙热焦渴的折磨。

我曾见荒凉的旅途上，骆驼的白骨蔽野；那些骆驼因过度疲顿，再难赶路，被商人遗弃了；随即尸体腐烂，缀满苍蝇，散发出恶臭。

我也曾见过这种黄昏：除了鸣虫的尖叫，再也听不到任何歌声。

——我还想谈谈沙漠。

生长细茎针茅的荒漠，游蛇遍地；绿色的原野随风起伏。

乱石的荒漠，不毛之地。页岩熠熠闪光，小虫飞来舞去，灯心草干枯了。在烈日的暴晒下，一切景物都发出劈劈啪啪的声音。

黏土的荒漠，这里只要有涓滴之水，万物就会充满生机。只要一场雨，万物就会葱绿。虽然土地过于干旱，难得露出一丝笑容，但这里的青草似乎比别处更嫩更香。由于害怕未待结实就被烈日晒枯，青草都急急忙忙地开花，授粉播香，它们的爱情是急促短暂的。太阳又出来了，大地龟裂，风化，水从各个裂缝里逃遁。大地坼裂得面目全非；大雨滂沱，激流涌进沟里，冲刷着大地；但大地无力挽留住水，依然干涸而绝望。

黄沙漫漫的荒漠。——宛似海浪的流沙；不断移动的沙丘，在远处像金字塔一样指引着商队。登上一座沙丘，便可望见天边另一座沙丘的顶端。

刮起狂风时，商队停下，赶骆驼的人便在骆驼的身边躲避。

黄沙漫漫的荒漠——生命灭绝，唯有风与热的搏动，阴天下雨，沙漠犹如天鹅绒一般柔软，夕照中，则像燃烧的火焰；而到清晨，又似化为灰烬。沙丘间是白色的谷壑，我们骑马穿过，每个足迹都立即被尘沙所覆盖。由于疲顿不堪，每一座沙丘，我们总感到难以跨越了。

黄沙漫漫的荒漠啊，我早就应当狂热地爱你！但愿你最小的尘粒在它微小的空间，也能映现宇宙的整体！微尘啊，你忆起何种生活，从何种爱情中分离出来？微尘也想得到人的赞颂。

我的灵魂，你曾在黄沙上看到什么？

白骨——空的贝壳……

一天早上，我们来到一座高高的沙丘脚下避阴。我们坐下，那里还算阴凉，悄然长着灯心草。

至于黑夜，茫茫黑夜，我能谈些什么呢？

这是一次缓慢慢的航行。

海浪输却沙丘三分蓝，

胜似天空一片光。

——我熟悉这样的夜晚，似乎觉得一颗颗明星格外璀璨。

(佳作赏析：

安德烈·纪德（1869—1951），法国作家。1947年获得诺贝尔文学奖。主要代表作品有《人间食粮》《背德者》《窄门》等。

北非的撒哈拉大沙漠是世界上最大的沙漠，法国作家纪德《沙漠》用生动的文笔和丰富的想象勾勒出了大漠的雄浑、悲壮、凄凉：若隐若现的海市蜃楼、风暴中的飞沙走石、荒凉路上的累累白骨、广阔无垠的凄凄荒漠。生命曾经在这块土地上出现过，但很快都消逝了。如此的景象，引发了作者对沙漠、对生命的深刻思考。文章开头作者以狂热的歌者形象出现，而结尾则以冷峻的思考者形象结束文章，寓意深刻，意境悠远。

大川之水

□ ［日本］芥川龙之介

我出生于大川端附近的一条街上。走出家门，穿过米槠覆阴、黑墙毗连的横网小路，便来到立有上百根桩子的河边，眼前顿时展现一条宽阔的大河。从小学到中学毕业，几乎天天都望见这条河。那水，那船，那桥，那沙洲，还有那些生于斯长于斯的人，每日忙忙碌碌地生活。盛夏的午后，踩着灼热的河沙，下河学游泳，不意中河水的气息扑鼻而来。这种种，现在回忆起来，那份亲切似乎与时俱增。

对那条河，何以如此钟爱呢？难道说，是那一川暖融融的浊水，引起无限的怀念之情？就连自己也有点儿说不清。反正，往昔每见大川之水，便会莫名地想流泪，生起一种难以言表的慰安与寂寥。我的心绪，好似远离寄身的世界，沉浸在亲切的思慕与怀恋的天地之中。怀着这样的心境，为能咂摸这一慰安与寂寥的况味，才尤爱大川之水。

那银灰色的雾霭，绿油油的河水，隐隐然有如一声长叹的汽笛声，以及运煤船上茶褐色的三角帆—— 一切的一切，都会引起不绝如缕的哀愁。河上风光如许，使自己那颗童稚的心，宛如岸边的柳叶，颤动不已。

三年来，位于郊外杂树林内浓阴覆盖的书斋里，我陶然于平静的读书三昧。尽管如此，我仍不能忘情于大川之水，一个月里总要去眺望三两次。书斋寂寂，却不断予人情思的亢奋与激烈。而那大川的水色，似动非动，似淌非淌，自能融化自家一颗凄动不宁的心，仿佛羁旅归来的香客，终于踏上故土一样，既有几分陌生，又感到舒畅和亲切。因为有了大川之水，自己的情感，才得以恢复本来的纯净。

不知有过多少次，见绿水之滨的洋槐，在初夏和风的吹拂中，白花纷纷地凋落。不知有过多少次，在多雾的十一月的夜半，听见群鸟在幽暗的河面瑟瑟地啼叫。所见所闻的这一切，无不使我对大川增加新的眷恋。如同少年的心，像夏日河面上黑蜻蜓的翅羽一般易于振动，不由得要睁大一双惊异的眸子。尤当夜里，在撒网后的渔船上，依傍船舷，凝视黑幽幽的大河无声地流淌，感受到飘散在夜空与水气中的"死亡"气息，自己是何等的孤单无助，受着寂寞的煎迫。

每当遥望大川的流水，不禁想起邓南遮的心情，他对意大利水都威尼斯的风光，倾注了满腔热情：在教堂的晚钟和天鹅的啼声里，威尼斯沐浴着夕阳，露台上盛开的玫瑰和百合，在水光月影之下，显得苍白而青幽；宛如黑色柩车的公渡拉游艇，从一个桥头驶向另一个桥头，犹如驶入了梦境。于我仿佛是一个新发现，引起深切的共鸣。

受大川之永抚育的沿岸街区，对我说来，都是难以忘怀、倍感亲切的。从吾妻桥的下游数去，有驹形、并木、藏前、代地、柳桥，以及多用的药师寺前、梅堀，直到横网的岸边——这些地方，无一不令我留恋。人走到那里，耳中想必会听到大川之水汩汩南去的细响。那亲切的水声，从阳光普照的一幢幢仓房的白墙之间传来，从光线黝暗的木格子门的房屋之间传来，或从那银芽初萌的柳树与洋槐的林荫之间传来。绿水悠悠、波光粼粼的大川，好似一块打磨平滑的玻璃板。哦，好亲切的水声呀！你像在絮絮低语，又好似撒泼使性儿。河水绿得像榨出的草汁，不分昼夜，冲洗着两岸的石堤、班女（日本古典戏剧中的女主角——编者注）也罢，业平（日本历史上的著名诗人——编者注）也罢，武藏野（日本地名——编者注）的往昔我并不清楚，但远自江户时期净琉璃的众多作者，近至河竹默阿弥（日本剧作家——编者注）辈，在他们的风俗戏里，为了着力营造杀人场面的气氛，配合浅草寺钟声的，常用的道具，就是大川那凄凉的水声。十六夜与清心双双投河的时候，源之丞对女乞丐阿古与一见钟情的时候，或是补锅匠松五郎（上述人名均为日本剧本中的主角名字——编者注）挑着担子走过两国桥的时候，大川之水如同今天一样，在客栈前的渡口，在岸边的青芦和小舟的舷旁，源源流过，喃喃细语。

尤其是，听水声最有情味的地方，恐怕莫过于在渡船上了。倘如我没有记错，从吾妻桥到新大桥之间，原有五个渡口。其中，驹形、富士见和安宅三个渡口，不知何时，已相继荒废了。如今只剩下从一桥到浜町、御藏桥到须贺叮这两个渡口还同往昔一样，保留了下来。同我儿时相比，河流业已改道，原先芦荻繁茂的点点沙洲，已消失殆尽，不留一点踪迹。唯有这两个渡口，依样的浅底小舟，依样的船头上站着老渡工，每日不知要横渡几次这一川绿水，水绿得像岸边的柳叶。我时常无事也去乘乘这渡船。随着水波的荡漾，恍如置身摇篮里那么惬意。特别是天时愈晚，愈能深味到船上那种寂寥与慰藉的情致——低低的船舷外，便是柔滑的绿水，如青铜一般泛出凝重的光。宽阔的河面。一览无余，直到新大桥远远横在前面好像要拦住去处。暮色中，两岸人家是一色的灰蒙蒙，只有映在纸拉门上的昏昏灯火，在雾霭中浮现。涨潮时分，难得有一两只大舨板，半挂着灰不溜秋的风帆，溯流而上，而且船上悄无声息，连有无舵工都不清楚。面对这静静的船帆，嗅着绿波缓流的水味，我总是无言以对，那种感触，就像读霍夫曼斯塔尔（奥地利诗人——编者注）的《往事》诗一样，有种无可名状的凄凉寂寞。尤其是我不能不觉察到，自家心中情绪之流的低吟浅唱，已与雾霭之下悠悠大川之水，交相共鸣，合成一个旋律。

然而，使我着迷的，不单是大川的水声。依我说，大川之水，还别具一种别处难见的柔滑而温文的光彩。

拿海水来说,色如碧玉,绿得过于浓重。而大川上游,那儿根本分不出潮涨潮落,翡翠般的水色又嫌太轻太淡。唯有流经平原的大川之水,融进了淡水和潮水,在清冷的绿色中,糅杂着混浊与温暖的黄色。似乎有种通人性的亲切感和人情味。就这个意义上而言,大川处处显得有情有义,令人眷恋不已。尤其流经的多为赭红黏土的关东平原,又静静地穿过"东京"这座大都会,所以,尽管水色混浊,波纹迭起,像个难伺候、爱抱怨的犹太老头,可是毕竟予人以庄重沉稳、亲切舒适的感觉。况且,虽说同样是流经城市,或许因为大川同神秘之极的"大海"不断流通的缘故吧,所以,绝没有用以沟通河流的人工渠水那么暗淡,那么昏沉。使人觉得,大川总是那么生气勃勃,奔流不息。然而,大川奔流的前方,是无极无终、不可思议的"永恒"。在吾妻桥、厩桥和两国桥之间,水绿得如香油一般,浸着花岗岩和砖砌的巨大桥墩,那份欢快自是不用提的了。河岸近处,水光映照着客栈门前白色的纸罩方灯,映照着银叶翩翩的柳树。过午,虽说水闸拦截,河水依旧在幽幽的三弦声中、在温馨的时光中流过。在红芙蓉花中,水流一面低声愁叹,一面因胆怯的鸭儿拍羽振翅而搅起纷乱一片,闪烁着潋滟的水光,悄没声儿的,又从无人的厨房下面流过。那凝重的水色,涵蕴着无可形容的脉脉温情。再譬如说,两国桥、新大桥、永代桥,越接近河口,河水越明显地交汇着暖潮的深蓝色。在充满噪音和烟尘的空气下,河面如同洋铁皮,将太阳光反射得灿烂辉煌,一面无精打采地摇荡着运煤的驳船和白漆脱落的老式汽船。然而,大自然的呼吸与人的呼吸,已经融为一体,不知不觉间化为都会水色中那一团温暖,而这是轻易不会消失的。

尤其是日暮时分,河面上水气弥漫,暝色渐次四合,夕天落照之中的一川河水,那色调简直绝妙无比。我独自一人,靠着船舷,闲闲望着暮霭沉沉的水面,水色苍黑的彼岸,在一幢幢黑黝黝的房屋上空,只见一轮又大又红的月亮正在升起。我不由得潸然泪下,这恐怕是我永生也不会忘怀的"所有的城市,都有其固有的气味。佛罗伦萨的气味,就是伊利斯的白花、尘埃、雾霭和古代绘画上清漆的混合味儿"（这是俄国作家梅列日科夫斯基的诗句——编者注）。倘有人问我"东京"的气味是什么，我会毫不犹豫地说，是大川之水的气味。那不独是水的气味，还有大川的水色，大川的水声，也无疑是我所钟爱的东京的色彩，东京的声音。因为有大川之水我才爱"东京"；因为有"东京"，我才爱"生活"。

嗣后，听说"一桥渡口"废弃了。"御藏桥渡口"的废弃，恐怕也为时不远了。

佳作赏析：

芥川龙之介（1892—1927），日本著名作家。代表作品有《罗生门》《竹林中》等。

故乡的山水往往最能激发作家的创作灵感和思乡之情，这在古今中外的作家中概莫能外。一条流经作家芥川龙之介故乡的大河，成就了这篇语言优美、意境悠远的美文。作者用生动的语言描写了自己家乡大川端江水的迷人景色，表达了一种乡土之爱，既抒情又浪漫，还有些年轻少年的青春感伤。作者展开丰富的想象，将江边景色与自己的感受有机结合起来，虚实结合、情景交融，创造了如诗如画的意境。

古都礼赞

□〔日本〕东山魁夷

圆　山

东山浸在碧青的暮霭里，樱花以东山为背景，缭乱地开放，散发着清芬。这株垂樱，仿佛萦聚着整个京华盛春的美景。

枝条上坠满了数不清的淡红的璎珞，地上没有一片落花。

山顶明净。月儿刚刚探出头来。又圆又大的月亮，静静地浮上绛紫的天空。

这时，花仰望着月。

月也看着花。

樱树周围，那小型的彩灯，篝火的红焰，杂沓的人影，所有的一切，都从地面上销声匿迹了，只剩下月和花的天地。

这就是所谓的有缘之遇吗?

这就是所谓的生命吗?

平安神宫

雨，下着。

绯红的垂樱，深深地埋着头，渗出浓丽的色彩。

雨珠在蓓蕾的尖端上，在花瓣的边缘上胀大着，透过红色，闪着白光，簌簌散落。接着，第二个雨珠又胀大了……

苍龙池有圆形的桥墩。穿过沼泽，雨水在浅露的地表上聚成浑圆的水洼。池面上满布着浑圆的水纹，无声地扩展着。

在天空和水池的一片明净中，屋脊上装饰着凤凰的水榭，回映出一条沉稳的平行线来。

雨，下着。

这樱花，这林泉，今朝都沉醉在高雅和洁美的气氛里了。这些都是悠然飘零的雨所赐给的吧？

舞 伎

赏花小路旁的红格子窗上，挂着染有一连串白色圆纹的京都舞的红灯笼。我喜欢那灯笼的精巧。那红色之所以也同样逗人喜爱，或许是因为色调沉静，并以那暗淡的房屋为背景的缘故吧。夜，每逢掌灯的时候，显得更美了。

四个舞伎在跳舞。背景只有夜的黑暗。然而，这黑暗是豪奢的黑暗。这座高台寺小吃部的庭院，长着伟岸的松林，铺着白色的沙石，同东山陡峭的斜坡紧紧连结着。客厅内的灯光迷蒙地照耀着幽邃的松树和山岭。那松林的重叠和幽深，看上去仿佛是无限的黑暗的延续。舞伎的白脸、手足，华丽的衣裳，发饰，优雅的舞姿，将外头的黑暗映衬得又浓又深了。

舞伎们在黑暗里漂浮着，使得极为洗练的悲哀涂上一层梦幻般的馨香的色彩。

幼 竹

竹笋长出来，从下一节脱去褐色的皮，变成幼竹。稚嫩的茎泛着青白的绿，宛如喷出一层白粉。这鲜亮的绿，这微微混含着茶褐色的茎。竹枝初夏的色彩多么富有变化。

雄浑的垂直线切过画面，在这倾斜交错的线条上，水平地深嵌着一道道竹节。近处的茎，竹节的间隔显得长大，越向远望，竹节愈趋短小。落叶杂陈的黄土地面，描绘着素白的光与影。

广阔的竹林从向日町绵延到长冈、山崎一带。在初夏的阳光照耀下，京都的风景显得明朗，温馨，阴润，充满着生机。而这竹林尤给人一种特异之感。在这晴天丽日，遥望漫山的翠竹，嫩叶似绿色的火焰在燃烧，令人目眩。

葵 祭

葵祭的美在于色彩。华丽的色彩接连不断地出现着，流动着。你要倾听这高昂的色彩的音律吗？这祭祀的队列是无言的，但却是更加富有效果的。

穿着十二层小忌衣，戴着金色发饰的斋王，花枝招展的美丽的骑女、藏人，边缘垂挂着的藤花随风飘扬的牛车，饰着红缰绳、打扮得鲜艳夺目的黑牛、敕使，随侍的庄严的神姿，装饰在风流伞上的艳丽的花朵。

往昔的平安时代，日本人的色彩感达到洗练的高峰，关于这一点，《枕草子》中作过反复的多角度的叙述。这并非表明作者清少纳言是特别富于色彩感的女性，而只说明了当时的女性对于色彩的敏锐的感觉。有人认为西本愿寺《三十六家人集》的料纸是出自宫中女官之手，这一点值得肯定。平安时代有衣服，袖口和躯干部分都很宽大，料子折叠成好几层，通过色相的对比、调和以及浓淡，显示出恬淡的红梅、水晶花、菊花，有的露出枯槁的颜色。色彩和模样表明了季节和自然的紧密和关联。这种事例是日本独有的。我站在建礼门近旁的栈道上，一边观看葵祭的行列，一边回想着日本的悠久的美的感知。葵祭的美在于色彩。

沿保津川而下

两棵高大的老皂荚树。夏草摇翠的河畔。从龟冈的保津大桥旁乘船，沿保津川顺流而下。船是平底的，船夫四人：一人执篙站在船头，两人划桨，一人掌舵。

河水悠悠流淌，不久到了宫下滩、小鲇瀑布、高滩、或水流急湍，或化作青青水潭，沿岩石裸露的山谷奔涌而下。船一驶到浅滩，船夫迅速将棹顶住岩石，巧妙地操纵着船只，穿过白沫飞扬的激流。杜鹃花紧紧贴住山岩开放。奇形怪状的岩石，呈现出各种颜色耸立着，越去越远。

从落合穿过龙门瀑布和大险滩，河水又变得平缓了。等到过了一处浓绿莹润的深潭，对面不远就是渡月桥了。

嵯峨野新秋

太阳落在小仓山上，余晖将天空成暗红色。转瞬之间，夜幕遮盖了嵯峨野。

我走出二尊院，沿着杉林掩映的小道，经过平时来往的墓地，穿越一段竹林，便走到落柿舍旁边。这条道路上的虫声，多么优美，动听，可爱！这繁复的音律自然地织成了一曲和谐的音乐。我惊诧了，仿佛第一次听到。这音乐一直留存在我的耳畔。

拜访了野野宫，钻过黑色的木造牌坊，看见石灯的棚架上点燃着一根小蜡烛，没有人迹。出了野野宫，沿着城根走上竹林间幽暗的路径。这里也是虫声不绝。脚边晃动着疏淡的影子，回首仰望，天上一轮圆月。

走到大觉寺，沿大泽池的堤岸漫步。池水静静地映照着对面一排黑魆魆的树影，映照着阴历七月十五的夜月。

竹林月夜

　　纤纤竹叶交错，重合。月光洒落在地面，像筛过一般。竹子的落叶映着霜一样清白的月光，吮吸着阴森的竹影，明暗参差，描画出斑驳的花纹。此刻，竹林和我，化为一体，共同沉潜在月夜的安谧之中，细细品味着一种特有的幸福。梦窗国师曾将竹林命名为"筛月林"。我在天龙寺看到了小小的竹园，那是竹林的遗迹。当时，这个名称唤起了我对竹林月夜美丽的幻想。

　　嵯峨野野宫近旁的路径，被两边的竹丛浓密地遮掩着，竹影暗合，飘荡着温润的气息。竹枝错落交织，形成一道障壁，十分可爱。我一边走一边想，那位伐竹老人莫非就是在这一带竹林发现了赫奕姬的吗？

　　嵯峨野和大原的竹林，是我旅途中偶然一见的平凡的景象。那微妙地摇曳着的竹叶，却包蕴着无限深情，诱发着我内心的思绪。

红　叶

　　沿清泷川于红叶的朱红与金黄的光耀之中，攀登着长长的石阶到神护寺去。这座寺院位于高山之上，它是一曲朱红与金黄的交响乐。金堂内有雄浑的弘仁佛像。从地藏院后面的断崖上向远方眺望梅尾高山寺的石水院，逆光将红叶映照得净明透亮。这红叶以对岸山峦斜坡上暗淡的浓紫色为背景，更增添了华美艳丽的光辉。坐在石水院的边缘上，隔着山谷望着长满松林的山峰，想象着打那座山上升起清艳的月亮的情景。

　　落柿舍，二尊院，祇王寺，直指庵。嵯峨野的秋深了，在秋的情韵上增添了光彩和寂静。

　　我曾经访问过晚秋的苔寺。苔藓上散落着鲜亮的红叶。林泉漂荡着幽深的古拙的色调，静谧而优美。多少年了啊，这秋日的苔寺一直留在近乎废园的岑寂之中。这里尚未被一群群观光客践踏过哩！

　　山城的光明寺，从枫树下边穿过去的参道。

在洛东，最为有名的当数东福寺的通天桥，但那里的溪流变得没有意趣了。此时的红叶到底怎么样呢？有一年我去看了看，没有欣赏到美丽的景观。

鹿之谷的法然院。杉树高耸的幽暗而潮湿的道路。茅草葺顶的小门，出现在微微高起的石阶上头。红叶散落在本堂庭院的绿苔上。或倒映于池水之中。花儿落在本尊如来须弥坛下的石板上，石板揩拭得明如镜面。花儿在上面倒映出倩影来。

诗仙堂一棵古老的山茶树，盛开着鲜花。庭院一隅的竹林旁，柿树的红叶美艳无比，传来赶猪的声音。

曼殊院的庭院，白沙铺地，苔藓，石头，松树，红叶，这些色彩形成了鲜明的对比。白沙和苔藓，是明朗的白色同阴暗的浓绿的对照，红叶和松树，朱红和青绿冷暖相对，这是色彩效果的高度发挥。这种鲜烈的色彩对照，再加上石头沉滞的暗灰的中间色，更显得娴静而高雅。

赤山禅院的红叶红得更加美妙动人。旁边的大池子富有"大和绘"的韵味。

大原里艳红的柿树下，耸立着陡峭的三角形的茅草屋脊，山墙用竹子编成网眼状，有的还写着大"水"字。秋风吹响了竹林。三千院红叶散落时最美。往生极乐院的阿弥陀如来两胁下，跪坐着观音、势至两菩萨。庭院内杉木林立，笼着雾霭，霜降时节，落叶铺满庭院，给这寺院增添了静寂。寂光院也是一样。

大德寺高桐院生长绿苔的庭院里，植满了枫树。一个静静的石灯笼。这座庭院可以平静人们的心性。

石庭的幻想

日本的庭园，从古代一开始建国时候起，就喜欢将幻想加以具体化。不是吗？这些同自然景观相结合的幻想，在有限的空间内，以石头、树木和水等为素材创造出来，别有一番情趣。

听说《万叶集》有这样的记载：人们把积雪制作成岩石的模样，在上面插上花草取乐。我很想知道这首歌的内容，我翻遍了万叶的冬歌和雪歌，都没有找到。但我能想象出日本人那种溢满心间的优雅、美妙的感情。我以为，日本人内心对石头、树木、花草的感知方法，是独特而又微细的。

平安时代的庭园，在京都尚有大觉寺的大泽池、平等院、净琉璃寺等。虽然只存留着一点点往昔的面影，但自然风景的优美、外地名胜的幻影，还有对极乐净土的向往，都通过人工的巧妙制作表现出来了。

从镰仓幕府到南北朝时代，禅宗的流行产生了象征性的石庭，在京都留下了为数众多的名园。这些名园以石头为素材，将日本固有的自然景观，通过自由的幻想表现出其中的妙趣。

看了西芳寺洪隐山的枯山水石组合，使我联想起深山之中岩石纵横、曲折难行的山路。

大德寺大仙院的枯山水，将奇岩巨石聚合一处，在褊狭的空间里使人联想到雄伟的山水景观，同龙安寺堪称双璧。龙安寺的庭园以静为主，这里以动为主。我经常去看无人问津的方丈北庭铺沙的小院，互成对角线的位置摆着五个石头，使人想起日本海海岸上的岩礁，真是百看不厌。此外，方丈南庭仅仅铺满白沙的庭园，令人激发起在大海里自由驰骋的欲望。也许因为我当时正在沿着日本海海岸旅行，不时考虑波浪和岩石的构图的缘故吧。在我看来，大德寺塔头的龙源院中称作东滴壶的极狭小的庭园，那里排列着的仅有的几块小石头，也强烈诱发着我对海景的向往。类似这样的庭园，花园妙心寺东海庵的南庭也是一样，那里排列的七块小石头，同样使我感到了海的风韵。虽说几乎成直线排列，但每块石头的放置都有动势，呈现出兀立于大海荒滩上的情趣。

龙安寺的石庭，有时使我想象起浮现在浩渺的大海上的群岛的情景。石庭的幻象有时使我萌生将风景描绘下来的念头。但是，静静望着这个庭园，每个石头的形态和配置都给我震动，就像抽象的音乐的旋律一般。在这块被低矮的围墙隔开来的矩形空间里，在这块铺满白沙的空间里，每块石头都被周密地间隔开来，按照形态加以对照排列。从这种精心的布置里产生出紧凑、严整和静寂的美来。

除夜钟声

从八坂一到圆山公园，就传来知恩院沉重的钟声，这是除夜的最初的钟声。

走进山门，这钟声逐渐近了，仿佛在心底里轰鸣。许多人登上了钟楼所在的小山冈。我没有到那里去，而是登上了大方丈的阶梯。法灯照耀着从天花板长长垂挂下来的璎珞。我对着庄严的内厅鞠了一躬，然后就势坐在回廊上，倾听着从对面山冈的木荫里传来的钟声。随着吆喝，一阵阵闪光便从黑黑的繁密的树丛里闪现出来。那是摄影人的镁光灯。随着一呼一吸，传来庄严的一声轰鸣，拖着长长的余韵，被夜的黑暗深深吸收进去，不一会儿又归于静寂了。然后又是吆喝，闪光，钟声，反复不停。

这座寺院的巨钟有一根撞木，连着十一条绳子。绳子的另一头牵在每一个人手中。手握主绳的僧人和其他人相向而立，号子声和呼吸相和谐。手和脚憋足力气，仰着身子用力一拽。我一面闭着眼想象着撞钟的情景，一面倾听着钟声。辞别旧岁，迎来新年，此时有多少人按捺不住心中的激动啊！对于旧的一年的流连与回顾。对于新的一年的茫然的期待。年复一年的过去，人们的心情也在凋落。现在新的一年又来了，人们又有了回生的希冀。"新旧交替游人悲"，在京都的旅途中，我亲自体会到了这样的心情。于是，我的京都之旅也就到此为止了。

佳作赏析：

东山魁夷（1908—1999），日本著名画家、作家。代表作品有散文集《听泉》《和风景的对话》《探求日本的美》等。

263
·
天南海北卷

　　这是一篇具有浓郁东方国家风情的佳作。作者用诗化的语言记述了自己在古都的所见所闻，有山、有水、有寺院、有竹子、有舞伎，看似毫无关联的事物被作者有机地串联起来，构成一道独特的日本风景。文章将实景与想象结合，寓情于景，情景交融，作者对古都的热爱和赞美之情在字里行间流淌。这虽是一篇外国作家的作品，但那幽静的古寺、除夜的钟声似曾相识，这东方文明中的独特现象无形中拉近了中国读者与作家的距离。

克拉克河谷怀旧

□〔美国〕欧内斯特·海明威

　　夏末，大鳟鱼告别了上游的水坑，游到了溪河中央，正要顺流而下，到大峡谷的深水里过冬。因此，九月的头两周，正是垂钓的好时节。此地的鳟鱼肥壮、滑嫩、亮光光的。几乎所有的鳟鱼都跳着咬钩。你要是放两把鱼钩，多半能同时钓着两尾鳟鱼。要在湍急的溪流中摆弄好上了钩的鱼，那技巧就不能是一般的娴熟。

　　夜凉如水。你若在半夜醒来，会听见郊外狼的嗥声。白天，你不必过早到溪边去。一夜的寒风吹彻了溪水，太阳要近乎正午才能照到溪河上。只有到那时，鳟鱼才肯出来捕食。

　　清晨，你可以骑马到野外遛遛；要不，就坐在小屋前，任阳光照在身上，慵懒地远眺河谷对岸。那儿，饲草割了，草地一片委黄，在一排颤杨映衬下，平平展展的。这会儿到了秋天，颤杨也黄了。远方，起伏的群山上，鼠尾草一片银灰色。

　　河的上游，耸立着两座山峰：引航峰和二指峰。月底，我们可以到那儿去猎山羊。你坐在阳光里，心理惊叹着，群山远远望去竟有如此端正的形状；线条清晰，轮廓分明。于是，你记得了从遥远的地方望到山影。这情景不同于你停车地方的嶙峋的山崖，不同于你跨过的起伏不平的滑岩，也不同于那突出的狭长的石块。你汗涔涔地从这块通到山峰后面的石头上摸行着，不敢朝下望一眼；你绕过线条圆滑而规则的山峰，来到一片空地上，下边，山腰上有一片绿草如茵的凹地。一只老公羊正带着三只小公羊在凹地上野桧林里吃草。老公羊一身紫灰，只有臀部是白色的。它抬起头时，你能看到它头上的那对犄角又大又厚实。你躺在三里外的一块背风的岩石后面，用一副蔡斯望远镜细细搜寻着这高地上的每一寸风光。当你望着碧油油的野桧丛时，老公羊暴露在你的视线里的，正是它臀部的那撮白毛。

这会，你坐在小屋前面，你还记得朝山下射去的子弹。小公羊们直起身子，转过头来注视着老公羊，等着它站起来。它们看不见高处的你，也没有嗅出你的气味。枪声没有惊动它们，它们以为只是又滚下去了的一块卵石。

曾记当年，我们在林溪的源头盖了一间木屋。我们每次外出，大灰熊总是撞开了屋门。那年的雪姗姗来迟，这头熊因此不肯冬眠。整个秋天，它不是扯开木屋的门，就是毁坏陷阱。它精明绝顶，白天，你不断会见到它。你还记得，后来，小锤溪溪头的高地上，来了三头大灰熊。你听到木头断裂的声音，以为是母麋在奔跑。跟着，它们出现在眼前，在零零碎碎的日影里，偷偷地、轻悠悠地跑着，太阳照在它们身上，短而硬的鬃毛闪烁着柔和的银光。

你记得，秋天，麋鹿一天天肥胖起来；公牛离你那么近，它抬头时，你能看到它胸脯肌肉的起伏。但是，你仍看不到它藏在密林中的头。你听到了深沉而高亢的叫声，听见了山谷那边的应和声。你想起了你放弃的一只只畜生的头。你没有朝它们开枪。它们全令你心旷神怡。

你记得那些初学骑马的孩子们，不同的马，不同的骑法。他们是那么热爱那片乡土。你记得最初踏上这块土地时的情形。那年，你开着新买的平生第一辆车来这儿，一下待了四个多月，因为，你得等沼泽地上的路冻得结结实实，车子才能开出去。你该没有忘记，一次次狩猎，一次次垂钓；该没有忘记烈日下的策马扬鞭，还有灰蒙蒙的货车车厢。在寒衣袭人的深秋，你骑着马，默默地在牛群的后面，朝高坡上走去。你发觉，它们像野鹿一样，既狂蹦乱窜，又温顺恬静；只是它们全都聚拢在一起，朝山下低矮的田野赶去的时候，才高声嘶喊咆哮起来。

到了冬天，树枝上光秃秃的。大雪漫天飞扬，你看不见路。马鞍湿了，结了一层冰，你照样在雪地上踏出一条道儿，不停地挪动着双脚，朝山下走去。你到了牧场，一边品尝着撩人的、热乎乎的威士忌，一边在旺烈的炉火旁换上干净衣服。乡村真美。

佳作赏析：

欧内斯特·海明威（1899—1961），美国小说家。1954年获诺贝尔文学奖。代表作品有长篇小说《太阳照样升起》《永别了，武器》《老人与海》等。

有山有水，有树有草，有鱼有熊，有马有羊，再盖上一间供人栖息的小木屋，悠闲地在这里钓鱼打猎，享受美好时光。海明威以生动的文笔、轻快的风格为我们描绘了一幅美丽的图画——克拉克河谷。与中国社会的"农耕式世外桃源"不同，这个西方的"世外桃源"显得更粗犷、更具野性、更刺激，异域风情浓郁。倘若能实地游览体验一番，也是人生的一大乐趣。

日本素描

□〔美国〕威廉·博伊尔斯

　　引擎早被关死。阴沉的云团向高处徐徐退远，让你怎么也感觉不到有速度。直到你突然瞥见了飞机的影子从蓬松的山峦急速掠过，这时，你才感到了速度，看飞机和它的影子没命地相互追逐，像是执意要头碰头地一起撞毁。

　　蹿出云层，飞机再一跃往下抛出自己的影子，这一次是在一个岛上了。它看着像陆地，与机窗外任何初见的陆地相仿，不过你总明白这是岛屿，它夺目的、让海怀抱的两肋，像看幻灯片似的清晰。因为这里坐落着一个文明的，富于风化纲纪的，源远流长的人类同质体。所以这远比在旷然的大海发现威克岛，甚至关岛，有更多奇迹般的快意。

　　这里人与人的交流，也是用话说得出的；你听得到，也看得见。但是这些对于我这个西方人来说，这种交流就成了对牛弹琴，因为它与我眼睛平时所习见的风马牛不相及；也找不到衡量它的尺度，没有什么可以让记忆和习惯含糊其辞，"喔，这好像是那个表示房子、家庭或幸福的词"；这交流不仅玄奥，而且更像藏头诗。似乎噼里啪啦的字符、音节，不光贮存着信息，还蕴藉着更关键、更迫切的意义。指点着某种终极智慧，或者寄托了人类救赎的玄机的知识。那么就让我浅尝辄止吧。西方人的记忆里没有打量它的规尺；既然没有倾听的心灵，就让耳朵像听孩子们嘴里鸟儿的啼唤，女人、少女嘴里哼出的音乐去收听这些叽哩呱啦、呜哩哇啦吧。

这些会让凡·高和莫奈一见倾心的脸：它们是朝圣者挂着圣杖，肩着被席，面蒙奔波的灰垢，迎晨曦向神庙拾级攀登的那种；那夹袍卷到大腿根的俗家弟子，像帮佣似的蹲在寺院门前，等着敲开，或已经敲开这一天的日子的脸；也是在门下兜售花生、让游客去喂鸽子的老妇的脸；一张倦于挨日子，倦于搜索过去的脸，看似仓促的连每一呼吸的吐纳都显得急需的，被连绵的细皱纹蚀刻了的她的脸；这经久耐磨的脸，现在竟成她的慰藉，终于能将种种伤痛哀愁拦在它的背后，逍遥于心死意灰，丧夫失子，苦度挨熬的尘念俗意之上：总算出现了一个从没读过福克纳的人了，不知道，也不在乎他来日本干吗。至于他对海明威的看法什么的，更是连一个屁也不想放。

他那个脏劲！他有五岁了吧，可看来与自己的过去毫无联系，显然跟爹妈也是毫无联系的，只是自顾自在阴沟里玩扔下的烟头。甚至忙得来不及操心自己是否幸福。

群山怀中的湖面上，像在大风口似的，刮着凛凛的劲风。我们曾揣想：收起主桅上的帆篷已为时过晚，可其实还来得及。这只是一艘小艇，但在西方人眼里，它俨然是一艘经得住风浪的中国平底船，硬是跟别的船不一样，由美式舱外发动机推助。舱里，油纸伞下，女人裹在和服中。这样的伞如果是在阳光明媚的泰晤上河上，是毫不起眼的，可这是在疾风裹挟下的湛蓝的湖中央，它的脆弱与刚强，就宛若台风旋涡中的一只蝴蝶。

艺伎的发髻墨云般黑亮，头盔般扣在她厚施脂粉的脸上，又像近卫军的高顶熊皮帽，威临、加冕在艺妓娇弱的有分寸的、仪式般的姿势上，它的沉重叫人不由得要替那娇嫩的脖子捏一把汗。这涂画而成的板着的脸，冰封了一切表情，甚至超然于一切训练有素的矫揉造作。粉盖的死样的面具后面掩藏了某种迅捷、活泼和机灵，甚或不止机灵，甚或还不止俏皮。冷嘲热讽，一种善演喜剧的天赋，可是这还不止：善演滑稽戏，善作讽刺画。为了挖空心思，不择手段地向人类报复。

和服。罩住了从喉咙到脚踝的一切，捕进里面的人像一朵花那样有女人味，这女人味或许还像放孩子进摇篮。手是可以裹在双袖中的，那时，全身看起来就像似一只完整的圣杯。其谦卑，昭示着它的女人味，在这一种女人味中，裸体也仅能展示哺乳动物的雌性而已。这样的谦卑招摇着它的桀骜不驯，似玉指轻弹粉红的玫瑰，抛下阳台窗；这谦卑，已没有什么能比它更高傲的了，它是女人能用生命来捍卫的最贴心的财产。

忠诚。衬衣和裙子这样的西式服装，让她成了无处着墨的年轻的矮胖女人；然而，裹在和服里，熟巧稳定的快速碎步，让她走进了女性魅力的遗产中她自己的那一份。当然她还分享了这块土地上女人的其他品格：忠诚，坚贞，守信，不图回报。这些品格并不是通过衣服而赋予她们的。她不会讲我的语言，我也不会她的语言。可两天后，她知道了我有天一亮就睡不着的乡下人的习惯，于是，在以后每天清晨睡眼初开时，就见到咖啡托盘端放在阳台的桌上。她知道我喜欢散步回来在空气新鲜的房里用早餐。那一天的房间已准备好，桌子收拾得很干净，晨报也在书桌上放着；她无言地问我今天为何没有衣服要送洗，无言地征得我的同意给我钉纽扣儿，补袜子；她管我叫聪明人，有时也叫老师，背后与别人谈起我，又什么都不是了。她因作了我的房东而自豪，但愿我的全力争取不会辜负她那份自豪，用礼貌去愧对她的忠诚，能称了她的意。这块国土上多的是散漫的忠诚，于是，她这样的忠诚，即使一点点，也是无法忽视的。但愿所有的忠诚各得其所。至少也能被人珍惜，像我努力去做的那样。

这一方稻田与我在阿肯色斯、密西西比、路易斯安那本土看到的稻田一模一样，不过那儿经常与棉花套种。这一块要更小一些，种得也密集得多，就这样它一直延伸到长在灌溉渠边的豆垄。这里手工做的事在我们那儿是让机器代劳的。自然是一样的，不同的是经济。

就连一些个名字也有相同的：乔纳生，瓦因什普，迪里修斯；八月稠密的浓叶被农药喷成灰暗，用药也是与我们相同。到此，相同之处戛然而止：裹在纸卷里的苹果缀满枝头。整棵树在西方人的眼中像西方仪礼中那棵圣诞树那么富于象征性，富于欢庆和礼节意义。只是这树还更意味深长：西方人一家一树，常常活活地从泥里拔起来，用节日里讲究的小玩意儿来装点，然后让它干死，似乎树并不是礼俗的主人公，而是祭坛上的牺牲品；可是在这里，不是一户一树，而是所有的树都得到修剪打扮，它们礼赞着比基督更古老的德墨忒耳、克洛诺斯两位谷物女神。

旅程已将告一段落，让我更简洁、明快点儿吧：一如密西西比的黄菊花，总能勾起人对泥土、秋日和干草热的思念；它们有高高的竹篱笆映衬。

景色美丽，人的面孔更美丽。年轻姑娘恰到好处的优雅的鞠躬，轻盈柔顺，同样姿势的平身，使她满脸徒增红光，柔中之刚，比这个严整的文化所允许她的要多得多。真像柳枝之于劲风，后者的威严只不过就是逗一逗能而已。

他们手中的工具令人想起诺亚营造方舟，可房子骨架的搭起、支撑，都用不着榫合处的钉子，甚至在其他地方也彻底不用钉子，不知是哪路魔法，连对付着弄个栖身之所还能生出这般艺术，这些精工巧思。在西方人的先辈想必也有过，估计是在不断的迁徙途中失传了。

这是一个尊奉水的民族了，总是水呀水的，水声、水花和水滴声，就像有的民族，尊奉着被他们称为命运的那种东西。

这儿的人民很善良，客人走南闯北，通常用三个字可打发："多务魔"（多关照），"撒凯"（酒），"阿里嘎多务"（谢谢）。

明天此时，飞机就要起飞了。再一会儿，它的摆脚轮将挣脱地面，在尚未收起轮子的时候，飞机就会死命地掩着自己的影子钻进云层。穿过这片土地，这方岛屿将不见了踪影，虽说眼睛不再忆及了，心里，却会永远记起。"沙扬那拉。"

271
·
天南海北卷

佳作赏析：

　　威廉·福克纳 (1897—1962)，美国作家，1949 年荣获诺贝尔文学奖。代表作品有《喧哗与愤怒》《标塔》《野棕榈》等。

　　这是一篇颇具特色的佳作。作者以西方人的眼光，对融合了古老东方文明和西方现代文明的日本作了短暂访问，并记录下自己的观感和印象。岛国、"话里有话"的日语、千姿百态的日本民众、艺伎、和服、对房客的热情和忠诚、稻田、树木、高超的建筑技术、尊奉水、善良有礼，短短的一篇文章将日本的自然环境、风土人情等方方面面的特点快速呈现出来，显示了作者高超的语言功力。对于中国的读者而言，文章为我们了解这个同处东方文明的国家提供了一个全新的视角。

巴西是一个混血民族

□ [巴西] 若热·亚马多

感谢上帝！我们是一个混血民族。这是我们的骄傲和我们的光荣。巴西一直是一个混杂的国家，它体现在巴西人的脉管里流动的血液方面，在随着时间的流逝积累的文化方面，从殖民地初期到今天如此富有戏剧性的岁月中。在全世界看来，它也许是唯一真正的混血之国。谁要是打算了解巴西，他首先应该明白这个事实。否则，他就永远不能确定我们作为一个民族的存在，在人类构成中的位置，也不能理解我们的文化表现的独特性。

血统和种族的混合；黑种人、白种人和印第安人发生的混合；来自欧洲和非洲的文化同印第安土著文化的融合，是我们对人文主义思想的贡献。从北端的亚马孙河到南端的加乌乔大草原，在辽阔的巴西疆土上，有着不同肤色，不同信仰，以及不同节奏和爱好的男人和女人，他们一直不能和平、和谐地共处；在主人和奴隶、殖民主义者和殖民地人民之间，始终没有也不可能有和平与和谐。也许正是由于这一点，在巴西民族的困难创建中，那些男人和女人才被排除在种族的和睦共处之外。

在巨大的爱之床上，他们的血统、他们信仰的神灵、他们的节奏、他们的志趣都混合在一起，形成了一个有着无限的柔情和非凡的热诚的民族。这个民族喜欢和平、聪明之至，并且具有从事艺术创造的不寻常的才能。这个民族可以成为热爱和平、忍受贫困的榜样。这是我们必须教授的课程：种族的混杂成为解决种族问题的唯一出路；血统的混合、文化价值的融合，形成一种民族的、独特的新文化。

一位著名的女性，奴隶们的女儿玛埃·梅尼尼娅·杜·冈托依斯，巴伊亚州坎东布莱·杜·冈托依斯的圣母在临终前不久的一次会见时说，混血是需要保存自己的神灵、歌曲、舞蹈、雕塑和食物等文化财富的黑人的事情。黑人的确是最先为伟大的混合进行斗争的。此外，我还认为，如果我们同时是在这里出生的印第安人、来自伊比利亚半岛的拉丁人、用奴隶船运来的黑人的这些男人和女人混血的结果，那么我们的中心就是非洲，因为是非洲赋予巴西文化以准则和尺度。

只要听到从"比利亚·洛沃斯"到多里瓦尔·卡嗡米的任何一种巴西音乐，看见卡里贝或迪·卡瓦尔坎蒂的一幅画，读到卡斯特罗·阿尔维斯的一首诗或若热·乌巴尔多·里维依罗的一部长篇小说，就能感受到非洲和黑人对我们的艺术和对我们的艺术家的创作做出的贡献和分量。在音乐、舞蹈、诗歌、小说、绘画、雕塑方面，在我们从事的一切美的事业方面，黑人的存在是占支配地位的。它和我们以我们的方式讲的、发扬光大的葡萄牙语混合在一起；它和从发现美洲到今天遭到残暴屠杀的印第安人的容忍精神混合在一起；它和来自欧洲的白人的学识混合在一起。

这就是我们的国家，遭受过强大的苦难的混杂的巴西。倘若我们不是混血和融合的结果，我们有可能就没法忍受延续至今的几个世纪的贫困、剥削、长久的饥饿，以及土地的大庄园制和奴隶制、流行病、孩童的无休止的死亡、文盲、政治压迫和军事独裁。

混血就是力量、就是不屈服的无畏精神、就是征服一切障碍、向着未来前进以便争取更美好的和平、富裕、快活的一天的能力。混血具有超越一切界限的抵抗精神。

　　若热·亚马多（1912—2000），巴西著名小说家和社会活动家。1966年获得诺贝尔文学奖提名。代表作品有长篇小说《加布里埃拉、康乃馨和桂皮》《死海》《无边的土地》《黄金果的土地》等。

　　巴西作为南美洲最大的国家，历史上一直是印第安人生存和生活的土地。随着近代西方殖民者的入侵和非洲奴隶的输入，巴西的人口构成呈现了混血的趋势，并成为今天巴西人口的主要血统。混血将不同种族的信仰、语言、艺术、生活习惯等融合在一起，形成了新的民族和文化。而在作者看来，混血的另一个重要意义是他可以消除不同种族之间的隔阂，使得大家能够团结起来，为争取更美好、和平、富裕的生活而奋斗。文章兼具知识性和说理性，对于我们了解巴西的风土人情和民族文化有着很大帮助。

田园诗情

□ 〔捷克〕卡雷尔·恰佩克

荷兰，是水之国，花之国，也是牧场之国。一条条运河之间的绿色低地上，黑白花牛，白头黑牛，白腰蓝嘴黑牛，在低头吃草。有的牛背上盖着防潮的毛毡。牛群吃草反刍，有时站立不动，仿佛正在思考什么。牛犊的模样像贵夫人，仪态端庄。老牛好似牛群的家长，无比尊严。极目远眺，四周全是碧绿的丝绒般的草原和黑白两色的花牛。这就是真正的荷兰。

这是真正的荷兰：碧绿色的低地镶嵌在一条条运河之间，成群的骏马，剽悍强壮，腿粗如圆柱，鬃毛随风飞扬。除了深深的野草遮掩着的运河，没有什么能够阻挡它们飞驰到乌德勒支或兹伏勒，辽阔无垠的原野似乎归它们所有，它们是这个自由王国的主人和公爵。

低地上还有白色的绵羊，它们在天堂般的绿色草原上，悠然自得。黑色的猪群，不停地呼噜着，像是对什么表示赞许。还有成千上万的小鸡，长毛山羊，但没有一个人影。这就是真正的荷兰。

只有到了傍晚，才看见有人驾着小船过来，坐上小板凳，给严肃沉默的奶牛挤奶。金色的晚霞铺在西天，远处偶尔传来汽笛声，接着又是一片寂静。在这里，谁都不叫喊吆喝，牛的脖子上的铃铛也没有响声，挤奶的人更是默默无言。

运河之中，装满奶桶的船只舒缓平稳地行驶，汽车火车，都装载着一罐一罐的牛奶运往城市。车过之后，一切又归于平静，狗不叫，圈里的牛不发出哞哞声，马蹄也不踢马房的挡板，真是万籁俱寂。沉睡的牲畜，无声的低地，漆黑的夜晚，只有远处的几座灯塔在闪烁着微弱的光芒。

这就是那真正的荷兰。

佳作赏析：

卡雷尔·恰佩克（1890—1938），捷克著名作家。代表作品有科幻喜剧《罗素姆万能机器人》，科幻小说《鲵鱼之乱》和散文集《英国通信》等。

"天苍苍，野茫茫，风吹草低见牛羊"，这一描绘我国北方草原地区风景的千古名句用在西欧的荷兰再合适不过，那里也是草原广阔、牛羊遍地，不过与我国北方草原的粗犷不同，这里除了草场，还有一条条河流，还有各种各样的花，一派充满异域风情的田园美景。除了偶尔来挤奶的人类，这里简直就是动物的乐园，一切是那样寂静、安宁、祥和。文章语言优美，充满诗的情趣和意境，读来感觉一股清新之风扑面而来，令人陶醉。

版权声明

本书部分作品无法与权利人取得联系，为了尊重作者的著作权，特委托北京版权代理有限责任公司向权利人转付稿酬。请您与北京版权代理有限责任公司联系并领取稿酬。联系方式如下：

北京版权代理有限责任公司

北京市东城区朝阳门内 55 号南门 1006 室

邮编：100010

电话：（010）58642004

E-mail:bookpodcn@gmail.com

Website:www.bookpod.cn